MADELINE HUNTER

AUTORA BESTSELLER DO NEW YORK TIMES

Uma Herdeira para Casar

HERDEIRAS DO DUQUE - LIVRO 3

1ª Impressão 2023

Produção Editorial - Editora Charme
Imagem - AdobeStock
Criação e Produção Gráfica - Verônica Góes
Tradução - Monique D'Orazio
Revisão - Equipe Editora Charme

CIP-BRASIL. CATALOGAÇÃO NA PUBLICAÇÃO
SINDICATO NACIONAL DOS EDITORES DE LIVROS, RJ

H922h

    Hunter, Madeline
      Uma herdeira para casar / Madeline Hunter ; tradução Monique D'Orazio. - 1. ed. - Campinas [SP] : Charme, 2023.   (Herdeiras do Duque ; 3)
      300 p.

    Tradução de: The heiress bride
    ISBN 9786559331208

    1. Romance americano. I. D'Orazio, Monique. II. Título. III. Série.

23-84409

        CDD: 813
        CDU: 82-31(73)

Gabriela Faray Ferreira Lopes - Bibliotecária - CRB-7/6643

www.editoracharme.com.br

Editora Charme

MADELINE HUNTER

AUTORA BESTSELLER DO NEW YORK TIMES

_{Uma} Herdeira para Casar

HERDEIRAS DO DUQUE - LIVRO 3

Tradução: Monique D'Orazio

Para meus netos

CAPÍTULO UM

Alguns homens nascem para o dever. Outros têm deveres que lhes são impostos. Nicholas Radnor, o duque de Hollinburgh, incluía-se no segundo grupo. À época em que morrera, seu tio, que o precedia no título, era jovem o bastante para supor que ainda havia a possibilidade de contrair um segundo matrimônio e de providenciar um herdeiro que fosse seu filho legítimo. O fato de tio Frederick ter negligenciado o dever de cuidar de sua sucessão em tempo hábil era, na opinião de Nicholas, um desleixo da mais alta ordem.

Um ano antes, Nicholas jamais teria enxergado a situação sob uma perspectiva tão severa, mas se tornar um duque envolvia, justamente, adotar novas perspectivas. As suas haviam mudado consideravelmente nos últimos meses. Não lamentava mais aqueles dias despreocupados tão recentes em seu passado. Sua ambivalência a respeito do título também havia sido apaziguada. Seu caminho a seguir, ainda obscuro apenas alguns meses antes, agora reluzia à sua frente, pontuado por marcos que o aguardavam.

Ele considerava um desses marcos ao ler sua correspondência em uma bela manhã no final de abril. Havia reservado as cartas, agora à sua frente, para depois do desjejum, porque seu conteúdo não favoreceria uma boa digestão. Duas cartas, duas caligrafias graciosas, duas parentes. As cartas continham conselhos particulares sobre as jovens que essas parentes consideravam noivas adequadas.

Nunca havia anunciado que estava à procura de uma esposa, mas qualquer duque de sua idade estaria. O matrimônio ocupava o topo da lista de deveres ducais e, depois de uma longa e nostálgica revisão de seus anos de jogos e sedução, Nicholas o colocara em sua agenda para a temporada que se aproximava. Examinou uma das cartas que propunha uma jovem descrita como "comedida e recatada". Não muito tempo antes, ambas as palavras teriam sido suficientes para fazer Nicholas fugir correndo, mas o dever chamava. Ambas as qualidades eram admiráveis em uma futura duquesa, mesmo que fossem causar tédio ao marido. Ele se perguntou se recatada significava recatada em público e no vestir, ou recatada na cama.

— Vossa Graça, estou com as contas prontas.

Olhou para onde o sr. Withers, seu administrador, gesticulava com uma grossa pilha de papéis perto da porta. Esses papéis desanimavam Nicholas ainda mais do que a ideia de uma esposa recatada na cama.

Dever, dever.

— Volte em uma hora e poderemos avaliar o desastre.

Withers tentou um sorriso encorajador.

— Não é tão ruim quanto pensávamos. No entanto, o relatório da fábrica têxtil ainda está incompleto.

Não tão ruim, mas ainda ruim, e aquela maldita fábrica havia se tornado um incômodo significativo.

— Uma hora, Withers.

O administrador fechou a porta depois de sair do aposento. Nicholas tinha acabado de começar a se dedicar a uma hora de devaneios quando a porta reabriu e seu primo Chase entrou.

— Você me convocou? — Os olhos azuis de Chase pareciam de aço, o aspecto que assumiam quando ele estava irritado.

— Pedi para você vir quando tivesse tempo.

— Os barões pedem para vir. Os duques convocam.

— Que baboseira.

— Está bem. Como não é uma necessidade imediata, retornarei quando for conveniente. — Chase se virou para ir embora.

— Bem, já que você decidiu vir...

— Estou respondendo a uma intimação.

— Chame do que quiser. A questão é que você veio e eu tenho algo a discutir.

— Sua futura noiva?

— Ah, pelo amor de...

— As tias só conseguem falar disso. Elas se sentam no camarote delas no teatro e...

— No *meu* camarote.

— Elas ficam sentadas lá e, durante toda a apresentação, ficam examinando as moças, trocando mexericos sobre elas, fazendo listas de

possibilidades. Eu disse para que parassem com isso, mas disseram que você pediu o conselho delas.

— Eu não pedi.

— Então você deve ter parado de repreendê-las por interferir, e elas presumem que isso significa anuência.

Maldição, tinha acontecido basicamente assim.

— Elas ouvem coisas subentendidas que você e eu nunca ouviríamos.

Chase deu um suspiro.

— Por favor, não me peça para investigar uma moça. Eu tenho uma reputação a zelar.

Chase era o primo mais próximo de Nicholas, e aquele a quem recorreria para pedir conselhos sobre alguma moça quando chegasse o dia. Quanto à investigação, Chase criara para si uma profissão fazendo investigações discretas.

— Não, embora, quando chegar a hora, não seja uma má ideia. Eu quero falar sobre a morte do tio. Acho que é hora de abordar esse assunto novamente.

A expressão de Chase assumiu um ar inescrutável.

— Tem certeza de que quer falar sobre isso? Pense melhor. Se foi como suspeitamos, o culpado provavelmente está entre nós. Não Kevin, mas outro.

— Pensei muito por tempo demais. Sua investigação depois que ele morreu estava bem avançada quando a interrompemos. Acho que você deveria tirar o pó dessas suas listas e anotações. Se houver um assassino entre nós, eu quero saber.

— E quando souber, o que vai fazer?

Nicholas sentou-se mais empertigado.

— No devido momento, eu decidirei.

— Não é uma boa ideia enforcar um membro da família de um duque, primo.

Esse detalhe tinha sido parte do problema desde o início. A justiça deveria ser cega para o sangue azul, mas não era. Possivelmente, um juiz evitaria um enforcamento se um júri considerasse um dos outros primos de Nicholas o culpado pelo assassinato. O que não era provável que acontecesse, já que os júris também se curvavam às prerrogativas ducais.

— Deixando de lado a questão dos julgamentos e das penas, eu preciso saber — disse Nicholas. — Você não?

Chase hesitou antes de responder.

— Claro que sim. Talvez seja um sócio comercial obscuro, se é que haverá alguém para identificar.

Chase ter deixado a causa da morte em aberto tinha sido um artifício legal, mas ambos acreditavam que o tio não havia caído por acidente durante a caminhada no telhado, quatorze meses antes, como dizia o relatório oficial, nem se jogado para a própria morte, como alguns rumores alegavam. Ele havia sido empurrado.

Chase se aproximou da mesa e hesitou. Seu olhar pousou nas cartas. Ele disparou a Nicholas um sorriso malicioso. Então levantou o jornal da mesa.

— Educando-se sobre as demandas dos radicais?

— Eu leio muitos jornais. Tio Frederick assinava esse jornal. Eu não cancelei a assinatura.

— E você leu.

— Preciso saber o que eles pensam e alegam, mesmo os elementos com os quais posso não concordar. É assim que um parlamentar responsável age.

Chase sorriu como quem compreendia.

— Ninguém espera que você seja ele.

— Espero mesmo que não. Não sou excêntrico o suficiente.

— Eu não estava falando sobre o tio Frederick.

Não, ele estava falando sobre o pai de Nicholas. O verdadeiro herdeiro. Aquele que agora deveria ter o título. Aquele que se preparara para isso enquanto Nicholas aproveitava a vida como um homem à solta pela cidade. Uma imagem veio à sua mente: a última vez que vira seu pai. Ele odiava que a imagem invocada por sua memória fosse sempre a última.

Fingiu que Chase não havia abordado esse assunto.

— Você mencionou sócios. Também quero que analise várias das sociedades cujo fardo meu tio largou sobre meus ombros. Acho que meus sócios em duas deles são... — Nicholas estava prestes a expressar suas suspeitas quando a porta do escritório se abriu mais uma vez. Entrou Powell, o mordomo, trazendo uma bandeja de prata com um cartão sobre ela. Pela expressão de ansiedade do mordomo, Nicholas se perguntou se era o próprio rei que estava de visita.

— Achei que gostaria de ver quem veio vê-lo, Vossa Graça. — Powell estendeu a bandeja.

Nicholas levantou o cartão e o leu. A chegada do rei não o teria surpreendido mais. Ele olhou para Chase.

— Ela está aqui. Bem aqui. Nesta casa. Agora.

— Pare de tagarelar. Quem está aqui?

Nicholas entregou o cartão. Chase ficou de queixo caído com o choque.

— Iris Barrington. Raios me partam.

— Estamos procurando-a há mais de um ano e agora ela simplesmente bate à porta?

— Ela deve ter ouvido falar sobre o testamento e a herança que a aguarda. Onde mais iria bater?

— Depois de um ano? Tivemos que ir atrás das outras duas herdeiras do tio e descobrir quem eram. O fato de essa chegar assim como se tivesse sido carregada pelo vento é um tanto suspeito.

— Fácil demais, você quer dizer.

— Maldição, sim, fácil demais. — Nicholas apalpou o lenço da gravata e verificou o colete.

— Você parece muito ducal — disse Chase. — Maldição, esse colarinho é tão engomado que você provavelmente poderia cortar ferro com ele. Não deixe de me contar o que ela disser. — Ele caminhou até a porta. — Espere alguns minutos antes de descer para trazê-la aqui — instruiu ele, por cima do ombro, para o mordomo. — Quero esgueirar um longo olhar nela.

Powell ficou parado ali, bandeja de prata na mão, enquanto Chase desaparecia. Depois de um minuto, ele olhou para Nicholas, pedindo permissão para partir também. Após mais um minuto, o duque assentiu.

Iris realmente não esperava que o duque a recebesse, mas valia a pena tentar. Se falhasse naquele dia, tinha vários outros planos para conseguir uma audiência com ele. Tudo bem que estes exigiriam muito tempo e muitos subterfúgios, então valia a pena começar com a abordagem mais direta.

Ter chegado à sala de visitas deu-lhe coragem. Com sorte, o duque pelo menos ficaria intrigado. Se fosse um bibliófilo como o avô, seu cartão de visitas poderia incomodá-lo. Ela havia encomendado cartões que incluíam pequenas imagens de livros abaixo de seu nome, para que os destinatários pudessem entender de imediato o que ela fazia.

Era possível dizer que ela também tinha vindo até ali por causa de livros, se quiséssemos alongar as coisas. Não para vendê-los, embora ela não se importasse de fazer algumas vendas para o duque ou qualquer outra pessoa. Afinal, era sua atividade profissional. Era como ela financiava sua alimentação, suas viagens e tudo mais. No entanto, sua visita àquela enorme casa urbana agora não dizia respeito ao comércio. Era muito mais importante do que isso.

A questão era: ela consideraria esse duque quase humano como o duque anterior ou um canalha mentiroso como o avô? A forte possibilidade da segunda opção a fez endireitar a coluna e reunir coragem.

A porta se abriu e ela se virou, esperando ver que o mordomo houvesse voltado para lhe falar. Em vez disso, um homem de cabelos escuros — bastante bonito, aliás — enfiou a cabeça para dentro da sala. Seus olhos notavelmente azuis varreram o ambiente ali, então repousaram nela. Iris não pôde ignorar como o olhar dele se aguçou, e como ele a absorveu completamente.

Não o duque, tinha certeza. Um duque não recebia visitantes dessa maneira. Outra pessoa, então, com algum interesse nos visitantes de Sua Graça. Um secretário, talvez, embora este não parecesse ser um funcionário.

Ele se desculpou pela intromissão. Sua cabeça desapareceu. A porta se fechou.

Que estranho.

Alguns minutos depois, o mordomo voltou. Ele pediu que ela o seguisse. Quando não desceram as escadas em direção à porta da rua, ela percebeu que teria sua audiência, afinal. A ansiedade crescia a cada passo.

O mordomo a acompanhou a um amplo escritório. Tinha sido decorado com um estilo extremo de inspiração chinesa, com grandes urnas e móveis pesadamente entalhados. Apenas a escrivaninha parecia normal para um duque. Ampla e profunda, poderia conter em sua superfície inúmeros papéis e livros, o que, no momento, não ocorria. Muito poucos itens repousavam ali.

Um tinteiro, uma caneta, um jornal, duas cartas e uma estranha caixinha de tecido. A escrivaninha dava a impressão de pertencer a alguém que ainda não havia se mudado para o espaço ou de alguém tão organizado que não permitiria que nada pessoal maculasse uma superfície limpa.

O homem parado ao lado da mesa era muito mais interessante. Ela percebeu que o outro homem, aquele que entrara de repente na sala de visitas, era um parente. Os dois eram bastante parecidos e ambos tinham alguma semelhança com o último duque. Cabelos escuros e este tinha olhos também escuros. O atual duque era um homem muito bonito, com traços elegantes e o tipo de semblante que as mulheres não podiam ignorar. Vestido tão impecavelmente quanto seria de se esperar, com uma gravata de plastrão e colarinho impecáveis e um conjunto de roupas escuras, ele parecia uma torre de correção e, ela temia, de enfado. Ele era mais alto do que a maioria, pelo menos uma cabeça mais do que ela, e sua maneira de cumprimentá-la carregava toda a formalidade que se esperava de uma pessoa importante que concordara em aceitar a visita de uma completa estranha.

Iris supôs que tinha, no máximo, três minutos para atrair a atenção dele antes que ele educadamente a expulsasse dali. Ela fez uma reverência, então se endireitou e olhou-o bem nos olhos.

— Meu nome é Iris Barrington, e vim pedir... não, exigir... que o senhor cumpra uma promessa que seu tio me fez.

A princípio, ela não recebeu nenhuma reação. Apenas uma longa consideração. Por um momento, ele a lembrou do conde D'Ilio, um amigo cuja reserva podia ser intrigante e misteriosa ou irritante e chata. Tudo dependia do humor dela. Iris tendia a atrair homens assim. Eles gostavam de sua falta de reserva e viviam uma vida vicariamente vivaz através dela.

O duque, em particular, não se encaixava verdadeiramente nesse molde. Por um lado, ela duvidava de que ele fosse tão reservado em uma situação normal — sua parte duque podia ser, mas sua parte homem, provavelmente, não. A razão dela para pensar assim eram as faíscas nos olhos dele. O duque a estava avaliando, mas o homem gostava do que via.

Que interessante. Talvez uma tática diferente estivesse em curso.

Ela deu seu sorriso mais brilhante e se aproximou alguns passos para que sua cara fragrância flutuasse em direção a ele.

— Perdoe-me. Eu não pretendia ser rude e dizer isso assim de repente. No entanto, estou em desvantagem. Sou grata por Vossa Graça sequer ter me recebido. Foi muito gentil de sua parte.

— A senhorita poderia ter escrito primeiro.

— Achei que minha carta nunca passaria da mesa de seu secretário. Eu não tenho referências. Nenhuma família aqui. Não sou uma peticionária comum.

Um meio-sorriso se formou no rosto dele. Ele gesticulou para um sofá e uma cadeira contra a parede oposta.

— Talvez queira se sentar e explicar sobre essa promessa que alega que meu tio lhe fez.

Ela se sentou, deixando espaço suficiente para o duque se sentar ao lado dela. O que ele não fez. Pelo visto, as artimanhas femininas não estavam lhe valendo de nada, ao contrário do que ela planejara.

— O senhor diz "alegar". Provavelmente, uma longa fila de pessoas veio até aqui e lhe disse que o falecido duque havia prometido isso e aquilo — respondeu ela.

— Um número razoável de pessoas.

— Eram todos mentirosos?

Ele sorriu. Deus, que belo sorriso era também. O tipo que poderia aquecer uma mulher até...

— Um número razoável, sim — revelou ele.

— Não estou mentindo. Eu me encontrei com seu tio não muito antes de ele morrer. Ele prometeu me ajudar a encontrar algo que eu acreditava pertencer a ele. Um manuscrito. Um muito bom, por sinal, do início dos anos 1400. Um Saltério, cheio de iluminuras deslumbrantes. Ouvi dizer que foi comprado pelo pai dele, seu avô, e queria saber se ainda está na biblioteca ducal.

A curiosidade juntou-se à apreciação masculina nos olhos dele.

— Por que a senhorita se importaria se estivesse na biblioteca?

— Eu tenho um comprador para ele. Vale uma pequena fortuna. Eu negocio livros e manuscritos raros. Em tal venda, eu agiria como uma intermediária. — Mentiras, a maior parte. Não adiantaria explicar o verdadeiro motivo pelo qual ela queria encontrar aquele manuscrito. Se fosse assim, ele nunca iria ajudá-la.

— Ele disse à senhorita que a biblioteca do pai dele foi dividida depois que ele morreu? Cada filho recebeu uma parte.

— Ele me disse e prometeu investigar qual filho havia recebido o Saltério. Quando soube que ele havia morrido, eu já não tinha notícias dele havia muito tempo, mas nunca imaginei que fosse por isso. Pensei que talvez ele não o tivesse encontrado, ou mudado de ideia, ou que suas cartas ainda não tivessem chegado até mim. Percebi então que talvez ele nem tivesse tido tempo de investigar.

Mais curiosidade. Em excesso.

— Quando foi que essa visita ocorreu? Quando perguntou sobre o Saltério?

— Em fevereiro ou início de março. Não consigo me lembrar do dia exato.

— Foi aqui em Londres?

— Ele escreveu e me disse para ir à sua propriedade em Sussex. Melton Park.

O duque pareceu refletir sobre isso. Ele se levantou, caminhou até uma das janelas e olhou para fora. Então olhou para trás por cima do ombro e examinou-a do chapéu aos sapatos.

— Esta é a única razão de sua visita hoje, srta. Barrington? Há mais alguma coisa que deseje discutir comigo?

Sua mente, que tinha começado a perder tempo com reflexões inapropriadas enquanto observava a forma alta e magra do duque à sua frente e seu perfil perfeito naquela janela, lutou para recuperar o prumo e imaginar o que mais ela deveria querer dele.

— Não há mais nada — ela disse, por fim, estupidamente.

Ele olhou pela janela mais uma vez.

— Esta casa tem um extenso jardim. O dia está belo. Gostaria de dar uma volta comigo? Por acaso, tenho algo além de livros antigos sobre o qual desejo falar.

Ela não poderia recusar, já que ele se dispusera a recebê-la. No entanto, enquanto ele a acompanhava para fora e para o jardim, passou pela sua cabeça que aquele homem poderia ser muito decidido e que ela estava prestes a ouvir uma proposta que, de fato, nada tinha a ver com livros antigos.

— Onde a senhorita mora? — Nicholas fez a pergunta depois que caminharam cerca de cinco metros por um passeio do jardim. Ele tentou transparecer um pouco de curiosidade, mas suspeitou de que soasse mais como um interrogatório. A incisividade, ele admitiu, tinha muito a ver com forçar-se a concentrar sua mente na conversa que viria, em vez das especulações eróticas para as quais queria se desviar desde que aquela mulher entrara em seu escritório. Desejar uma mulher tão imediatamente, tão completamente, tão especificamente... fazia muito tempo que não experimentava esse tipo de atração, e tudo o que podia fazer era não se transformar no pior libertino de Londres.

— Passo a maior parte do meu tempo no Continente. Fui criada lá e, claro, as melhores bibliotecas podem ser encontradas entre a aristocracia dos países europeus. Quanto à moradia, tenho uma casa de família em Florença. No entanto, estou sempre viajando.

— Vem à Inglaterra com frequência?

— Não com muita frequência. Talvez uma vez por ano. Minhas viagens me levam a outras capitais.

— Procurando livros antigos?

— É o meu ofício.

O passeio os levara para longe no jardim, perto do muro que o cercava. Poucas casas em Londres tinham terrenos como aquele. A seção norte era de vegetação selvagem; algo ainda mais raro. Situada na extremidade superior de Park Lane e em frente ao parque, formava um pequeno pedaço de campo em uma cidade fervilhante de movimento. De todas as propriedades que Nicholas havia herdado, era a que ele preferia.

Ao lado dele, a srta. Barrington caminhava, resoluta. Sua expressão permanecia passiva, mas os olhos escuros brilhavam. Aqueles olhos poderiam ser hipnotizantes se ele se permitisse fitá-los por tempo suficiente. Os brilhos tornaram-se então estrelas no céu noturno. Isso, e seu cabelo escuro e pele muito alva lhe davam uma aparência distinta e um tanto estranha. O gosto por detalhes extravagantes em seu vestido, nesse caso um longo xale veneziano de ocres e tons cinzentos, como a maioria das mulheres usava para ir ao teatro, não para uma visita matinal, chamava ainda mais a atenção para sua pessoa. E seus modos... poucas mulheres fariam exigências a um duque ao conhecê-lo.

Ela era fascinante. Um brilho de sensualidade a cobria de forma muito semelhante a como um véu poderia distorcer as feições. Emanava dela como um ar ou um aroma. Seu perfume real só aumentava o efeito.

Ele soube que a queria assim que a vira, o que tornou o encontro ainda mais complicado. Era difícil ficar indiferente quando, na realidade, o que você queria era devorar sua convidada.

— Srta. Barrington, há algo que devo lhe dizer. Suspeito de que fará pouco sentido. Se essa for a sua reação, não estará sozinha. Eu concordaria totalmente.

Ele a sentiu tensa ao seu lado. Ela parou de andar e o encarou. Sua expressão indicava que não ficaria tão surpresa, afinal de contas. Ela levantou uma sobrancelha, à espera.

— O testamento do meu tio continha algumas disposições incomuns — prosseguiu Nicholas. — Uma grande parte de sua riqueza pessoal foi deixada para pessoas que não são familiares, amigos ou serviçais dele. Três mulheres desconhecidas pela família receberam a maior parte. Iris Barrington é uma dessas mulheres...

Ela piscou forte. Franziu a testa. Então começou a rir.

— O senhor está brincando, com certeza. Esse é um gracejo peculiar seu.

— De jeito nenhum. Estamos procurando a senhorita há meses. Aqui na Inglaterra, e já há algum tempo no Continente. Talvez todas essas viagens suas tenham atrapalhado nosso encontro lá.

Ela sorriu amplamente com uma boca deliciosa.

— E é isso que queria me dizer? Essa é a razão deste passeio no jardim?

— Sim, é. — Ele enfiou a mão no bolso do colete e retirou um cartão. — Este é o nome do advogado da família. Também é o executor do testamento. Recomendo que fale com ele o quanto antes.

Ela pegou o cartão e o fitou. Então riu de novo.

— Ora, raios me partam. — Ela olhou-o nos olhos. Aqueles brilhos estrelados pareciam acenar para ele se juntar a ela no céu noturno. — Eu apenas presumi que havia me trazido aqui para me fazer alguma proposta.

Ele riu também, como se tal ideia fosse ridícula.

Pegaram o caminho de volta para a casa. Claro, ele tinha que saber.

— Isso acontece com frequência? Receber propostas? — ele perguntou da forma mais casual.

Ela continuou olhando para o cartão.

— O tempo todo. Sendo uma mulher sozinha. Bem, o senhor pode imaginar. Mas nunca fui e nunca serei a amante de homem algum. Eu trilho meu próprio caminho. Receber esse tipo de apoio traz obrigações que me recuso a aceitar.

— É compreensível.

Ela apontou para o portal do jardim da frente, indicando que pretendia sair por ali. No portão, parou e o encarou novamente. Seu sorriso era malicioso, mas a expressão, prática.

— Por outro lado, não me oponho a ter amantes se eles me atraem. Isso é diferente.

Muito diferente. Ele reagiu como se fosse uma espécie de convite, mas também sabia que poderia ser apenas uma provocação.

Aquele ar sensual pareceu encobri-lo. Em alguns momentos, ele estaria completamente excitado se ela não fosse embora o quanto antes.

— Preciso lhe perguntar uma coisa — disse ela. — As promessas de um duque morrem com ele?

— Não as importantes.

— Gostaria muito de encontrar esse Saltério.

Maldição, ele lhe daria seus caninos se ela os quisesse, naquele exato momento.

— Vou ver o que posso descobrir. Vou começar com a biblioteca daqui. Como vou reconhecer esse material?

— Se abrir um livro e descobrir que é um manuscrito cheio de pinturas coloridas em pergaminho retratando os Salmos, provavelmente será esse.

E então ela se foi, passando pelo portão, o xale oscilando a cada passo seu.

CAPÍTULO DOIS

— Walter terá uma apoplexia — falou Kevin enquanto girava o vinho do Porto em sua taça. — Ele já gastou antecipadamente o dinheiro que esperava herdar quando a terceira herdeira misteriosa continuou desaparecida. Ele e Felicity foram a Paris, e ela comprou todo o seu guarda-roupa para a temporada lá. Rosamund diz que só os chapéus custam uma fortuna.

Nicholas estava sentado com seus primos Kevin e Chase na biblioteca de Whiteford House. Tinham vindo para discutir a inesperada descoberta de Iris Barrington.

— Nenhum deles ficará satisfeito, já que o legado significativo dela teria sido dividido entre todos nós. Tranque a porta, Nicholas. A notícia deve se espalhar pela manhã, e todos eles vão aparecer aqui, reclamando e implorando — disse Chase.

As provisões do testamento do tio não haviam agradado a suas duas tias e seus muitos primos. Muito pouco fora dado a qualquer um deles, incluindo Nicholas, que, como o novo duque, recebera muitas terras e casas, mas quase nada para financiar a manutenção das propriedades. A diferença, sempre se lembrava, era que ele não esperava nada, enquanto Walter e os outros esperavam muito e viviam de acordo. Quando duas das três herdeiras misteriosas foram encontradas, as esperanças diminuíram, mas não morreram. A triste verdade era que muita gente contava com a morte de Iris Barrington.

Não Chase ou Kevin. Cada um deles tivera o bom senso de se apaixonar por uma das herdeiras. Os casamentos logo se seguiram, o que os colocava acima de toda aquela situação mais recente.

— Sanders está investigando para garantir que ela é mesmo quem diz ser — acrescentou Chase.

— Ela parecia não saber da herança — revelou Nicholas.

— Você acreditou nisso?

Se ele acreditava? Uma vez longe da influência dos olhos e sorrisos

da dama, ele teve que admitir que toda a visita tinha sido peculiar. Que ela aparecesse em sua porta depois de todos aqueles meses, era algo que implorava por uma explicação além do desejo que ela demonstrara por vender um dos supostos itens do acervo da biblioteca do avô de Nicholas.

— Se ela queria reivindicar a herança, não precisava vir até mim — disse ele, pensando em voz alta. — Ela poderia ter ido procurar Sanders. Como executor, é ele quem ela precisa satisfazer com sua identidade.

— Tenho certeza de que nossas tias farão o possível para provar que ela não é a pessoa mencionada no testamento — opinou Kevin. — Afinal, uma terceira herdeira com uma atividade profissional as fará pensar que todo o objetivo do tio era humilhá-las perante a sociedade.

— Já que você mencionou isso, acho que a srta. Barrington vai gostar dos chapéus de Rosamund. O dela tinha um ar semelhante. Apenas um pouco dramático. Combinava perfeitamente com o conjunto que trajava, e eu consegui enxergá-la se tornando uma freguesa na loja de Rosamund.

Ambos os primos apenas olharam para ele.

— Só estou dizendo que...

— Que você estava reparando no chapéu e no conjunto dela — interrompeu Kevin. — Nas circunstâncias, talvez ter notado o caráter dela teria sido preferível.

— Duvido que Nicholas tenha deixado de notar muitas coisa sobre a srta. Barrington — falou Chase. — Eu só vi um vislumbre, mas havia muito para ocupar a atenção. Não havia, Nicholas?

— Era meu dever prestar atenção. Ela é a possível herdeira de uma grande fortuna que, de outra forma, ficaria na família.

— Verdade. Verdade. E ainda assim... — Chase ergueu as sobrancelhas.

Kevin olhou de Chase para Nicholas.

— O quê? Não admito receber sermão nenhum.

— Não há mais nada a dizer — declarou Nicholas. — Eu descrevi como foi o encontro.

— Você deixou de fora alguns detalhes importantes — disse Chase. — Por exemplo, você não *a* descreveu. — Ele se virou para Kevin. — Ela tem uma aparência muito distinta. Olhos escuros, cabelos escuros. Um pouco estranha na aparência. Eu a chamaria de... vivaz.

— Uma palavra inusual — falou Kevin.

— Quando você a conhecer, saberá o que quero dizer. Ela é adorável. Você não concorda, Nicholas?

— Acho que ela é adorável de certa forma.

— *Acho que ela é adorável de certa forma* — Chase imitou seu tom sonoramente ducal.

— Quando conheci Rosamund, foi como se eu tivesse sido atingido por um raio — contou Kevin. — Eu confio que nada disso aconteceu com você. Nós nem sabemos ao certo quem ela é.

— Não houve raio. Não houve nada. Tivemos uma conversa civilizada. Isso é tudo.

— Obrigado, Deus. Se fosse diferente, as tias já estariam tramando, posto que ela fosse minimamente aceitável.

— Nossas tias não a acharão nem um pouco aceitável. — A própria ideia da reação das mencionadas tias, se elas conhecessem a mulher que dizia ser Iris Barrington, foi suficiente para fazê-lo sorrir. — Ela tem uma aparência muito dramática... perdoe-me, vamos chamar de vivaz... e ela é claramente uma mulher do mundo.

Ele pegou Kevin e Chase trocando olhares significativos. Nicholas os desafiou com um olhar. Ambos voltaram a bebericar seu Porto. Ele também. Enquanto a conversa mudava para outros assuntos, metade de sua mente contemplava a vivaz mulher em questão.

Ele provavelmente deveria descobrir em que momento ela se encontrara com o tio Frederick. Houve relatos de um encontro no jardim com uma mulher no dia em que ele morreu. Se fosse Iris Barrington, ele realmente precisava saber. E apesar da maneira como se acalentava quando pensava nela, precisava ter em mente que tinham apenas a palavra dela de que desconhecia a herança. Maldição, até onde ele sabia, ela poderia muito bem estar ciente disso já desde que o testamento havia sido escrito.

Iris saiu dos aposentos do sr. Sanders em transe. A última meia hora tinha sido surpreendente. Por alguma razão, o último duque não apenas lhe deixara um legado, como um *grande* legado. Enorme. Ela havia entrado no escritório do advogado como uma mulher que ganhava a vida negociando e vendendo livros raros. Havia saído de lá uma mulher rica.

Certamente haviam cometido um erro. Não ousava acreditar que aquilo fosse real, porque então a decepção seria ainda maior se desaparecesse. Da forma como estava, ela se perguntou se alguém iria cutucá-la e ela acordaria de um sonho.

Parecia que teria que permanecer em Londres por algum tempo, enquanto o simpático sr. Sanders verificava se ela realmente era Iris Barrington. Para tanto, ela lhe dera os dados de seu advogado em Florença, que servira como executor das propriedades de seu pai e de seu avô, e o endereço da casa da família onde havia morado com todos eles, junto com sua mãe, até que, um por um, eles passassem dessa para uma melhor e a deixassem sozinha. Ela também explicara a decisão peculiar de seu pai de usar o nome de solteira de sua mãe, Borelli, em vez de seu nome legal, Barrington.

Ela pedira ao condutor do cabriolé para levá-la ao Museu Britânico, onde desceu. Ela fez uma pausa para examinar a fachada frontal da Montagu House, que abrigava o museu. Em uma extremidade, uma nova construção parecia estar em andamento. O museu estava sendo ampliado.

As livrarias tendiam a se reunir nas sombras dos museus. Ela começou a andar, procurando quartos para alugar por um curto período de tempo.

Sua caminhada a levou a Gilbert Street, onde encontrou exatamente o que queria. Uma pequena livraria com uma placa na vitrine indicando um apartamento acima disponível para locação. A aparência do lugar a atraiu profundamente. Lembrava-a de sua casa em Florença, com seus pequenos painéis de vidro exibindo alguns livros e um andar acima, onde o proprietário poderia morar.

Sua mente se enchia de lembranças enquanto a nostalgia apertava seu coração. Imaginou-se entrando pela porta e encontrando ali um velho, de cabelos brancos, mas bonito ainda, sentado em uma confortável poltrona com uma pilha de livros por perto e um aberto no colo. Ela viu uma jovem em uma cadeira de madeira ao lado dele, inclinando-se sobre o braço acolchoado da cadeira e deitando a cabeça no ombro do avô enquanto ele lia para ela. Seu cheiro, tão característico, uma mistura de couro, vinho e menta, voltou a ser real. Ela fechou os olhos e saboreou as memórias, então os abriu e caminhou até a porta.

Adentrou a loja e respirou os cheiros familiares de livros e papéis velhos, de poeira e um toque de mofo.

Uma mulher surgiu entre as prateleiras. De cabelos ruivos e com a pele muito clara, tinha um rosto macio e cheio e os seios, fartos. Parecia ter idade indeterminada, uma mulher que havia deixado a juventude para trás, mas ainda não se tornara uma matrona. A mulher cumprimentou-a com um sotaque que conservava algo melódico da Escócia. Trinta anos, Iris calculou. Alguns anos mais velha que a própria Iris.

— A senhorita procura um livro prático ou de entretenimento?

— Sempre de entretenimento — respondeu Iris. — A senhora tem um bom estabelecimento aqui. — Ela olhou para uma pilha de livros perto da porta com uma variedade heterogênea de encadernações. Uma rápida olhada lhe disse que aquela loja era especializada em livros antigos. Pouquíssimas publicações recentes podiam ser vistas ali, embora recebessem destaque em uma pequena vitrine.

— Não faz muito tempo — disse a mulher. — A loja era do meu tio e pensei em continuar com o ofício, mas percebi que seria melhor vender e morar no campo. Esta cidade não é para gente como eu.

— Isso é uma pena. Eu esperava ver os aposentos para alugar, mas se vai vender a loja, pode não ser sensato. Os novos proprietários podem preferir usar o espaço de outras maneiras.

— Que maneiras seriam essas? Há uma pequena residência lá em cima. Só um tolo colocaria para fora alguém que paga em dia. Venha comigo que eu lhe mostro. Fica nos fundos e tem vista para um pequeno jardim. São os melhores aposentos lá em cima.

Como a mulher já estava na metade da escada, Iris a seguiu.

— Eu moro aqui. — A mulher apontou para uma porta bem no patamar. — Este aqui é o apartamento que está disponível. — Ela abriu uma porta e ficou de lado.

Iris entrou e caminhou por uma sala de estar. Mobiliada com moderação, tinha tetos altos e parecia bem-conservada. Uma parede continha duas janelas de bom tamanho que davam para o jardim. Uma porta a levava a um quarto com janelas e vistas semelhantes.

— O colchão é novo — disse a mulher. — Há uma boa loja na próxima rua, se quiser acrescentar alguns móveis. Poderia ser bom ter uma mesa e algumas cadeiras.

Iris colocou-se no centro da sala de estar, imaginando-se ali em uma noite de inverno.

— A lareira puxa bem? Não suporto uma lareira enfumaçada.

— Isso nunca foi um problema. Eu a mantenho limpa.

Iris imaginou a mesa que traria e a confortável cadeira estofada para leitura.

— Qual o seu nome?

— Bridget MacCallum. Meu tio era Liam MacCallum. Ele faleceu há dois anos, mas todos nestas ruas o conheciam.

— Qual é o preço para alugar esses aposentos?

— Dez xelins por mês. Treze se preferir um sistema de pensionato.

— Como não há cozinha aqui em cima, seria estranho alugar os aposentos sem incluir as refeições.

— A senhorita pode usar a cozinha nos fundos, se preferir cozinhar para si mesma.

Iris passou por Bridget e desceu as escadas.

— Onde a senhora compra esses livros? — ela perguntou enquanto caminhavam de volta para a frente da loja.

— Principalmente em leilões. Prefiro os realizados nas casas particulares. Os preços são melhores do que nos leiloeiros como a Christie's e tudo mais.

— Então a senhora frequenta sempre os leilões? É conhecida dos outros livreiros que as frequentam?

— Todos nos conhecemos.

À luz da janela da frente, Iris encarou Bridget.

— Também negocio livros. Raros. Aqui está o que eu proponho. Pagarei oito xelins por mês pelos aposentos e mais dois pela alimentação. E eu vou ajudá-la a pagar menos pelos livros em leilão, e a senhora me ajudará a pagar menos também se houver algo que eu queira comprar. Talvez se nós duas formos astutas, não terá que vender esta loja.

Bridget olhou para ela com desconfiança.

— Não há nada de ilegal nisso, há? A parte de ajudar uma à outra, quero dizer.

— Não. Além disso, nada que os outros não estejam fazendo, bem debaixo do seu nariz. — Ela olhou para a pilha de livros perto da porta. Então se abaixou e tirou um com uma encadernação muito refinada e em boas condições. — A senhora deveria deixar encadernações como esta mais visíveis. Há quem não se importe com o conteúdo, mas apenas com o couro. Confie em mim, este, se deixado aqui em cima, vai vender dentro de um dia ou algo assim. Bem, o que diz sobre a minha oferta? — Ela colocou o livro nas mãos de Bridget.

Bridget passou o punho sobre o livro encadernado em couro, dando uma espanada nele.

— Parece-me que podemos tentar, se estiver disposta a fazer suas refeições quando eu fizer. Tenho a loja em mente, e isso tem prioridade.

— Eu até cozinho de vez em quando, se a senhora quiser.

— Bem, isso seria um prazer. Quando virá morar aqui?

— Hoje à noite, se lhe convier. — Ela abriu a retícula e tirou dez xelins. — Aqui está o primeiro mês de aluguel. Espero ficar vários meses, pelo menos. Talvez a senhora não venda antes que eu me vá.

O sol refletiu no cabelo ruivo de Bridget enquanto ela assentia. A luz tornou sua pele branca translúcida e revelou algumas linhas que a envelheceram além do que Iris havia calculado. Talvez trinta e cinco, ela decidiu.

— Poderia ser. Estou pensando em ficar, se puder, e com esses aposentos alugados para a senhorita, posso ficar um pouco mais.

Iris abriu a porta e estava quase saindo depois de se despedir, quando parou.

— Meu comércio de livros é privado. Uso meus aposentos para me encontrar com compradores e vendedores. Prometo que a senhora não será importunada quando meus clientes me visitarem.

Bridget deu-lhe outra boa olhada.

— Não há razão para perguntar o que a senhorita faz. Especialmente se está pagando dez xelins por mês e cozinhando às vezes.

— Então estamos de acordo. Eu voltarei esta noite. Estou ansiosa para vir morar acima da sua loja. Vai ser como um lar, tenho certeza.

Três dias depois, Iris seguiu Bridget até uma casa na Dover Street. Elas não se olharam nem falaram. Qualquer um que assistisse presumiria que não se conheciam.

Uma vez lá dentro, Iris voltou-se para a esquerda e Bridget virou para a direita. Aproximaram-se das mesas com livros em direções opostas, examinando os volumes à venda. Com um olhar, Iris concluiu que o passeio do dia seria muito mais lucrativo para sua senhoria do que para si mesma. A biblioteca à venda continha títulos muito previsíveis, do tipo que qualquer sobrado respeitável de Londres conteria. As encadernações que lhes davam aparência semelhante também eram respeitáveis, mas não valiosas em si mesmas, como algumas encadernações poderiam ser.

Era uma biblioteca tão adequada e apropriada que ela se perguntou por que um dos grandes livreiros não havia simplesmente comprado tudo de uma vez, com o objetivo de vendê-la como um todo para um novo proprietário de residência que procurasse preencher as prateleiras da biblioteca. Muito provavelmente, os herdeiros que haviam recebido aquela casa e seu conteúdo esperavam obter mais se a vendessem no varejo.

Ela duvidava de que fossem. Ao final do leilão, as sobras provavelmente seriam vendidas em grandes lotes e a preços baixos. Lembraria Bridget disso. Esta comprou um estoque de uma grande variedade, de modo que lotes mistos como os que aquele leilão provavelmente ofereceria poderiam agradá-la.

Iris deixou as grandes mesas e caminhou pelas beiradas do cômodo. Havia mais mesas ali, com uma grande variedade de livros. Não eram do tipo que formavam coleções quando encadernados em couro idêntico, mas o que Bridget chamava de livros práticos. Guias de culinária, conselhos de comportamento e até mesmo instruções sobre criação de animais repousavam sobre uma mesa.

— Está procurando conselhos de mulheres mais velhas e experientes? — perguntou uma voz em seu ombro. Uma certa mão forte estendeu-se e

levantou um pequeno livro azul. — Este aqui, talvez. *Etiqueta adequada para jovens senhoras*. A esposa do meu primo conhece a autora. Sempre suspeitei de que fosse minha tia Agnes.

Ela olhou de soslaio para o homem agora ao seu lado. Seu olhar caiu sobre a mais bela e finíssima sobrecasaca, então até uma gravata perfeitamente amarrada, e ainda mais para um perfil extremamente bonito. O duque se destacava naquela multidão, para dizer o mínimo. Ele se elevava acima das outras cabeças, e toda a sua presença anunciava seu status e sangue azul.

— Sua tia gosta de escrever?

— De jeito nenhum, mas ela adora dar conselhos indesejados. Seria típico dela decidir que o dever a obrigava a transmitir suas opiniões sobre o comportamento das jovens senhoras.

— Sempre presumi que esses livros fossem escritos por mulheres determinadas a garantir que as jovens se divertissem tão pouco quanto quando elas mesmas tinham essa idade.

Iris permitiu que ele hesitasse ali enquanto ela inalava seu aroma. Couro e lã, como se esperava, mas, por baixo disso, uma sutil nota picante. Conferia ao cheiro masculino comum um pouco de mistério. Ela se perguntou se o duque tinha um lado exótico escondido nele.

Seguiu em frente, examinando as mesas laterais. Ele equiparou os passos com os dela. Do outro lado da sala, podia ver Bridget notando o homem que agora estava colado ao seu lado.

— O senhor não revelou seu interesse por livros quando nos conhecemos — disse ela. — Poderia ter me dito que temos algo em comum.

— Todos não se interessam por livros? Não parecia ser algo digno de nota.

— Homens do seu tipo estão interessados em ler livros. Não é a mesma coisa que frequentar leilões de bibliotecas.

— Tomei conhecimento do leilão e pensei em dar uma parada. É necessário encontrar algo para fazer durante as tardes.

— Entendo. Que vaidade a minha. Achei que estava aqui procurando por mim.

— Por que eu faria isso?

Ela parou de andar e olhou para ele.

— Nós dois sabemos por quê, mas se quiser fingir que não, eu não me importo.

No canto mais distante, encontrou livros muito mais interessantes. Ali, no escuro, reunidos como se o leiloeiro soubesse que ninguém os fosse querer, amontoavam-se alguns textos muito antigos em línguas estrangeiras. Ela passou os cordões de sua retícula no braço e começou a afastar livros pesados, folheando rapidamente os frontispícios que mostravam o ano e a cidade de publicação, passando os olhos com agilidade pelo conteúdo e pelas imagens. Todo o tempo ela tentava parecer pouco interessada.

Uma pessoa especificamente não foi enganada por sua atitude.

— Ah, a senhorita descobriu os tesouros escondidos.

— Não podemos chamar de tesouros, mas são de algum interesse. Pare de tocá-los. Eu preferiria que todas as pessoas aqui reunidas não percebessem o que estou fazendo.

— Devo ficar à margem?

— Só não chame atenção para nós tentando me ajudar. Faça cara de tédio.

— Isso eu consigo fazer. — Ele se afastou e cruzou os braços sobre o peito. Quase suspirou de aborrecimento. Seria muito melhor se tivesse simplesmente ido embora. Não que ela realmente quisesse que ele fosse. A presença de um homem bonito e especialmente poderoso era sempre agradável.

Na base de uma pilha, ela encontrou ouro enterrado. Soube assim que avistou a capa que aquele livro valia seu tempo. Publicado no início do século XVI, em latim, era um tratado sobre perspectiva. Havia colecionadores que desejavam qualquer livro antigo sobre esse assunto. Por acaso, Iris tinha um colecionador desses entre seus amigos em Lyon.

Ela verificou a condição o melhor que pôde, mantendo-se discreta. Além de algumas páginas com pontos de oxidação, parecia estar em belo estado.

— Esse aí é bastante impressionante. — Seu interesse havia atraído o duque e agora ele rondava seu ombro novamente, a proximidade e a respiração fazendo a pele dela formigar. — As imagens são gravuras, não são? São muito nítidas e parecem ter linhas escuras, não acinzentadas, como é comum.

— Significa que foram impressas a partir de chapas ainda pouco usadas. Uma impressão inicial.

— Vale alguma coisa?

— Alguma coisa. — Pelo menos quarenta libras. Não era uma fortuna, mas uma boa soma para tal livro. Ela poderia viajar por meio ano com quarenta libras, se fosse necessário.

Ela o devolveu ao fundo da pilha e se afastou. Encontrou o título no guia do leilão que conseguira na porta e fez uma pequena marca ao lado.

— Costuma comprar livros na Inglaterra? — perguntou o duque, enquanto continuavam a caminhada.

— Não. Normalmente vendo livros aqui quando visito. No entanto, parece que vou permanecer em Londres por algum tempo agora, para que o sr. Sanders possa verificar minha identidade. Como se trata de cartas para Florença e quem sabe o que mais, pode levar alguns meses até que eu receba esse legado. O senhor poderia ter me avisado que era uma herança muito grande e não as poucas libras que presumi. Quase desmaiei quando o sr. Sanders explicou tudo.

— É grande, não é? Foram três herdeiras que, juntas, obtiveram a esmagadora maioria das participações financeiras do tio. As outras duas se saíram muito bem, mas seu legado é duas vezes maior. — Ele andou um pouco antes de acrescentar: — Imagino que minha família vá querer conhecê-la.

— Ora, mas para quê?

— Para ver a quem meu tio deu todo aquele dinheiro. Tia Agnes provavelmente vai convidá-la para jantar, para que todos fiquem boquiabertos e sejam rudes.

— Talvez eu recuse.

— Pode ser uma decisão sábia.

— Foi uma conversa muito agradável, Vossa Graça, mas acho que vou ficar para o leilão em si. Primeiro, devo ir me refrescar. Essas coisas podem demorar muito e são muito enfadonhas, então eu entendo se quiser ir embora.

— Também vou ficar. Estou curioso para saber como tudo funciona. Vou encontrar assentos enquanto espero pela senhorita.

Praguejando baixinho, ela se dirigiu ao salão feminino. Lá se sentou na ponta de um banco para descansar. Um pouco mais tarde, Bridget aproveitou a outra ponta do banco e se abanou com o guia do leilão, enquanto outras mulheres iam e vinham conversando por perto.

— Quente lá dentro. Deveriam abrir algumas janelas com tantos corpos andando por aí — disse Bridget.

— Imagino que a maioria das pessoas irá embora bem rápido. Bem antes de se formarem os lotes mistos de restos. Esses geralmente saem por preços muito razoáveis. A maioria dos compradores são homens, então os livros práticos provavelmente acabarão nessas caixas posteriores.

— Foi para isso que você veio? Lotes mistos de livros práticos? — perguntou Bridget.

— Majoritariamente. Acha que devo comprar alguns, se puder? O que seria um bom preço, na sua opinião?

— Não mais do que meia libra a caixa e isso considerando pelo menos dez livros.

— Obrigada por esse conselho. Não estou familiarizada com leilões londrinos como este.

O leque improvisado voltou à carga.

— Não viu nada de particular interesse? Eu mesma achei tudo bastante comum.

— Oh, há alguns itens que me atraíram. — Ela abriu seu guia e foi até a página com o estudo de perspectiva .

Bridget recolheu sua retícula e guia. Só que era o guia de Iris que ela estava apertando entre as mãos.

— Melhor voltar para conseguir um bom lugar. Foi um prazer conversar com a senhorita.

— E eu com a senhorita. *Bonne chance.*

Iris esperou alguns minutos depois que Bridget saiu, então a seguiu, carregando o guia de Bridget com as marcações dela. Viu que o duque havia se sentado na terceira fila da frente. Ela cruzou o olhar com ele e se dirigiu para os fundos. No momento em que encontrou um assento na parte traseira

das fileiras de cadeiras, ele se juntou a ela. Iris podia ver Bridget na frente. Aquilo era um erro. Bridget precisava ser capaz de ver quem mais estava fazendo lances e outras coisas importantes. Nunca conseguiria fazer isso se tudo estivesse acontecendo atrás dela.

— Por que a senhorita quis se mudar? — o duque indagou enquanto se acomodava. Cabeças se viraram para onde ele estava sentado. Deus, o homem era um risco para seus planos. Ela se perguntou como alguém dizia a um duque para ir embora.

— Porque daqui eu posso ver o que é o quê — ela sussurrou. — Já localizei um círculo de três livreiros. — Ela indicou quem eram os três, e o olhar do duque disparou de um para o outro. — Observe. Nenhum deles dará um lance quando um dos outros o fizer. Eles já concordaram quem vai arrematar qual lote. Apenas um forasteiro poderá levar um desses lotes, e por um bom dinheiro.

— Isso soa antiesportivo. Até mesmo ilegal.

— Até onde sei, não há lei contra não dar lance em um livro.

Ela levantou a mão quando as escolhas de Bridget foram à venda e conseguiu comprar quatro delas. Então a miscelânea começou a chegar. Algumas pessoas foram embora. A maioria dos livreiros também. Um homem permaneceu. O homem sentado ao lado dela.

— Olhe. Esse é o livro em que você estava interessada — ele disse, alto demais.

— Parece que sim.

— Não vai dar um lance?

— Acho que não.

— Era muito bonito. Seria uma pena abrir mão dele por meros xelins.

— Eu estava na dúvida.

— Aquela ruiva lá na frente vai pegá-lo por quase nada. Eu mesmo gostei da peça. Vou dar um lance e... *ai*!

— Mantenha sua mão abaixada — ela sibilou enquanto tirava o cotovelo do lado dele.

— Mas aquela mulher...

— *Sim*.

Ele olhou para o cabelo ruivo e depois para Iris.

— *Ahhhh*.

— Sim.

O leiloeiro vendeu o estudo de perspectiva por apenas dezessete xelins. Iris decidiu que era hora de partir. O duque a seguiu pela casa até a entrada e esperou enquanto ela fazia o pagamento e providenciava a entrega dos livros. Por fim, ele a acompanhou até a entrada.

— A senhorita sabe ser bastante dissimulada — disse ele. — Vou ter que me lembrar disso.

— A questão não era exatamente esse livro em particular. Eu poderia tê-lo comprado pelo mesmo preço se eu mesma desse um lance — explicou ela. — Não quero que os livreiros me conheçam antes do necessário. Se o fizerem, e a notícia se espalhar sobre o meu comércio, eles me seguirão em todos os leilões, dando lances no que eu quero e tornando a maioria dos itens excessivamente caros. É do meu interesse evitar o tipo de atenção que provocaria esse fim.

— Claro, embora em alguns meses você possa comprar qualquer livro que quiser por qualquer preço.

Esse comentário a fez parar no meio do caminho.

— Posso, não posso? Eu nem tinha pensado nisso. Uma coisa é ter uma mudança na minha sorte, outra é aprender a conviver com ela, suponho. Talvez eu escreva um desses livros práticos e o intitule *Acostumando-se a ser uma nova rica*.

Ele riu junto com ela enquanto passavam pela entrada principal, na frente da residência. Ela gostou de como os cantos dos olhos dele enrugavam quando ria. Iris se ocupou em admirá-lo enquanto desciam para a rua. Perguntou-se se, durante o prazer, o semblante dele endurecia ou suavizava, e se aquelas luzes impertinentes nos seus olhos se aprofundavam.

De repente, um torno pareceu agarrar sua cintura. Ela voou, seu corpo desferindo um longo arco enquanto seus pés deixavam a calçada. Quando o borrão acabou e ela voltou a pisar em terra firme, estava nos braços do duque, presa àquela sobrecasaca superelegante enquanto gritos enchiam o ar.

Ela olhou na direção em que os outros olhavam e viu uma carruagem descendo a rua.

— A senhorita está bem? — A voz dele, profunda e calma, soou em seu ouvido. Ela olhou para a expressão preocupada do duque. — Quase entrou no caminho daquela carruagem. O cavalo deve ter se soltado. Não havia cocheiro ou passageiros.

Ele ainda a segurava perto do corpo, com o rosto de ambos a apenas dois centímetros de distância. Iris não queria se afastar porque um terror interior começou a fazê-la tremer, ao perceber que acabara de correr um risco muito grande. Se o duque não estivesse ao seu lado...

— Foi sorte que o senhor tenha decidido passar seu tempo em um leilão de livros hoje — ela murmurou.

— Essa não foi a única razão pela qual eu vim. A menos que queira fingir que sim.

Mais adiante, na rua, vários homens conseguiram parar o cavalo em fuga. O cocheiro passou correndo para pegar sua carruagem, com o rosto vermelho de preocupação e esforço. Naquele exato momento, Bridget saiu da casa, carregando um grande pacote achatado. Ela fez uma pausa e olhou para Iris.

Iris se desenlaçou.

— Obrigada. De verdade. No entanto, com o cavalo apanhado, corremos o risco de ser a ocorrência mais interessante desta rua.

Ele a soltou.

— Devo permitir que termine sua tarefa do dia com sua sócia e devo cuidar de outros assuntos menos fascinantes.

Ele se afastou enquanto Bridget descia os degraus, abraçando seu pacote.

— Quem era aquele?

— O duque de Hollinburgh.

Bridget riu.

— Conte outra!

— Pois é o próprio.

Bridget lançou-lhe um olhar curioso.

— Conte outra — ela murmurou. — Você tem pretendentes que são duques? O que está fazendo dormindo em cima da minha loja?

— Isso, minha nova amiga, é uma longa história.

CAPÍTULO TRÊS

— Elaborei uma lista de pessoas para investigar — disse Chase. — Infelizmente, metade delas são parentes.

Nicholas esperava mesmo uma lista. Era o jeito como seu primo fazia as coisas. Chase tinha a incomum profissão — a família insistia em chamá-la de um "comércio" para se sentir superior — de conduzir investigações. Sua abordagem metódica havia sido desenvolvida no exército, onde ele aprendera essas habilidades. Sua esposa, Minerva, também participava, mas atuava de forma mais fluida e imaginativa. Juntos, raramente falhavam em seus esforços.

— Ainda assim, é o que deve ser feito — falou Nicholas. — Não devemos ignorar nossos instintos sobre o assunto. Mesmo que o relatório oficial tenha declarado "acidente"... uma conclusão que você encorajou por razões que ambos entendemos e aceitamos... você e eu deveríamos saber a verdade, se possível.

— E acha que é hora de saber?

— Eu acho. — Não se devia ignorar o assassinato de um parente, por mais conveniente que fosse. E se houvesse uma víbora no ninho, ele queria saber. Quanto ao que faria quando soubesse...

— Ajudaria se tivesse sido Philip — opinou Chase. — Você já o cortou do nosso círculo e o deserdou. Infelizmente, ele tem uma história bem amarrada sobre seu paradeiro naquele dia e naquela noite.

— As pessoas mentem para encobrir os amigos. Ainda pode ser ele. — Nesse caso não foi um amigo, mas Felicity, que nem mesmo gosta dele. Ela estava voltando da casa de uma amiga quando o viu cambaleando para fora de um inferno de jogatina. Ela deu uma carona para ele voltar para casa.

— Walter estava com ela?

— Ele estava tomando vinho e conversando com outro membro do clube.

— Precisamos garantir que todo o resto também tenha boas explicações.

— Se assim for, você será a pessoa que vai descobrir. Na verdade, terá que fazer algumas das outras tarefas necessárias. A condição de Minerva significa que não devo me aventurar longe de casa.

Nicholas sabia que deveria ter começado tudo isso meses atrás, antes que a esposa de Chase engravidasse. Agora ela estava no meio de uma gravidez que se revelava mais difícil do que perigosa, se fosse tomar como base o que Chase dizia. Ainda assim, Chase obviamente queria ficar por perto.

— Dê-me a lista. Vou marcar os itens que acho que consigo resolver sem ser óbvio demais. — Nicholas estendeu a mão.

Chase entregou-lhe a lista. Nicholas examinou os quinze nomes.

— Você incluiu a srta. Barrington.

— Claro. Ela herdou uma fortuna muito grande como resultado da morte do tio. Não temos ideia de onde ela estava na época, e você disse que ela se encontrou com ele pouco antes. Eu diria que agora ela merece estar no topo da lista.

Que era exatamente onde Chase a colocara.

— Eu poderia lidar com ela — Chase ofereceu. — Ela está aqui em Londres, e não seria problema.

— Deixe comigo. Ela não vai suspeitar que estou investigando, mas vai se perguntar por que você está bisbilhotando nos assuntos dela.

— É verdade. Por outro lado, ela nunca me acusaria de traição se soubesse o que eu estava fazendo.

— Não temos uma amizade, muito menos do tipo que usa palavras como "traição".

— Se você diz...

Ele odiava quando Chase recuava assim, de uma forma que conseguia inserir mais uma frase adicional que implicava que ele, Chase, sabia que as coisas não eram tais como haviam sido apresentadas. Nicholas deixou o assunto morrer, no entanto. Por um lado, não tinha uma amizade que pudesse ser traída com a terceira herdeira. Por outro, se Iris Barrington de fato alguma vez tivesse assassinado alguém, ela nunca consideraria aquilo tudo uma traição se acabasse sendo descoberta.

Iris estava do outro lado da rua da livraria, examinando sua fachada. Um pouco de tinta cairia bem nos beirais, e as janelas precisavam de uma boa lavagem. Ela marchou em direção à porta, como se fosse uma cliente recém-chegada. Olhou pela janela, onde um novo tomo descansava. Um antigo, aberto para mostrar a gravura dos efeitos ópticos da perspectiva adequada quando usados em uma pintura. Atrás do livro havia uma placa discreta onde se lia COMPRO E VENDO LIVROS RAROS. INFORMAÇÕES NO INTERIOR DA LOJA.

Lá dentro, Bridget estava sentada na cadeira estofada que Iris comprara no dia anterior.

— Isso é para os clientes, para incentivá-los a sentar e ler alguns volumes — disse Iris.

— Quando um cliente entra, eu me levanto. Até lá, posso me sentar aqui.

— Idealmente falando, não. E vamos tentar manter o gato fora do estofado.

— O Rei Arthur tem vontade própria.

O gato em questão, um enorme gato malhado alourado, enfiou o focinho pelo canto de algumas prateleiras e olhou possessivamente para a nova cadeira.

— Se ele encher aquela almofada de pelo, vou fazer ensopado de gato.

— Não dê ouvidos a ela, Arthur. Ninguém faz ensopado aqui a menos que eu saiba o que tem nele.

Iris examinou as outras mudanças que havia feito na loja. Depois de retirar vinte livros das muitas pilhas e caixas, ela os reuniu em uma prateleira especial. Como muitos donos de lojas, Bridget realmente não sabia o que tinha em seu estoque, especialmente porque a maior parte havia sido herdada. Acontecia que seu tio havia comprado alguns itens que, com um pouco de imaginação, poderiam ser considerados raros e agora ocupavam um lugar de destaque perto da frente da loja.

— O que devo cobrar se alguém quiser aquele livro chique que compramos em leilão? — perguntou Bridget. — Você pode não estar aqui para eu perguntar.

— Quarenta libras.

— Conte outra!

— Isso é o que vale e o que vou cobrar do meu colecionador em Lyon se não o vendermos em um mês ou mais.

— Vou falar quarenta e cinco, depois abaixo para quarenta se o comprador pechinchar.

Iris achou essa tática esplêndida, e ela mesma costumava usá-la. Bridget tinha talento para a venda de livros e não fez objeções nem comentou muito quando Iris começou a fazer algumas mudanças na loja. Parecia mais convidativa e mais organizada.

— Você vai me contar sobre aquele duque? — Bridget perguntou enquanto acariciava Rei Arthur, que havia decidido que o estofado poderia ser arriscar demais a sorte, mas o colo de Bridget nunca era. — Estou explodindo de curiosidade.

— Eu o conheci recentemente. A família dele tem uma biblioteca muito boa e espero comprar alguns itens.

— Então ele concordou em se encontrar com você naquele leilão? Seria de pensar que um duque teria coisas melhores para fazer.

Iris decidiu que era um bom momento para tirar o pó e enfiou o espanador entre os livros em uma prateleira próxima.

— Foi um encontro acidental. Nenhum de nós sabia que o outro estaria lá.

— Onde mais você estaria, já que é uma livreira? — A voz de Bridget veio da nova cadeira.

— Duvido que ele tenha pensado muito nisso. Ainda bem que ele estava lá. Caso contrário, eu poderia ter sido atropelada por aquele cavalo e carruagem.

— Siiiim. O cavalo fugitivo e a carruagem. Sorte sua que um duque estava lá para salvá-la. Pude ver como você ficou chocada e sem fôlego quando saí.

— Muito chocada.

— Você demorou muito para se recuperar. Ainda bem que ele estava lá para segurá-la ou você teria acabado caindo na calçada.

Iris mexeu o espanador com mais força enquanto se repreendia por gostar de ter ficado sem fôlego com o duque. Ela tinha que se lembrar de que tinha uma missão ali e que precisava da maior parte da sua atenção — não podia permitir que um homem bonito a distraísse. Uma missão e um dever. Estava determinada a usar essa perspectiva pelo bem de sua família. Era hora de expurgar a história de suas mentiras.

Ela também não sabia se esse duque poderia ser um amigo, mesmo que aquela história nunca tivesse existido. A história era que o avô dele também era charmoso e afável. Até mesmo gentil e generoso. Um homem podia esconder muito com alguns sorrisos se fosse um duque.

Ela olhou em volta das estantes para ver Bridget acariciando o gato monstruoso.

— Diga-me, esse gato alguma vez pega ratos? Encontrei dois se divertindo no depósito esta manhã.

— Rei Arthur prefere caçar no jardim. Ele não gosta do depósito. Acho que o assusta.

Iris duvidava de que algo assustasse aquele gato. Ele provavelmente pesava uns treze quilos. E isso não era tudo por causa da captura de roedores no jardim. Ela também já havia pegado o gato comendo algumas sobras que não tinham sido bem-embrulhadas e colocadas na despensa rápido o bastante.

Ela lançou um olhar para o Rei Arthur. Ele olhou de volta, placidamente. Iris podia imaginar o que se passava na cabeça do gato. *Ela vai me escolher em vez de você, então nem pense nisso, humana.*

De repente, o gato estava pulando do colo de Bridget e ela estava se levantando.

— O correio chegou.

A porta se abriu e a mulher que trazia a correspondência para Bridget da agência postal por uma pequena taxa entregou vários itens. Bridget deu algumas moedas e folheou as cartas. Ela segurou um grande envelope contra a luz.

— Papel chique. Caligrafia mais chique ainda. Pesado. Postagem paga, ainda por cima. É para você, claro. Eu nunca recebo correspondência que se pareça com isso. A postagem deve ter custado muito caro.

Iris pegou a carta grossa. Tinha vindo do sr. Sanders. Certamente ele não tinha recebido notícias de Florença tão cedo. Ela também havia fornecido algumas referências de colecionadores ali na Inglaterra com quem tinha feito negócios. Talvez fosse um retorno do advogado a esse respeito.

Ela abriu o envelope apenas para encontrar outro envelope lacrado dentro. O lacre de cera e o papel ainda mais sofisticado pareciam muito importantes. Bridget se aproximou para olhar.

— Parece uma pena estragar esse selo abrindo-o.

No entanto, Iris precisava abri-lo, embora adivinhasse a quem pertencia. Com certeza, a carta vinha do duque.

Imagine minha surpresa ao perceber que não tinha meios de me comunicar com a senhorita. Sanders também não forneceu seu endereço, o qual a senhorita disse a ele que deseja manter em sigilo. Assim, sou forçado a solicitar que ele lhe encaminhe esta missiva.

Eu agradeceria se pudesse me visitar nesta quinta-feira à uma hora da tarde. Tenho uma proposta a fazer, mas, de acordo com sua preferência declarada, é estritamente um acordo comercial.

Os olhos de Bridget se arregalaram depois de ler a carta por cima do ombro de Iris.

— Um pouco galanteador, não acha?

— É apenas o jeito dele.

— Suponho que se um homem é um duque, bonito e jovem, ele tem liberdade para flertar, se isso for do agrado dele. Então você o alertou para manter distância, hein? Foi antes ou depois do abraço em frente à casa do leilão?

Iris sentiu o rosto queimar. Que bobagem. Ela nunca corava, muito menos por causa de uma insinuação como aquela. Iris enfiou a carta dentro do corpete e levantou o espanador novamente. Com o canto do olho, viu o enorme gato malhado alourado se esticar no estofado da nova cadeira.

— Ela está aqui.

Nicholas ergueu os olhos das malditas contas. Powell estava perto da porta, uma coluna de calma competência. Considerando que o tio Frederick havia aposentado todos os funcionários experientes, Powell ter assumido o cargo foi uma dádiva de Deus. Depois de ter sido orientado nas contratações que se seguiram, Nicholas entregou todo o projeto nas mãos competentes de Powell. Como resultado, ele agora tinha uma casa em Londres e uma sede de condado que fervilhava com excelente equipe de serviço.

Nicholas começou a afastar livros e papéis para poder se levantar. Powell apontou para as pilhas que cercavam a cadeira de leitura no canto do quarto de vestir.

— Eu poderia providenciar para que tudo isso fosse transferido para o seu escritório, Vossa Graça.

— Foi o que você disse. Prefiro sofrer aqui. Colocou a srta. Barrington na biblioteca?

— Claro, senhor. Foram as suas ordens.

Ele deixou Powell sair, então se preparou para descer também. Vestiu a sobrecasaca que havia sido descartada durante a tortura de examinar as contas e verificou sua gravata ridiculamente dura e engomada. Johnson, seu valete, fazia de tudo para que o duque se apresentasse muito bem em seu papel — na opinião dele. Algum dia, depois de estabelecer sua seriedade em relação ao título, Nicholas pretendia entrar na Câmara dos Lordes com uma gravata preta amarrada casualmente. Talvez ele até visitasse o rei dessa maneira. Afinal, era Hollinburgh.

Na descida, lembrou-se das intenções do dia. Se Chase dissesse que a srta. Barrington era uma provável suspeita, ele precisava acumular informações que corroborassem a necessidade de uma investigação séria a respeito da ligação dela com tio Frederick ou algo que a livrasse de qualquer suspeita. A melhor maneira de fazer isso era tê-la por perto, para que perguntas sutis pudessem ser feitas para descobrir os detalhes de sua história. Ele havia encontrado a maneira perfeita de agir com esse intento.

Ele a encontrou na biblioteca, examinando as prateleiras. Parecia que os livros a interessavam muito mais do que a chegada dele. Ela apenas olhou em sua direção antes de continuar seu exame.

A maioria de seu traje era branco naquele dia. A moda atual tinha saias bastante rígidas e corpetes mais justos do que ele se lembrava de quando era mais jovem. As roupas das mulheres tendiam a fazer pequenos ruídos quando elas andavam, a saia se franzindo e se esfregando no tecido das anáguas que havia por baixo. A srta. Barrington, no entanto, havia escolhido uma saia superior mais macia, que ainda conseguia fluir enquanto permanecia atual. Ele não era especialista em tais assuntos, mas suspeitava de que a renda que enfeitava o vestido seria considerada exagerada por suas tias.

Foi o chapéu que verdadeiramente declarou a independência dela de tais julgamentos. Com abas largas, baixo em sua coroa, ostentava três plumas de cores fortes. Duas de cor avermelhada perfuravam o ar à esquerda, mas uma se projetava à direita. De uma profunda cor safira, tinha um ângulo que emoldurava o lado de seu rosto, as pontas macias acariciando sua bochecha de alabastro.

Seu vestido no leilão tinha sido mais simples. Quase incolor. Se bem que ela não tivera a intenção de chamar a atenção para si mesma lá. Ao que parecia, era normal que ela chamasse. Aquela renda e aquelas plumas eram bandeiras para anunciar ao mundo que ela era livre, um pouco selvagem e que fazia suas próprias regras. Com suas roupas e modos de se comportar, ela dizia à tia Agnes e a outros como ela que não dava a mínima para a opinião deles.

Ou para a opinião dele, provavelmente. Ela já havia deixado claro para Nicholas que sabia que ele a desejava. Era desconcertante que uma mulher identificasse seu desejo de forma tão direta e que escolhesse pronunciar quase em voz alta as coisas como elas eram. Nicholas preferia ser o condutor da dança. Em vez disso, essa mulher ainda estava considerando se o colocaria em seu cartão.

Ele sabia como lidar com uma situação assim; não era nem um pouco inocente. Precisava deixar a noção de prazer de lado, no entanto, e aprender mais sobre ela e suas relações com seu tio.

Dever, dever.

Quando ele se aproximou, a srta. Barrington finalmente lhe direcionou toda a sua atenção. Seus lábios carnudos e vermelhos sorriram. Seus olhos escuros, enfatizados por aquela pluma e aba baixa, brilharam.

— Por que está mantendo seu local de residência em segredo? — ele perguntou depois que trocaram cumprimentos. — Sanders não revelou nem depois que eu o ordenei que o fizesse.

— Achei melhor não divulgar essa informação. A notícia dessa herança certamente se espalhará, e prefiro não ter uma fila à minha porta solicitando empréstimos e doações.

— Eu jamais faria algo assim.

— Não estava pensando no senhor quando dei as instruções ao sr. Sanders.

— Então vai me deixar pelo menos tomar conhecimento de seu paradeiro?

Ela inclinou a cabeça.

— Acho que não.

Muito útil o poder ducal... Ele apontou para as portas francesas que se abriam para um terraço.

— Pedi para lhe trazerem algo para degustar. Por favor, junte-se a mim para um café ou chá, e eu explicarei minhas próprias intenções e meu plano.

Ele a acompanhou até o terraço, onde uma mesa havia sido posta, com urnas de prata e pratos de porcelana chinesa. Café ou chá esperavam para ser servidos pelo lacaio. Um prato de bolos também os aguardava.

Ela exclamou e bateu palmas quando os viu.

— Bolos vienenses! Eu pretendia recusar qualquer alimento, mas com estes devo me deliciar.

Ele não conseguia se lembrar de o cozinheiro ter feito uma coisa dessas antes. O café e os bolos pareciam deliciosos. Quase uma indulgência.

— Mandei lhe dizerem que você viajou por todo o Continente — ele mentiu. Muito provavelmente Powell havia enviado essa mensagem para as cozinhas, mas o deleite dela com os bolos o fez decidir levar o crédito.

Ela aceitou café e dois dos bolos. Depois de um gole, provou seu tesouro. Minúsculos grãos de açúcar aderiram a seus lábios vermelhos.

Muito vermelhos. Será que ela os pintava? Não que isso importasse. Ele se imaginou passando a língua para capturar cada grão de açúcar na boca dela.

— Seu cozinheiro é excelente. Estes bolos estão entre os melhores que já comi. Por favor, agradeça a ele por mim. — Ela comeu outro pedaço.

Como parecia ser típico dela presumir que alguém realmente fosse informar ao cozinheiro sobre sua aprovação... Que estranho acreditar que um duque faria esse papel. Ele tentaria se lembrar de fazer com que Powell transmitisse o apreço de sua convidada.

— O senhor realmente precisa experimentar um — disse ela, depois de engolir o último pedaço do primeiro bolo.

— Duvido que meu próprio prazer se iguale ao de observar o seu.

Dentes submersos no bolo seguinte, ela fez uma pausa e lançou a ele um olhar mundano. Só então ele apreciou o duplo sentido de sua própria declaração. Os lábios dela sorriram ao redor do bolo, como se ela apreciasse o momento de flerte. Ele sorriu de volta, como se tudo tivesse sido planejado.

— O senhor escreveu dizendo que tem um acordo comercial a propor. — Ela levantou o assunto depois de limpar os lábios. Os dois bolos haviam sido consumidos em questão de minutos. Também não se poderia dizer que era um jeito delicado de comer. Mais um item na lista que tornava Iris Barrington extremamente inapropriada para quem se preocupava com essas coisas. Sendo um duque agora, ele supôs que sim, pelo menos mais do que no passado. O que não significava que não apreciasse o estímulo de uma mulher como ela.

— O senhor também me garantiu que não era daquele tipo de proposta — acrescentou ela. — Não *garantiu*, na verdade. Deixou implícito. Foi um pouco confuso.

— Srta. Barrington, se eu fizer esse tipo de proposta, não haverá confusão de sua parte, eu prometo.

— Que outro tipo de arranjo um homem como o senhor poderia querer comigo?

Ele considerou que era uma coisa cínica de se dizer. Talvez esse fosse o outro lado da moeda em ser uma mulher do mundo. Ela conhecia os homens muito bem.

— Queria dizer-lhe que comecei a procurar o Saltério na biblioteca. No

entanto, ao fazer isso, percebi que o conteúdo do acervo não foi devidamente avaliado após a morte de meu tio.

— As avaliações de bens raramente são precisas. Há um interesse em manter os valores baixos.

— Até o próprio inventário foi uma atualização insatisfatória daquele feito quando o pai dele faleceu. Inclusive, nenhum Saltério de qualquer tipo consta de nenhum dos dois inventários.

— Talvez não tenha sido incluído nos inventários. Se não estivesse na biblioteca, por exemplo. Ou escondido. É muito raro e muito valioso. Não é o tipo de coisa que se coloca numa prateleira, encadernado, entre as Bíblias.

— Então será necessário fazer uma busca minuciosa, nesta casa e nas outras. Porém, ao perceber que a avaliação foi insatisfatória, decidi fazer reparações e encomendar uma nova. Não só da biblioteca do meu tio, mas da parte que meu pai herdou. Trouxe tudo isso para cá no ano passado. É esse o tipo de coisa que a senhorita faz?

Ela pareceu avaliar a questão. Ele não duvidava que ela enxergasse as implicações.

— Não é comum que eu o faça — disse ela.

— Talvez possa recomendar alguém...

— Eu disse que não é comum. Não disse que nunca faço. Eu consideraria isso sob duas condições. A primeira é de que o senhor realmente empreenda uma busca completa pelo Saltério. A segunda é que, se optar por vender qualquer um dos livros valiosos, eu serei devidamente considerada como a pessoa que intermediará as vendas. Para esses livros, darei dois valores. Um seria o valor que se pode obter em um leilão. O outro seria o valor que eu buscaria em uma venda particular.

— Isso soa bastante justo. Agora, quanto aos seus honorários...

— Não aceito dinheiro por isso. Espero encontrar livros que valham a pena representar. Minha comissão sobre tais transações é de dez por cento. Essa será a minha taxa.

— É muito generoso de sua parte realizar tal tarefa sem pagamento garantido. Não tenho certeza se devo concordar.

— A biblioteca do seu avô era famosa. Tenho certeza de que existem muitos livros que valem a pena o esforço e que trarão elevado retorno financeiro. Estou disposta a arriscar.

Retorno financeiro? Elevado quanto? Aquele estudo de perspectiva valia quarenta libras, segundo ela, e nem era tão especial assim. Ele olhou para as portas francesas, para a biblioteca no interior. Se cinco, ou dez livros que fossem, tivessem real valor, a venda poderia resolver os problemas financeiros da propriedade por alguns anos.

Ele gesticulou para o lacaio servir mais café à srta. Barrington.

— Estamos de acordo, então. Você pode começar amanhã.

— Por favor, avise à equipe de que chegarei às nove horas da manhã e ficarei por três horas. Vou precisar de papel, lápis e uma ferramenta de medição.

— Perfeito. Por favor, coma outro bolo.

Ele a observou saborear e se entregou a algumas fantasias sobre lamber cristais de açúcar de partes escandalosas do corpo dela.

CAPÍTULO QUATRO

Iris apresentou-se em Whiteford House exatamente às nove horas. Ela carregava uma pequena bolsa que continha sua própria ferramenta de medida (tendo decidido que não podia confiar na deles), um avental, vários pares de luvas de pano e um livrinho no qual pretendia listar os livros realmente bons que poderiam valer seu interesse. Ela antecipava um projeto muito produtivo naquela biblioteca e já planejava quais colecionadores deveriam ser abordados com cada tipo de livro.

O mordomo a deixou no salão de recepção enquanto se desculpava. Ela passou o tempo de espera examinando a coleção heterogênea de objetos que decoravam o grande espaço. Em sua primeira visita, seu entusiasmo permitira apenas que um borrão de texturas e cores penetrasse em sua consciência, mas ela percebia agora que cada item parecia ser de altíssima qualidade. Armas, armaduras, porcelanas, tecidos, estatuetas — alguém da família havia demonstrado um gosto muito eclético ali. Não achava que fosse o Hollinburgh que ela conhecia.

Para sua surpresa, o duque acompanhava o mordomo quando o criado voltou.

— Venha — disse ele. — Deixe-me garantir que esteja instalada corretamente.

— Estou surpresa que esteja acordado. — Atravessaram o edifício em direção à biblioteca. — Não deveria estar dormindo para se recuperar de alguma festa de indulgências ou uma noite de jogatina? Perseguindo uma esposa ou desfrutando do prazer com uma amante?

— Apesar das opiniões comuns sobre nós, não vivemos apenas para o prazer.

— Perdoe-me. Não deveria estar consultando o rei ou planejando as finanças do reino?

— Gosta tanto de sarcasmo quanto de bolos vienenses, pelo que vejo.

— Meu tempo entre aristocratas influenciou meus pontos de vista.

— E ainda assim não se opôs a tomar tais homens como amantes, a senhorita disse.

— Eu nunca disse que meus amantes eram aristocratas. Embora, na intimidade real, nenhuma pessoa seja. Mas estamos divagando. Por que estou honrada pelo senhor ter se levantado a esta hora para me receber?

— Talvez eu estivesse curioso para saber, à luz da manhã, se seus olhos escuros ainda continham estrelas.

Para que ela não se perguntasse se ele estava flertando, aquelas linhas de expressão adoráveis se formaram em ambos os lados dos olhos dele enquanto um lento sorriso se abriu.

— Além disso — acrescentou ele —, pensei que era mais importante auxiliá-la no seu início do que ficar na cama.

Sozinho? Ela quase perguntou.

Uma vez na biblioteca, ela imediatamente examinou as prateleiras.

— O que está procurando? — perguntou o duque.

— Estou me assegurando de que ontem verifiquei corretamente a organização. Cada biblioteca privada é dividida de forma diferente. Algumas são por lombadas e encadernação, o que é uma maneira muito ignorante de fazer isso, mas fica com uma aparência bonita. Outras estão em ordem alfabética. Esta, como a maioria das boas, foi organizada por assunto. Fica mais fácil encontrar o conteúdo apropriado. No entanto, torna meu trabalho mais difícil, porque livros antigos raros ficam arquivados com publicações recentes.

Ela espiou uma janela da face norte.

— Será que essa mesa poderia ser movida para aquela janela? A luz será melhor para examinar qualquer coisa digna de nota.

Ele foi até a porta e chamou dois lacaios, que vieram e moveram a mesa. Uma vez que o móvel estava no lugar, ela abriu a bolsa e removeu o conteúdo. O próprio duque tirou os lápis e o papel da escrivaninha onde haviam sido colocados.

— Eu trouxe isso também. Achei que a senhorita poderia considerá-los úteis. — Ele baixou dois grossos livros de contabilidade. Ela os abriu para ver os inventários.

— Serão muito úteis. No mínimo, verei o que o comprador pensou que estava comprando. Obrigada. — Ela vestiu o avental e uma touca branca simples, pegou um par de luvas e se aproximou da seção das prateleiras que continha os livros científicos. O mesmo colecionador em Lyon que poderia comprar o estudo de perspectiva também poderia querer algo que aparecesse entre aqueles tomos.

Ela retirou quatro livros da prateleira e os levou para a mesa. O duque ainda estava ao seu lado.

— Prometo não roubar nada — disse ela. — Pode pedir a um criado que leve a bolsa, se temer que eu roube algo de valor do local.

— Estou apenas curioso sobre... — Ele fez um gesto no ar em direção ao equipamento dela.

Aquela seria uma manhã lenta se ele quisesse um passeio. Entretanto, ela largou os livros e calçou as luvas.

— Eu uso isso para não danificar as páginas. Impressões digitais e tal. — Ela abriu o primeiro livro. — Agora estou verificando o frontispício para ver se é tão antigo quanto eu suspeitava. Se for, vou folhear para considerar sua condição, se todas as folhas ainda estão aqui e se o assunto atrai um colecionador de livros dessa natureza. Todas essas coisas afetam o valor.

Ela terminou sua explicação e se virou com expectativa, presumindo que agora ele fosse embora.

Em vez disso, ele permaneceu rondando.

— Se encontrar um Saltério, como saberá que é o certo? Já o viu antes?

— Eu o reconhecerei pela descrição.

— Alguém mais o viu e o descreveu para a senhorita?

Estavam entrando rapidamente em águas profundas.

— Foi descrito para mim por alguém que, por sua vez, conhecia alguém que o tinha visto. A crença é que já pertenceu a Cosimo de' Medici e que as iluminuras são do artista Fra Angelico. Essa atribuição está longe de ser segura. Apesar disso, já me descreveram iluminuras suficientes para me dar uma boa ideia de como são essas. — Decidindo que mais informações poderiam desviar completamente a atenção dele do assunto, ela continuou: — A primeira iluminura é uma página inteira mostrando o rei Davi com a coroa em um trono, segurando um livro e uma lira à maneira de Cristo em Majestade. Mais notavelmente, há uma cidade retratada ao fundo em boa perspectiva. Essa última parte é distinta, mas Davi geralmente é mostrado como um pastor com a lira, não como um rei. Disseram-me que cada salmo começa com um elaborado capitular ilustrado. Isso significa que a primeira letra tem tamanho bem maior do que as demais, para que uma pequena pintura possa ser incluída em seus espaços. A curva em um "P", por exemplo, incluiria uma pequena cena ou figura.

Esperando levar as coisas adiante, ela abriu um dos livros sobre a mesa e começou a examiná-lo. Ele continuou não fazendo menção de ir embora.

— A senhorita é muito experiente. Tinha contado ao meu tio sobre aquela pintura e a perspectiva da cidade? Ele sabia reconhecer o Saltério se o encontrasse?

— Eu lhe disse isso e muito mais. Acreditei quando ele disse que ia procurá-lo, assim como estou contando ao senhor.

Sentiu que ele a observava enquanto ela fazia algumas anotações no papel. As anotações particulares no livreto teriam que esperar até que ele finalmente partisse.

— Quando a senhorita falou com ele? Talvez ele tenha tido tempo para fazer a busca, mas não para informá-la sobre as possíveis descobertas.

O livro que ela examinava ocupava a maior parte de sua mente.

— Final do inverno ou início da primavera foi quando estive em Londres. Março, acho que foi. Eu lhe falei sobre isso.

— Veio aqui para vê-lo?

— Eu viajei para a casa de campo, onde ele residia. Ele me convidou para vir depois que lhe escrevi. Não fiquei muito tempo na Capital, então fui imediatamente. — O livro que ela examinava no momento parecia ser um tratado químico de 1693. Curiosamente, havia sido escrito em francês, não em latim. Se escrito em língua vernácula, provavelmente era destinado a homens menos instruídos. Comerciantes e afins. Seu tamanho modesto também sugeria isso. Ela o deixou de lado para receber mais atenção quando tivesse algum tempo para ler o suficiente e assegurar que contivesse informações de interesse. Ela acrescentou algumas anotações em seu papel.

— Essa foi sua primeira carta para ele?

A pergunta, feita com indiferença forçada, atraiu a atenção dela. Ela manteve o olhar nos livros e respondeu casualmente.

— Escrevi de Paris no inverno. Dezembro, acho que foi. Por que a pergunta?

— Nenhuma razão em particular. Só acho interessante saber se ele concordou em se encontrar com a senhorita depois de uma carta.

— O senhor concordou sem nenhuma carta. No entanto, não foi apenas aquela carta em março, se isso lhe assegura de que ele não foi imprudente com suas prerrogativas.

Ela achava difícil ignorá-lo. Não só por causa de suas perguntas. Ele estava muito presente, invadindo sua consciência, acenando para que ela esquecesse o que estava fazendo e, em vez disso, o contemplasse.

— Teve a chance de ver a biblioteca naquela casa? — A pergunta veio de leve, como a anterior, como se ele apenas continuasse uma conversa de interesse passageiro. No entanto, ela ouviu uma nota de verdadeira curiosidade. Então ergueu os olhos da mesa para encontrar um olhar intenso sobre ela. Por razões que não conseguia entender, sua resposta importava para ele.

— Eu não estive naquela biblioteca, lamento dizer. É tão boa quanto esta?

— Pelo menos tão boa quanto.

— Deseja que eu avalie suas propriedades lá também?

— Se não na biblioteca, onde a senhorita se encontrou com ele?

Ele ignorara a pergunta e a pressionara ainda mais com a sua. Cautela foi subindo na ponta dos pés por sua espinha até chegar ao couro cabeludo.

— Por que a pergunta?

— Eu estou me perguntando por que ele a recebeu tão facilmente. O pai colecionava livros raros. Ele, não.

— Não posso satisfazer sua curiosidade sobre o assunto. Tudo o que posso dizer é que escrevi para ele ao chegar à Inglaterra e recebi uma resposta convidando-me a visitá-lo, com instruções sobre como encontrar a propriedade.

A expressão dele endureceu ligeiramente.

— A senhorita mantém um diário?

— Sim, mantenho.

— Eu gostaria que visse em que dia exato o visitou.

— Por quê?

— É importante para mim.

— Por quê?

— Eu necessito dessa informação. Isso é tudo que a senhorita precisa saber.

O duque havia falado. Ora, ora.

Ela não ganharia nada em desafiá-lo ainda mais.

— Vou verificar meu diário para ver o que anotei. O senhor tem mais alguma *exigência*?

O tom o deixou meio envergonhado, mas só meio.

— Acho que estou curioso para saber se, quando a senhorita o encontrou, ele mencionou o legado que lhe foi deixado.

Ela queria poder ter lhe dado os créditos por sentir mera curiosidade.

— Ele não falou uma palavra sobre o testamento e muito menos sobre deixar algum legado para mim. Afinal, nem nos conhecíamos.

Ele olhou para ela por um longo tempo. Seu olhar parecia criticá-la, mas seu interesse masculino também transparecia. Ela se perguntou se os cálculos que ele parecia fazer eram sobre seu tio ou sobre a atração inegável que compartilhavam. Quando não disse nada, ela meio que esperou que ele se aproximasse e começasse uma sedução.

Ela se preparou e sua mente lutou para decidir o que fazer. O que era estúpido da parte dela. Permitir qualquer familiaridade avançada seria um erro terrível.

Ele não veio até ela. Em vez disso, virou-se para sair.

— Exatamente.

Ela forçou sua atenção de volta para os livros. O que exatamente? Exatamente que ela e o falecido duque não se conheciam? Ou exatamente que qualquer sedução seria um erro?

De todos os seus parentes, Nicholas considerava suas tias as mais problemáticas. As irmãs solteiras do falecido duque exigiam apoio financeiro de Nicholas que ele nem concordava que lhes devia nem tinha condições de pagar. Isso não impedia Agnes e Dolores de enchê-lo de exigências e até de enviar-lhe contas para pagar.

Agnes era a mais intrometida, mas Dolores podia ser a mais perigosa. Agnes tinha uma natureza direta, então era possível conhecer sua mente de trás para frente. Dolores frequentemente fazia as coisas como bem entendia e podia ser muito sorrateira. Cada uma delas era uma presença formidável e só um tolo deixaria de levá-las a sério. Quando unidas como aliadas, poucos homens poderiam sobrepujá-las.

Nicholas desfrutava de apenas uma vantagem em qualquer escaramuça.

Seu título lhe dava uma autoridade que sua idade e seu cérebro nunca poderiam. Quando ele falava como duque, as tias podiam se intimidar. Nada menos do que as prerrogativas ducais eram capazes de as impressionar.

Portanto, surpreendeu-o que as duas mulheres o tivessem encurralado com um desafio mais direto. Ele ficou sabendo que haviam enviado cartas aos outros primos e tios, solicitando que todos participassem de uma reunião sobre a possível descoberta da srta. Barrington. Em situações normais, Nicholas poderia simplesmente se recusar a comparecer e se poupar de uma tarde de sofrimento. Isso não seria possível daquela vez, no entanto, pois as tias tiveram a ousadia de anunciar que o encontro seria *na casa dele*.

— Apenas escreva para todos e diga que a reunião está cancelada — aconselhou Kevin. — Ou melhor ainda, escreva e diga que foi transferida para a casa de Agnes. Deixe que ela providencie a comida e o vinho.

Eles descansavam em seu clube, lado a lado na mesa de *vingt-et-un*. Kevin, como sempre, estava ganhando. Nicholas suspeitava de que Kevin contava as cartas e fazia cálculos irritantes em sua cabeça sobre as probabilidades. Como seria antiesportivo, ele nunca acusara Kevin disso, mas todas aquelas vitórias imploravam por explicações. Kevin mantinha o olhar nas cartas enquanto eles falavam, seus olhos profundos e brilhantes espreitando sob uma cabeleira escura errante, prestando muita atenção.

Normalmente, Kevin não frequentava o clube à noite, mas naquela, em específico, sua esposa Rosamund estava visitando a esposa de Chase, Minerva. A boa sorte de seus primos em se casar com duas das herdeiras misteriosas só lhe trouxe alegria. Também tinham sido uniões motivadas por amor. Ele tinha quase certeza disso.

Decerto, Kevin teria se saído mal com qualquer outra pessoa que não fosse Rosamund. Uma chapeleira antes de sua herança, ela ainda mantinha duas lojas agora administradas por outras pessoas. No entanto, cuidava da concepção dos chapéus e toucados. O que a tornava valiosa para Kevin não era seu dinheiro; sua natureza prática mantinha Kevin em equilíbrio. Um sonhador por natureza e inventor por profissão, ele podia correr por um caminho sem notar os penhascos íngremes que o ladeavam ou os buracos profundos que o esperavam. Rosamund sempre notava armadilhas e potenciais de maneiras que Kevin provavelmente nunca perceberia.

— Estou pensando em permitir a reunião — disse Nicholas. — Vou até recebê-la em minha residência. Estou curioso sobre as reações. Definitivamente quero ficar sabendo se alguém começar a conspirar.

— O que eles poderiam tramar? Se tramarem, por que isso lhe importaria? O pior que pode acontecer é desmascararem uma charlatã, se é isso o que ela é. Então você herdaria uma boa quantia, assim como eles.

Kevin podia ser irritantemente lógico. Ele estava certo, no entanto. Apesar disso, Nicholas não gostava da ideia de seus parentes agirem como vigilantes de herança, tendo a pobre srta. Barrington como sua presa.

Assim que pensou nisso, teve que rir de si mesmo. Pobre da srta. Barrington? Mesmo sem um tostão, ela jamais seria pobre, e ele duvidava de que todos os parentes reunidos pudessem superá-la. Se havia uma mulher que não precisava que ele se sentisse protetor, era ela.

— Suponho que todas as esposas estarão lá — disse ele.

— Acredito que será decidido esta noite por duas delas.

— Diga a Rosamund que a presença dela não é necessária. Ela não deve sentir nenhuma obrigação de sofrer o caos.

— Acho que talvez ela acredite que sim. Tendo sofrido quando era a vítima, ela pode querer tentar poupar essa terceira herdeira. — Kevin pediu uma carta e ganhou a rodada. — Há algo que acho que você não sabe. Hesito em ser eu a informá-lo.

— O que é?

— Lembre-se de que sou um mero mensageiro. Direcione sua raiva para a pessoa certa.

Nicholas experimentou um leve alarme.

— Diga-me.

Kevin pigarreou.

— Acho que tia Agnes convidou Philip. O raciocínio dela foi que...

— Ela o convidou?

— Sim. A ideia era...

— Para uma reunião que ela marcou na *minha* casa?

— Diminua seu tom de voz. Você pode tê-lo deserdado, mas o tio, não, e isso é sobre o legado do tio, não o seu. Pelo menos era assim que nossa tia via. Ou assim me disseram.

— Vou escrever para ela e exigir que rescinda o convite. Não vou receber Philip. Você também não deve querer estar na presença dele. Quanto à sua esposa...

— Se ele pretende vir, ela não virá. Deixei isso claro para ela.

— O perdulário provavelmente dirá que não vem, mas aparecerá do mesmo jeito. Só que ele não vai entrar, eu prometo a você.

Kevin pediu outra rodada.

— Você quer enfrentar as tias quando tem tantas outras coisas para administrar? Nenhuma guerra deve ser travada em duas frentes.

— Não haverá luta. Pode chegar o dia em que entrarei em guerra com as duas, mas escolherei a batalha.

Kevin agora tinha dezenove na mesa. Qualquer um seguraria, mas Kevin pediu outra carta. Era um dois. Nicholas jogou suas próprias cartas e o olhou com desconfiança. Então ele se levantou, para evitar que suas perdas aumentassem.

— Diga a Rosamund para não comparecer a essa reunião ou a qualquer evento social que pretenda deixar a srta. Barrington disponível para inspeção. Se ela e Minerva quiserem conhecer sua herdeira-irmã, providenciarei para que aconteça.

Dois dias depois, Iris terminou suas três horas na biblioteca. Ela devolveu os livros à estante e colocou pedacinhos de papel entre eles para marcar que haviam sido examinados. Organizou seus papéis, agora cheios de anotações e avaliações provisórias, e os colocou em um canto da mesa. Ela tirou o avental e o deixou no espaldar da cadeira, depois pôs o chapéu na cabeça e o prendeu com um alfinete. Deslizando o xale sobre os ombros para protegê-la do dia frio e nublado, saiu da biblioteca.

O movimento de vai e vem dos criados zumbia no corredor do lado de fora. Criados corriam para lá e para cá, e lacaios carregavam cadeiras para a sala de visitas. O mordomo supervisionava tudo, mas um homem vestido de cozinheiro agora o distraía com uma conversa.

Ela fez uma pausa para absorver tudo, então seguiu o cozinheiro escada abaixo depois que ele terminou sua conversa com o mordomo. No caminho, viu o duque se aproximando. Ele a notou e sua expressão esmoreceu. Ele olhou por cima do ombro, então correu até ela.

— Venha comigo imediatamente. Não demore.

Pegando a mão dela, ele se virou e a puxou atrás de si, descendo as escadas e dando a volta na escada dos empregados. Assim que deixaram o corredor na entrada, as vozes puderam ser ouvidas. Vozes femininas. Uma aguda e a outra bastante profunda conversavam entre si.

— Ele me proibiu de convidar Philip — reclamou a mais aguda. — É a minha reunião. Quem ele pensa que é?

— A casa é dele. Eu lhe disse para não tentar tal coisa.

— Philip tem o direito de estar aqui, irmã. O interesse dele neste lamentável assunto é tão grande quanto o de qualquer outra pessoa.

— É a casa de Hollinburgh, no entanto. Você sabe que ele jurou nunca mais receber Philip depois do que aconteceu.

— Muito barulho por nada. E daí que Philip tentou beijar uma reles chapeleira. Isso não pode ser considerado um crime digno de enforcamento.

As vozes desapareceram junto com passos subindo as escadas. Então, do alto, a voz mais alta exclamou:

— Essas urnas irritantes! Eu disse a Hollinburgh para tirá-las do caminho. Como uma pessoa pode entrar na sala de visitas com todas essas fileiras de urnas bambeando por onde quer que se ande?

Iris se perguntou a mesma coisa no dia em que visitara a casa pela primeira vez. Navegar naquela floresta de porcelana chinesa teria sido difícil se o mordomo não a tivesse guiado. Pelo caminho mais confortável, se não o mais direto.

— Por que o senhor não mudou a porcelana de lugar? — ela sussurrou para o duque.

Ele se inclinou para poder espiar a esquina da escada, depois a entrada.

— As peças desencorajam os visitantes. Meu tio as colocou aí. Pensei em colocá-las em outro lugar, mas, quanto mais minha tia reclamava, menos inclinado eu me sentia.

— Elas são muito valiosas. Seria uma pena se uma caísse e quebrasse.

Ele olhou para ela.

— Valiosas quanto?

— O senhor também não as mandou avaliar corretamente? Conheço um homem aqui na cidade que pode fazer isso.

Ele pegou a mão dela.

— Falaremos sobre esse assunto mais tarde. Agora, preciso tirá-la daqui sem que ninguém a veja. Receio que isso signifique a entrada dos empregados.

— De certa forma, sou uma criada no momento.

Ela foi andando atrás dele. Ele a ajudou a descer as escadas até o porão. Com um aceno de cabeça para alguns lacaios atônitos e um sorriso do cozinheiro, ele a conduziu para fora de uma porta e para o jardim.

— Fique perto da casa para não ser vista pelas janelas da sala de visitas — ele instruiu, incitando-a continuar andando.

— De quem estou me escondendo?

— Da família.

— De quais familiares? Das infames tias?

— Todos eles. Pelo menos todos os que ficarão sem dinheiro assim que a senhorita conseguir o seu.

— Sem dúvida, eles querem me escorraçar.

— É mais provável que eles queiram matá-la.

Assim que ele disse isso, ele parou de andar. Ela tropeçou nele. Ele se virou e a olhou.

— Tem certeza de que ninguém sabe onde você está morando na cidade?

— Se o senhor não sabe, é seguro dizer que, além do sr. Sanders, ninguém mais sabe.

— Pensei que era uma precaução tola de sua parte, mas talvez seja mesmo sensato.

Ela riu, alto o suficiente para que ele colocasse as pontas dos dedos em seus lábios.

— Não acha realmente que alguém vai me matar, acha? — ela sussurrou.

— Meu próprio herdeiro não ficaria com o dinheiro nesse caso?

— Se ainda não recebeu o legado, eu não sei. Terei que perguntar a Sanders o que aconteceria. De qualquer modo, melhor se sua casa permanecer um mistério. — Ele começou a conduzi-la para o portal do jardim frontal novamente.

Ela notou que ele não havia lhe soltado a mão em nenhum momento. O calor de seus dedos a encantava, assim como sua tentativa protetora de poupá-la de seus parentes. Quanto à conversa sobre o perigo...

— Não acha realmente que um desses parentes poderia me machucar, não é? — A ideia lhe pareceu dramática demais para ser acreditada.

— Provavelmente não, mas é melhor ter cuidado. — Ele abriu o portão, verificou o caminho e a levou para fora. — Há uma boa chance de que um deles tenha cometido um assassinato antes, sabe.

Eram as palavras de despedida mais estranhas que ela já tinha ouvido. Iris apenas olhou enquanto ele fechava o portal do jardim atrás dela.

— Ele estava perturbado — entoou tia Agnes. — Ele tinha ficado muito feliz por ter sido trazido de volta ao grupo, mas tive que escrever e avisá-lo de que não seria recebido.

Ela falou para ninguém em especial, mas Nicholas sabia que as palavras eram realmente para ele.

— Ele é um canalha, tia Agnes. Não tenho e não terei nada a ver com ele — decretou Nicholas. — Se queria que Philip participasse, deveria ter feito esta reunião na sua própria casa, não na minha.

— É a nossa casa também — rebateu tia Dolores. — Nós crescemos aqui. É a casa da família em Londres. Todos nós devemos ser bem-vindos aqui.

— Não, é minha casa e eu recebo quem eu escolher. Isso não inclui meu primo Philip. Agora, tia Agnes, a senhora providenciou para que eu fosse o anfitrião, mas a senhora é a diretora deste teatro. Talvez possamos começar, assim também poderemos acabar o mais rápido possível.

Agnes respirou com irritação, o que fez com que seus seios volumosos se expandissem. De cabelos escuros como sua irmã Dolores, mas muito grande em comparação com a estrutura esguia desta, Agnes usava seu peso como uma arma para exigir atenção e deferência.

— Você é muito mesquinho, Hollinburgh — respondeu ela. — Acho que preferia muito mais o velho Nicholas, tão afável. Você endureceu nesse ano que passou de maneiras que não são nada atraentes.

— Quer dizer que ele não lhe dá mais o que a senhora quer — disse Douglas, de onde estava sentado com sua esposa, Claudine, perto da janela. Era tão raro Douglas falar que quando o fazia todos notavam. — Ele é um duque agora. Aceite, como todo mundo fez.

Agnes parecia ter levado um tapa. Ela olhou perigosamente para Douglas. Claudine, que servia como protetora e escudeira de seu marido, olhou para trás com a mesma expressão sombria. Agnes encolheu-se apenas o suficiente para indicar que havia decidido renunciar àquela escaramuça momentânea.

— Sim — concordou Chase. — Por que estamos aqui, tia Agnes?

Agnes recuou, em estado de choque.

— Acho que isso é óbvio para todos. É essa tal mulher Barrington. A situação é muito angustiante e altamente suspeita. Você disse que ela acabou de bater à sua porta, Hollinburgh? Ela se materializou do nada?

— Exato.

— Como? Por quê? Se ela tivesse ouvido falar sobre o legado, isso poderia ser explicado. O que ela queria de você senão isso?

Todos os olhos se voltaram para ele.

— Era outro assunto relativo ao tio. Isso é tudo que pretendo dizer porque não envolve ninguém presente aqui.

— Devo insistir que nos esclareça.

— Insista o quanto quiser. Eu dei minha palavra final sobre o assunto.

Agnes bufou.

Dolores mexia em sua saia, seus dedos longos e finos brincando com o bordado em espiral ao redor do tecido.

— Sanders disse que ela é uma livreira. — Ela franziu a testa. — Barrington. Hummm.

Agnes se virou em estado de choque.

— Ele disse? Ele não me informou desse fato.

— Ele gosta mais de mim do que de você. E eu peço, não exijo. Ela é uma livreira especializada em livros raros que viaja por todo o Continente praticando seu comércio. Ela tem sangue inglês, mas não é realmente inglesa. Mal viveu aqui.

— Então ela vai levar esse legado e viver como uma rainha na Europa — disse Walter. — Mas que coisa dos diabos.

Nicholas geralmente evitava falar com Walter. Suas conversas muitas vezes terminavam mal. Walter era o mais velho dos primos e acreditava que deveria ser o duque. Isso apesar de seu pai não ser o irmão mais velho de sua geração, e todos sabiam como essas coisas funcionavam. Walter tentava, no entanto, ter a última palavra, emitindo opiniões e orientações como se possuísse maior autoridade mesmo assim.

— Eu acho que ela é uma charlatã. Essa história é muito estranha — opinou Agnes. — Chase, você deve investigá-la. Faça o que quer que você faça quando fareja a vida de alguém. Verifique a família dela e tudo mais.

— Sanders está fazendo isso — contou Chase. — Ele tem pessoas para contatar e escrever para pessoas do governo que conhecem essa mulher. Se ela for uma charlatã, isso logo será descoberto.

— Você deve investigar por si mesmo — disse Walter, repetindo o que já havia sido falado e respondido. — Verifique a família dela.

— Ela pode não ser apenas uma charlatã — complementou Felicity. Como a bela e loira esposa de Walter, Felicity raramente saía de seu lado. Rosamund e Minerva podiam ter evitado esse encontro, mas Felicity tinha vindo e queria dar voz a seus pensamentos. — Ela pode ser uma assassina. Ela herdará muito dinheiro, se a alegação for verdadeira. Ela pode ter...

— Você gosta de apontar o dedo, não é mesmo? — Chase falou em tom leve, mas seu olhar disparou de Felicity para Kevin, depois de volta. — O relatório oficial disse que foi um acidente. É hora de aceitar e parar de fazer acusações infundadas.

— Outra coisa que você deveria investigar — murmurou Walter. — Felicity está certa. Ela pode ser a pessoa que cometeu o ato.

— Resta conjeturar que alguém fez alguma coisa — Nicholas tomou a dianteira. — Não vou tolerar mais falar sobre isso aqui hoje.

Seu tom subjugou todos eles por alguns minutos. Walter e seu irmão,

Douglas, serviram-se de mais vinho. As esposas pegaram bolos.

— O que devemos fazer? — Dolores questionou com uma voz próxima a um lamento. — Apenas esperar que ela pegue tudo o que resta? Ela nem é inglesa de verdade e é livreira. Outra comerciante.

— Acalme-se, irmã. É evidente que nosso irmão não estava em seu juízo perfeito quando fez esse testamento. A menos que seu objetivo fosse humilhar a todos nós — disse Agnes.

— Talvez ainda haja tempo para contestar o testamento com base nisso — tentou Walter. — Que ele não estava em seu juízo perfeito.

— Vocês não vão contestar o testamento — determinou Nicholas, de maneira tão definitiva quanto podia.

— Não, vocês não vão — acrescentou Chase.

— Acho que sinto cheiro de desespero — refletiu Kevin. Ele tinha o hábito de pôr lenha na fogueira em reuniões como aquelas. Não fingia gostar de seus parentes nem era tolerante com as tolices deles quando falavam bobagens.

— Fácil para você dizer — Felicity quase rosnou. Ela parecia menos bonita quando fazia isso, mesmo usando um vestido francês obscenamente caro. — Você garantiu o seu, não é? E Chase também. Muito inteligente da parte de vocês se casarem com duas das herdeiras.

— Talvez Philip se case com esta — disse Kevin. — Então, três de nós estarão com a vida ganha.

— E o resto pode morrer de fome.

— Quase morrer de fome — rebateu Kevin. — Todos nós sabemos o que os irmãos do falecido duque receberam após a morte do pai. Com um pouco de cuidado, a renda deve ser mais do que suficiente para viver com estilo. E se não for, Felicity, você sempre pode vender esse guarda-roupa francês. Acho que Rosamund lhe daria um preço justo pelos chapéus.

Felicity virou-se, em estado de choque, para o marido. Walter olhou para Kevin, mas não tinha nada a dizer.

— Na verdade, os recursos que nossos pais receberam podem não ser tudo. — Nicholas falou mais para desviar a conversa, para não haver brigas, do que para dar informações. — A parte da biblioteca que cada um recebeu é provavelmente bastante valiosa. Duvido que a maioria de nós tenha prestado muita atenção a esses livros antigos, mas pode haver uma fortuna respeitável neles. Na verdade, estou mandando avaliar a biblioteca daqui.

— Livros? Livros! — exclamou Felicity. — Não vamos conseguir pagar nossas despesas com livros velhos.

— Então acho que serão os chapéus — retrucou Kevin, com um sorriso cruel.

Foi a gota d'água. Walter caminhou até Kevin e agarrou-o pela frente da sobrecasaca. Seu punho estava a meio caminho do rosto de Kevin antes de Chase chegar até ele. Nicholas correu para ajudar e eles conseguiram conter Walter. Todas as senhoras gritaram. Felicity insistia com o marido. Douglas comeu um bolo.

Nicholas ajudou Chase a forçar Walter a sair do aposento e colocá-lo nos braços de dois lacaios. Então ele voltou e olhou para sua tia.

— Tenho certeza de que a senhora está satisfeita. Agora, por favor, declare encerrada esta reunião familiar.

O nariz de Agnes ergueu-se no ar. Ela se empertigou mais na cadeira para alcançar uma postura o mais formidável possível.

— Não estou inclinada a terminar a reunião, Nicholas. Ainda não terminamos, nem de longe.

Nicholas estreitou os olhos para ela.

— Isso não foi um pedido de seu sobrinho Nicholas, Lady Agnes. Foi uma ordem de Hollinburgh.

Ela o olhou em estado de choque. Dolores deu um tapinha em seu braço em advertência. Agnes se levantou.

— Acho que o resto pode esperar para outro dia. — Com Dolores a reboque, ela saiu da sala de visitas, pegando um último bolo ao passar.

CAPÍTULO CINCO

— Eu vendi aquele livro — Bridget anunciou quando Iris voltou da biblioteca no início da tarde. Quarenta libras acenaram para Iris, assim que ela entrou na loja.

— Quem comprou? — Ela pegou o dinheiro e devolveu quatro libras.

— Um homem.

— Você não pegou o nome ou o cartão dele?

— Eu peguei o dinheiro dele. Essa é a parte importante.

— Bridget, sempre pegue os cartões. Se você vender a um homem um livro como esse, é provável que lhe venda outros. Só que precisa saber como entrar em contato com ele.

A expressão de Bridget esmoreceu. Iris se sentiu mal por corrigi-la.

— No entanto, conseguir o dinheiro é de fato a parte mais importante, e você fez isso de forma esplêndida. — Deu um beijinho nas libras e guardou-as na bolsa. — Vou comprar um pernil para cozinharmos no domingo e vou prepará-lo em sua homenagem. Cordeiro ou boi?

— Faz meses e meses desde que comi carne — disse Bridget sonhadoramente. — Embora o Rei Arthur prefira cordeiro.

— Será carne bovina.

Ela encontrou o felino em questão ao pé da escada, sentado como uma esfinge protegendo as pirâmides. Ele fingiu estar dormindo, mas Iris não se deixou enganar. Ela se abaixou e falou com ele.

— Se eu encontrar você em qualquer lugar perto da carne, vai se arrepender muito.

Rei Arthur bocejou, expondo suas presas. Ele se lambeu, a começar pelas garras estendidas.

Tanto Chase quanto Kevin informaram a Nicholas de que suas esposas queriam conhecer a srta. Barrington. No entanto, como aconteceu com o próprio Nicholas, Sanders não forneceu informações sobre a residência dela. Talvez o duque pudesse marcar um encontro, para que as três herdeiras se reunissem?

Ele não se opunha ao encontro delas. No entanto, hesitou sobre contemplar a vontade das esposas de seus primos. Até que, em uma linda manhã que prometia dar lugar a um dia glorioso, ele refletiu sobre o porquê.

Iris Barrington tinha muito em comum com Minerva e Rosamund. Ela era uma plebeia e uma mulher de negócios. Trilhava seu próprio caminho. Suas conexões com seu benfeitor tinham sido muito tênues. Mistério envolvera todos os três legados, e ele imaginava que a explicação para o legado da srta. Barrington fosse tão peculiar e caprichosa quanto a das outras duas.

No entanto, experimentou alguma apreensão quando pensou em reuni-las. O fato é que nenhuma delas era apropriada de uma forma que satisfizesse os impositores do que era certo e decoroso no mundo. Muito independentes, muito confiantes, muito lindas, muito tudo. No entanto, Iris Barrington era mais "muito" do que as outras. Minerva e Rosamund não tinham viajado pelo mundo — que dirá sozinhas. Elas não flertavam com os homens no primeiro encontro. Não tinham a independência e o conhecimento evidente das coisas do mundo como a srta. Barrington.

A sensualidade não escorria delas como água rompendo uma represa.

A verdade, ele finalmente admitiu, é que não achava que Minerva e Rosamund aprovariam essa terceira herdeira. Ele também se preocupava um pouco que seus primos, no fim das contas, não fossem lhe agradecer por qualquer apresentação. Eles poderiam até culpá-la por pecados ainda desconhecidos, se Iris Barrington influenciasse suas esposas.

Ridículo, claro. Minerva e Rosamund não eram jovens garotas que seguiriam uma personagem vívida até a perdição. Ele estava sendo um parvo.

Tendo enfrentado e resolvido suas preocupações, se aventurou na biblioteca, onde encontrou a srta. Barrington agachada diante de uma estante de livros. O móvel tinha um armário com portas na parte inferior, que agora estavam abertas, e cujo conteúdo a srta. Barrington estava examinando. Sua pose fez com que a saia se esticasse ao redor de seu traseiro, dando a

Nicholas uma bela visão. O suficiente para que ele parasse para apreciar e imaginar aquela pose sem roupa.

Ela devia tê-lo ouvido porque olhou por cima do ombro. No entanto, não se mexeu. Era como se soubesse exatamente para onde a mente dele havia vagado e agora o provocasse com seus próprios pensamentos.

— Eu queria saber se havia alguma raridade nos armários. Muitas vezes, os itens valiosos estão escondidos. — Ela enfiou a mão, ergueu algo e olhou. Então se levantou, fechou o armário e limpou as mãos enluvadas. — Nada nesse. Pelo menos não o que procuro. Apenas alguns papéis velhos.

— Uma pena. Seria bem conveniente se abrisse tal armário e seu Saltério estivesse aí dentro.

— Ainda pode acontecer. Há muitos armários para procurar. — Não naquele dia, ao que parecia, porque ela havia tirado vários livros de uma prateleira e os levado para a mesa perto da janela.

— Parece um dia adorável demais para passar em uma biblioteca empoeirada — disse ele. — O que a senhorita normalmente faz durante as tardes?

— Analiso os leilões que estão por vir. Caio nas graças dos colecionadores. No final da tarde, sou conhecida por cozinhar.

Ele mal a ouviu, porque a forma como a luz da face norte naquele belo dia impregnava sua pele a fazia parecer ainda mais como alabastro. Ele a encontrou olhando-o e percebeu que ela havia parado de falar alguns momentos antes.

— Nunca se diverte? — ele perguntou.

— Sim. Gosto de analisar leilões e conhecer colecionadores.

— Quero dizer com entretenimentos e passeios, não sobre livros.

— Eu visito os parques de vez em quando.

Ele fez questão de olhar pela janela dela, o que significava que tinha que ficar bem perto.

— Eu estava pensando que hoje seria perfeito para uma volta no parque. Por que não se junta a mim depois de terminar aqui?

Ela riu.

— Acho que todos os ingleses pensam com a mesma cabeça. Um dia bonito significa visitar o parque. Claro, vocês têm muito poucos assim aqui.

Dias bonitos, é o que eu quero dizer. É de se admirar que não tenham se mudado para climas mais quentes e ensolarados.

— Então vai me fazer esse agrado?

Ela abriu um livro, de repente profissional outra vez.

— Lamento ter que recusar. Veja, eu já concordei em encontrar um amigo no Hyde Park ainda hoje. Mas obrigada.

Um amigo? Que tipo de amigo? Como ela poderia ter amigos em Londres? Nunca morara na cidade e raramente visitava. Ocorreu-lhe que a vivaz srta. Barrington já estava acumulando homens em seu rastro.

— Oh, céus. Eu o insultei. Não era minha intenção, mas realmente tenho esse outro compromisso. Talvez outro dia? Ou depois desse compromisso?

Agora ela estava tratando-o como um jovem suplicante. Ele era Hollinburgh, ora bolas.

— Não sei quanto tempo ficarei lá, infelizmente. Devemos passar um pelo outro. Talvez possa apresentar seu amigo?

Ela não parecia nem um pouco impressionada com isso, embora qualquer amigo fosse ficar ansioso ao ser apresentado a um duque. Os homens tinham feito fortunas com menos.

— É muita gentileza. Vou procurá-lo quando estiver lá.

— Que bondade a sua. — Ele nem tentou disfarçar a irritação em seu tom.

Ele enviou mensagens para Minerva e Rosamund, dizendo que a apresentação não aconteceria naquele dia, mas o lacaio voltou para informar que nenhuma das senhoras estava em casa. Então, às quatro horas, Nicholas mandou trazer seu cavalo e passou ao longo da cerca do Hyde Park até a entrada de Grosvenor.

Assim que entrou, avistou uma carruagem que reconheceu. Ele fingiu não ter visto, mas um lacaio se meteu no caminho de seu cavalo e se aproximou para explicar que sua tia havia pedido que ele a recebesse. Ao mesmo tempo, outro lacaio abriu a porta da carruagem e ajudou a descida de Dolores e de uma jovem que era um fiapo de gente, vestida toda de branco virginal.

Ele tentou se lembrar de qual jovem apropriada poderia ser. Dolores o estava enchendo de informações sobre uma em particular. A filha mais velha do irmão de um conde ou algo assim. A garota agora estava em toda a sua glória recatada ao lado de uma Dolores de olhos aguçados que esperava por ele com expectativa. Ele desmontou, entregou seu cavalo ao lacaio e se aproximou.

— Tia Dolores, eu deveria saber que a senhora estaria aqui. Parece que toda Londres escolheu este dia para visitar o parque, e antes da hora da moda.

— A tarde estava bela demais para desperdiçar — disse Dolores, oferecendo a bochecha para um beijo de sobrinho. — A srta. Paget me visitou e eu decidi que nossa visita seria muito melhor com um pouco de ar fresco.

A srta. Paget. Sim, era sobre ela que Dolores ficava tagarelando. Pura, recatada e com uma fortuna de vinte mil por ano. Segundo Dolores, se a moça fisgasse um duque, estaria perto de trinta mil.

Ela parecia uma criança. Isso porque ela era uma criança, mas ajudaria muito se não tivesse ainda aquela beleza pura. Ele não teve dificuldade em imaginá-la brincando com bonecas.

O dever. O dever.

— Por que não damos uma volta? — ele sugeriu após as apresentações. Caminharam pelo passeio. O lacaio seguiu com a cavalo. O mar de pessoas se partiu na frente deles. Às vezes era bom ser um duque.

Ele conversou com Dolores. A srta. Paget não disse nada e manteve o olhar baixo. Dolores fez algumas perguntas e recebeu respostas. Ele ofereceu algumas gentilezas e recebeu o mesmo em troca. Depois de quinze minutos de tanta bobagem, ele não sabia nada sobre a garota, nem ela sobre ele.

O objetivo era um herdeiro, e ele avaliou seu potencial ali. Magra como um graveto. Ele se perguntou se isso importava. Ela mal parecia forte o suficiente para ter filhos. Dolores era ainda mais magra, mas nunca precisara produzir herdeiros, preferindo permanecer solteira como Agnes. O boato era que, como nenhuma das duas ia se casar com um duque, qualquer marido estaria abaixo de seu status de solteira, de modo que elas desceriam na escala social. Portanto, ambas decidiram permanecer solteiras e aproveitar a posição que tinham.

Elas também supunham que quem quer que fosse o duque aumentaria sua mesada e pagaria algumas de suas contas. Tio Frederick, seu irmão, tinha feito exatamente isso, assim como seu pai antes dele. Agora elas queriam que Nicholas fosse a fonte da generosidade. Só que ele não podia pagar, mesmo que quisesse ser tão generoso, o que não queria.

Pensar em dinheiro o fazia ver a srta. Paget por essa lente. Trinta mil restabeleceriam a propriedade muito bem. Uma herdeira e uma enorme fortuna de uma só vez. Ele seria um tolo se não a pedisse em casamento na hora.

Só que ele não queria.

Havia regras sobre a dança do casamento, e Dolores as conhecia melhor do que ninguém. Quando o passeio durou exatamente o tempo permitido para evitar implicações que seriam difíceis de suportar, ela e a srta. Paget se desvencilharam de sua companhia. Pegou o cavalo das mãos do lacaio, montou e cavalgou ao longo da beira do caminho, respondendo aos cumprimentos daqueles que conhecia e suportando os olhares daqueles que não conhecia.

O parque estava lotado de carruagens, carrinhos de bebê e cavalos. De cima de sua montaria, ele examinou os rostos, procurando Minerva ou Rosamund. Viu-as de pé na grama ao lado do passeio. Minerva se abanava, como se estar no meio da multidão fosse demais para ela. A leve protuberância sob suas roupas indicava que ela estava grávida, mas ele duvidava de que a maioria dos homens notasse. As mulheres, no entanto, perceberiam imediatamente. Aquelas como tia Dolores provavelmente poderiam dizer qual era a semana da concepção com um olhar.

Nicholas desmontou e caminhou até elas.

— Então, onde ela está? — Minerva questionou. Seus olhos argutos e escuros olharam para trás. — Continuamos tentando adivinhar qual é ela, mas claro que isso é impossível. — Ela o examinou. Poderia avaliar uma pessoa em cinco segundos, e foi o que ela fez. — Ela não vem.

— Não? — Rosamund fez beicinho o suficiente para tornar seu lindo rosto adorável. Kevin tinha falado sobre ter sido atingido por um raio ao ver Rosamund pela primeira vez, e qualquer homem entenderia por quê. Não era apenas bonita, mas voluptuosa; não havia nada de leve nela.

— Peço desculpas. A srta. Barrington tinha outro compromisso. Mandei um recado para a casa de vocês, mas já tinham saído.

— Que decepcionante — disse Rosamund. — Eu queria tanto conhecê-la. Somos as três farinha de um mesmo saco, não somos? E eu queria avisá-la sobre as tias.

— Já dei os avisos.

— É inteligente da parte dela manter sua residência em segredo — falou Minerva. — Inconveniente para nós, mas também para os outros parentes, os quais nenhum será amigável. — Ela o perfurou com aqueles olhos. — Você não saberia...

— Devo passar por Sanders como todo mundo. Se você enviar uma carta aos cuidados dele, ele a entregará.

— Precisamos fazer isso — decidiu Rosamund. — Vamos convidá-la para vir até nós, onde será seguro. Você deve dizer a Sanders para recusar qualquer carta dos outros, no entanto.

— O sr. Sanders é sábio o suficiente para fazer seus próprios julgamentos. Afinal, seus honorários não são pagos pelas tias ou por qualquer outra pessoa.

— Ouvi dizer que perdemos uma reunião animada na sua casa — comentou Minerva, com um sorriso de canto de boca. — Houve troca de socos, inclusive.

— Não exatamente, mas quase. Foi bom vocês terem optado por não comparecer. As outras esposas estavam lá, no entanto. Felicity em seu guarda-roupa parisiense. Foi o sarcasmo de Kevin sobre isso que trouxe problemas.

— É a cara dele — disse Rosamund sem se desculpar. Ela e Kevin conheciam muito bem um ao outro.

— Chase contou que você pediu a ele para reabrir a investigação sobre a morte do seu tio — revelou Minerva. — Eu gostaria de poder ajudar mais do que Chase permite. Ele é muito protetor. — A última parte demonstrou um pouco de ressentimento.

— Ele é adorável, a forma como cuida de você... — elogiou Rosamund.

— Sim, adorável. Também um pouco irritante. Eu não estou doente como ele diz. O enjoo matinal é muito comum e dificilmente motivo para me

prender. De qualquer forma, Chase já está ocupado extraindo informações sobre esses sócios. Ele disse que você o ajudaria, Hollinburgh, então meus serviços podem não fazer falta.

— Claro que farão falta — rebateu ele. — No entanto, ele e eu iremos...

— Hollinburgh!

O grito perfurou o ar atrás deles. Quando olharam, avistaram uma carruagem passando, seu cavalo girando a toda velocidade e suas rodas fazendo sulcos na grama. Um homem com olhos azuis indomáveis e uma abundância de cachos loiros estava sentado nela, segurando um chapéu feminino na cabeça dela enquanto ele ria. Nas rédeas estava ninguém menos que Iris Barrington.

Ela acenou com o chicote no ar enquanto se afastava, chamando a atenção de todos no caminho.

— Misericórdia. Quem é? — perguntou Rosamund.

— Ele é o filho do barão Doubry — revelou Nicholas, seu olhar seguindo a carruagem. — É chamado de "O Adônis Loiro". — O duque pessoalmente achava a aparência do jovem quase feminina, mas dizia-se que aqueles cachos e olhos haviam conquistado a entrada do rapaz em alguns dos quartos femininos mais exclusivos à época que ele tinha vinte anos.

— Não o rapaz — disse Minerva. — Quem é essa mulher?

— Ah, ela. Essa é Iris Barrington.

Os olhos de Rosamund se arregalaram.

— Ai, meu Deus.

Minerva olhou para a carruagem.

— Que deleite.

Nicholas olhou para o veículo agora sendo virado enquanto seus ocupantes riam e riam, quase caindo uns sobre os outros.

— Não se deve levar carruagens para os gramados.

— Pfft. — Minerva fez o barulho indelicado de escárnio enquanto a carruagem avançava sobre eles novamente, desta vez em uma velocidade lenta. — Você parece uma de suas tias. Está ficando mais ducal a cada dia, e isso não combina com você.

Ele voltou o olhar fulminante para Minerva — não que ela se importasse. A carruagem rolou até parar bem ao lado deles. A srta. Barrington desceu e entregou o chicote a seu Adônis, que fez uma saudação e conduziu o cavalo e a carruagem para longe.

Iris se aproximou.

— Vocês por acaso seriam as outras duas herdeiras?

— De fato, nós somos — confirmou Minerva. — Hollinburgh, por favor, nos apresente.

Ele fez as apresentações, notando como as mulheres devoravam umas às outras com os olhos. Rosamund parecia admirada. Minerva parecia fascinada. Iris tinha todos os sinais de uma mulher que achava que seria muito divertido sair em busca de encrenca, de braços dados com duas novas amigas.

Chase e Kevin iam querer sua cabeça por isso.

Minerva e Rosamund entregaram seus cartões a ela enquanto caminhavam até a entrada do parque.

— Na próxima terça-feira — repetiu Rosamund. — Às duas. Kevin estará no escritório nesse horário, então não vai interferir.

— Você é muito gentil.

— Todas seremos grandes amigas — disse Minerva. — Precisamos nos unir também.

O duque seguia atrás delas, conduzindo seu cavalo. Parecia um pouco azedo.

Colocou as senhoras na carruagem de Chase, que esperava do lado de fora da entrada.

— Diga, srta. Barrington. Como chegou ao seu compromisso? Aquele jovem a visitou em sua casa ou a senhorita veio até aqui?

— Eu vim em um cabriolé de aluguel.

Sem uma palavra de explicação, ele conduziu seu cavalo até a carruagem de Chase e falou com o cocheiro. O cavalo estava amarrado na parte traseira.

— Ele vai devolvê-lo aos meus estábulos para que eu possa levá-la para casa — anunciou ele ao retornar.

— Se vim sozinha em um cabriolé de aluguel, posso voltar da mesma forma.

Ela poderia muito bem ter ficado sem voz. Ele passou uma moeda para

o cocheiro de outra pessoa, que saiu para a rua a fim de buscar um veículo. Chegou logo e o duque a colocou nele. Então entrou. Pela expressão do duque, ela não esperava uma conversa animada.

Já estavam em Mayfair antes que ele tivesse aberto a boca.

— Precisa dar seu endereço ao cocheiro.

— Se eu fizer isso, o senhor tomará conhecimento.

— Srta. Barrington, sou a última pessoa que representaria uma ameaça. Não só é seguro que eu saiba onde a senhorita mora, como também é necessário. Talvez eu precise informá-la de algo importante. Não vou enviar todas as notas e missivas por meio de Sanders. Isso acrescenta pelo menos um dia de comunicação quando, pelo que sei, eu poderia percorrer a distância em vinte minutos.

— Na verdade, moro do outro lado da cidade. — Decidindo que não poderia ser ruim demais aquela pessoa saber de suas circunstâncias, deu o endereço ao cocheiro.

— De onde conhecia seu acompanhante? Ele costuma frequentar as festas mais badaladas. Tem feito isso também?

— Eu o conheci em uma prévia do leilão da Bonham. Não havia muitos livros ali, e ele estava olhando um que eu queria examinar. Ele educadamente permitiu que eu olhasse, e uma coisa levou à outra, e...

— E logo você estava protagonizando um espetáculo no parque diante dos olhos de metade de Londres.

— Ele é um homem bom que se diverte.

— Ele é um menino.

— Um bom menino.

— Um menino que também é um sedutor astuto. Para uma mulher que não quer chamar a atenção, a senhorita fez um bom trabalho hoje.

Falava como um velho ranzinza. Num impulso, ela estendeu a mão, agarrou a gravata dele, amarrotou-a e a fez cair torta. Então bagunçou o cabelo dele com a palma da mão e afundou no estofado.

— Pronto. Muito melhor.

Ele deu um tapinha na cabeça e olhou para o lenço de linho arruinado em seu pescoço.

— Por que diabos você faria isso?

— Para torná-lo menos... menos... engomado. Eu me recuso a acreditar que o senhor sempre foi assim, todo espalhafatoso e falando como um velho. É porque é um duque agora? Meu Deus, eu achava que um duque poderia fazer qualquer coisa que quisesse, da maneira que quisesse. Por que o senhor escolheria agir assim?

Como que para mostrar que não tinha escolhido agir assim, ele deixou a gravata bagunçada.

— Não cause problemas com Minerva e Rosamund.

— Não tenho intenção de causar problemas. Duvido que seja capaz disso. Ambas pareciam ser mulheres de alguma inteligência, não moçoilas que podem ser enganadas pela malvada Iris Barrington. — Ela mexeu em sua reticula e acrescentou: — Não como a criança com quem o senhor estava andando na companhia daquela bruxa.

— Aquela bruxa é minha tia Dolores.

— Oh. Perdão.

— Não é necessário. Ela é de fato uma bruxa, com garras muito mais afiadas do que sua aparência sugere.

— Aquela era a garota com quem ela acha que o senhor deveria se casar?

Longa pausa.

— Sim.

— Ela parecia muito bonita e doce. Jovem o suficiente para o senhor moldá-la da forma como quisesse, suponho. Virginal, provavelmente.

— Decerto.

— Não há certeza. Essas garotas não moram em torres de marfim. Mesmo que morassem, o carcereiro poderia ser um jovem robusto que...

— Você sempre fala assim? Apenas deixa sair o que vem à sua mente?

— O senhor não tem ideia do que realmente passa pela minha mente. Se esta conversa o incomoda, tudo bem. Temo que ficaria muito chocado.

Seu olhar encontrou o dela, encarando-a.

— Experimente.

O desafio estava feito. Ela debateu se deveria aceitá-lo.

— Certo. Acho que o senhor é bom demais para se casar com uma garota assim. Não conseguirá moldá-la, mas permitirá que ela o molde.

Evitará a cama dela, para que ela não se sinta muito dominada. Seu herdeiro demorará a chegar e, a essa altura, ela terá crescido o suficiente para o senhor se perguntar um pouco se a criança é sua. Não tenha ilusões de que a garota é uma lousa em branco e que o senhor é o giz. Ela sabe exatamente do que se trata, por mais jovem que seja. Tornará sua vida um inferno em cinco anos. — Iris voltou o olhar para a janela. — Vejo que estamos na minha rua. Gostaria de ver a loja?

— Loja?

— Moro em cima de uma livraria. Fiz algumas melhorias das quais me orgulho muito. Estou até pensando em me oferecer para comprar uma sociedade no negócio.

A carruagem parou. Ele olhou para fora, então encolheu os ombros.

— Por que não? — Ele pagou o cocheiro, saltou e ajudou-a a descer. — Parece agradável — afirmou.

— É propriedade da srta. MacCallum — disse ela. — A ruiva do leilão.

Bridget não os cumprimentou, mas Rei Arthur, sim. O duque cometeu o erro de se abaixar para coçar a cabeça do gato, apenas para ouvir um longo silvo de alerta.

— Esse é um gato bem grande. — Ele voltou sua atenção para as prateleiras, então para a cadeira estofada.

— Aceita café? Cerveja? Há uma cozinha nos fundos.

Ela esperava que ele se despedisse, especialmente porque não haviam passado a melhor das tardes juntos. Em vez disso, ele aceitou o café. Ela o levou até a cozinha, onde encontraram Bridget limpando um peixe grande. Esta quase deixou cair a faca com a entrada do duque. Aturdida, Bridget limpou uma das mãos no avental e fez uma mesura.

— É uma honra — falou ela.

— Vou fazer um café — ofereceu Iris. — Se não quiser ver um peixe eviscerado, Vossa Graça, talvez prefira esperar na loja.

— Eu não me importo — respondeu ele. Então, para Bridget: — Continue. Finja que não estou aqui.

Ele apoiou um ombro contra o batente da porta. Bridget limpou o peixe, tentando esconder as entranhas sob um pedaço de papel velho. Iris serviu o café.

— Estamos indo bem aqui. Venha comigo.

Ela o levou para fora da cozinha e subiu as escadas.

— Tive a sorte de encontrar um conjunto de acomodações aqui — explicou. — Como verá, há uma sala onde posso me reunir com os colecionadores. Faz todo o sentido praticar meu comércio em cima de uma livraria, não acha? Espero que o local me faça parecer mais interessante do que frugal.

Ela abriu a porta de sua sala de estar. Tinha feito melhorias no espaço desde a mudança. Um sofá estofado azul abraçava a parede em frente à lareira. Uma mesinha ficava perto das janelas do jardim, que agora mostravam o crepúsculo que vinha caindo. Uma mesa maior para exibir e examinar livros havia sido colocada sob uma janela na outra parede, ao lado da lareira. Bridget providenciou uma estante alta que, por sua vez, flanqueava a mesa de estudo.

Ele parou no centro do recinto, olhando ao redor.

— Srta. Barrington, espero que tenha cuidado ao convidar homens para este aposento. Muitos deles entenderão mal. Rapazolas divertidos certamente irão.

— O senhor entendeu mal?

— Infelizmente, não. — Ele espiou pela janela. — No entanto, outros podem entender. Para que eu não a comprometa e obtenha pouco prazer em troca de um escândalo, vamos tomar o café lá fora, no jardim.

Eles desceram e recolheram o café e as xícaras em uma bandeja, e ele a levou para fora. Bridget havia colocado uma mesinha e duas cadeiras sobre algumas pedras que davam para um jardim cheio de heras e arbustos e, bem nos fundos, uma espécie de árvore frutífera.

Ela serviu.

— Estou me sentindo ofendida com sua repreensão.

— Não era minha intenção.

— Não, foi um aviso, digno de um tio. Acho que nunca me senti realmente ofendida e me pergunto se o sentimento é mesmo esse. Um pouco subjugada e um pouco envergonhada. Nenhuma das emoções é normal para mim. Foi gentil da sua parte me alertar sobre como eu poderia provocar mal-entendidos em outros homens.

Os olhos dele, brilhantes no crepúsculo, capturaram o olhar de Iris.

— Eu não estava sendo gentil, mas honrado. Não era de outros homens que eu falava, mas de mim mesmo. E o aviso não foi de um tio, mas o alerta justo de um homem que estava prestes a decidir entendê-la mal.

Não mais constrangida, ou mesmo ofendida, mas agitada com emoções muito diferentes, ela se inclinou na direção dele.

— Foi por isso que insistiu em saber onde moro?

Ele se inclinou também, até que sua cabeça estivesse bem próxima da dela.

— Foi por isso que me permitiu ficar sabendo e acompanhá-la aqui hoje?

Ficaram assim, olhares travados, comunicando-se apenas com os olhos. Toda uma conversa ocorreu sem palavras, dando reconhecimento à atração que tinham compartilhado desde o início.

— Eu já me perguntei como seria ser beijada por Vossa Graça.

— Nicholas. Meu nome é Nicholas. — Ele se levantou e a levantou também e deu um beijo cuidadoso em seus lábios. — Não assim, normalmente.

— Não? Como, então?

O som de panelas batendo ecoou pela janela da cozinha. Ele olhou na direção do som, então pegou a mão de Iris e a conduziu rapidamente para o jardim. Ele a virou em seus braços.

— Assim.

Um beijo muito melhor tomou sua boca. Um beijo maravilhoso. A excitação dela aumentou com a paixão crescente que a varreu. Antecipara aquilo por muito tempo, sem realmente esperar vivenciar algo assim, então foi dominada pela realidade.

Ele sabia beijar muito bem. Um pouco rude, um pouco doce; em parte exigente, em parte sedutor. Ela saboreou cada momento de crescente excitação como se lambesse o melhor bolo vienense. Enganchou os braços em volta do pescoço dele para que ficassem mais próximos e ela pudesse sentir o calor do corpo dele contra o seu. Sentir tudo dele que fosse possível enquanto permanecia totalmente vestida em um jardim. Ela imaginou mais — olhando para os ombros sob seus braços, só que eles estavam nus e aquelas luzes travessas em seus olhos se tornaram perigosas e atraentes.

Não. Você não deve. A voz interior da razão tentou desviar sua atenção. Ela a silenciou beijando-o de volta, forte, com erotismo. Era todo o encorajamento de que ele precisava. Ele a envolveu bem perto com um braço enquanto a outra mão começou a acariciá-la. Ela incitou mentalmente aquela mão, e quase comemorou quando se aventurou em seu torso, então subiu. Ela ansiava pelo toque em seu seio e pediu aos céus que não fosse um cavalheiro. Subiriam ao apartamento dela, tirariam a roupa e compartilhariam prazeres enquanto a brisa do jardim refrescasse seu ardor. Aliviariam esse desejo quase insuportável que os atormentava desde que...

Um velho banco de pedra estava próximo entre os arbustos. Ele a moveu para lá, sentou-se e puxou-a para seu colo. Bocas seladas, línguas em ação, seus beijos liberando uma paixão ainda maior. Os dedos dele lhe acariciaram o cabelo para que pudesse lhe segurar a cabeça durante o ataque erótico. Suas carícias a exploraram por inteiro, pressionando contra suas roupas, encontrando seus seios e pernas e até seu sexo. Ela duvidava de que conseguissem chegar ao seu quarto e não se importava. Que fosse ali, em uma cama de hera ao luar. A mão dele deslizou para as costas dela, em direção às fitas que prendiam o vestido...

De repente, ele parou. Enrijeceu e olhou para a direita e para a esquerda. Ele a levantou e a colocou de pé, então se levantou e a empurrou para trás enquanto os arbustos próximos farfalhavam e estalavam. Dois uivos quebraram o silêncio da noite. Um era humano. O outro, muito mais primitivo, soava como um guinchado infantil, depois um choramingo de aflição. Ambos os sons obliteraram a euforia de Iris e retificaram seus sentidos.

Os arbustos se moviam e balançavam; uma forma escura emergiu deles e correu em direção à casa. Nicholas deu dois passos como se fosse atrás, mas parou e voltou-se para ela.

— O que foi tudo isso? — ela perguntou enquanto aceitava o refúgio dos braços de Nicholas.

— Alguém esteve aqui. Um intruso. Talvez um ladrão. Ele provavelmente não esperava que alguém estivesse no jardim esta noite.

— Mas os gritos. O resto...

— Fique aqui. — Ele se aventurou nos arbustos e em meio à vegetação onde o homem estivera. Quando voltou, carregava um animal mole em seus braços.

— Rei Arthur! — ela gritou. — Oh, ele está... Ele parece morto.

— Não morto, mas gravemente ferido. — Ele moveu os braços para que ela pudesse ver a adaga em sua mão direita. — Isso estava no chão perto dele. Ele deve ter atacado o intruso e foi esfaqueado por seus esforços.

— Traga-o para dentro, por favor. Imediatamente. A pobre Bridget vai ficar inconsolável. E pensar que falei mal desse gato. Ele pode ter salvado nossas vidas se a adaga pertencia mesmo ao intruso.

Nicholas levou o gato para dentro de casa e Iris o direcionou para o depósito. Então ela subiu para buscar Bridget.

CAPÍTULO SEIS

— É um gato.

— Sim.

— Você me chamou com uma mensagem para vir imediatamente, dizendo que era uma emergência e é um gato.

— Um gato muito nobre, Thompson. Um gato heroico. Ele pode muito bem ter salvado uma vida esta noite.

— No entanto, ainda é um gato. Hollinburgh, sou cirurgião do Serviço Naval de Sua Majestade. Sou chamado para atender almirantes quando são feridos e atendo os próprios médicos do rei. Eu não trato gatos.

— Olhe aqui. Ele foi esfaqueado. Estancamos o sangramento da melhor maneira possível, mas tenho certeza de que você poderá curá-lo em alguns minutos.

Thompson olhou para o felino. Rei Arthur olhou para ele. Parecia a Nicholas que o gato estava com dor, mas estava agindo com estoicismo. Ao que parecia, os gatos não esperavam que cirurgiões humanos viessem a seu auxílio depois de um incidente daqueles.

Com um suspiro dramático, Thompson começou a examinar o corte na lateral do corpo do gato.

— Como isso aconteceu? É uma perfuração feia. Profunda. Terei que suturar, no mínimo, e podemos apenas esperar que nenhum órgão vital tenha sido danificado.

— Ele estava no jardim quando eu estava lá e ouvi o que parecia ser um intruso. Então acho que esse gato atacou o homem, porque houve gritos humanos junto com gritos felinos. Foi tudo muito rápido, e eu vi alguém correndo para o portal. Então encontrei o gato caído no chão junto com esta faca.

Thompson ergueu a faca contra a lâmpada forte que a srta. MacCallum trouxera.

— Parece limpa o suficiente. Vamos ter esperança de que não haja infecção. Espero que você esteja se sentindo corajoso esta noite. Alguém deve segurar aquele monstro enquanto eu suturo, e ele não vai gostar.

Será que poderia ser tão ruim assim? Depois que Thompson preparou suas agulhas, Nicholas descobriu. Em sua primeira tentativa de segurar o gato, recebeu vários arranhões. Em seguida, pegou a sobrecasaca arruinada e enrolou as mãos nela para tentar novamente. Rei Arthur começou uma série de sons altos e guturais; era difícil dizer se eram de dor ou indignação.

Os cirurgiões navais eram rápidos em seu trabalho; Thompson terminou em poucos minutos. Ele começou a limpar o sangue da ferida e a cortar o pelo ao redor da incisão.

— Quase pronto — disse ele, para acalmar o gato, quando Rei Arthur objetou novamente. — Agora acabou. Não foi tão ruim.

Nicholas imaginou Thompson falando assim com um marinheiro que acabara de perder o braço. Rei Arthur rosnou de uma forma que dizia: *Maldição, sim, foi péssimo.*

Thompson recuou. Nicholas relaxou um pouco os dedos. Rei Arthur se recostou levemente na mesa, depois se levantou com cuidado. Nicholas estendeu a mão para ele e o colocou no chão.

A cabeça da srta. Barrington apareceu no recinto.

— Será que ele vai viver? Bridget está além de angustiada.

Thompson limpou seus instrumentos.

— Suspeito de que seria necessário mais de um ferimento a faca para matar aquele lá. Não saberemos por alguns dias, é claro. Tente mantê-lo quieto e calmo e ofereça no máximo uma alimentação leve. Se ele estiver com fome, encontrará seu jantar como sempre.

— O cirurgião virá em alguns dias para dar uma olhada nele — anunciou Nicholas.

Thompson apenas lançou-lhe um olhar e balançou a cabeça de leve.

Rei Arthur parecia estar decidindo o que fazer e para onde ir. O choro de Bridget fluiu para o interior da cozinha. O gato inclinou a cabeça e caminhou para lá, apoiando-se no lado esquerdo do corpo.

Nicholas acompanhou Thompson até a saída, então voltou para encontrar Iris mexendo em sua sobrecasaca. Quando ela o viu, correu para ele e o abraçou.

— Obrigada por encontrá-lo e trazê-lo, e pelo cirurgião, e por mostrar tanta bondade a um gato grande e teimoso, além de tudo. Seus casacos também estão completamente arruinados. Nós os consertaremos, eu prometo.

Ele gostou da gratidão honesta e de senti-la em seus braços, pressionada contra seu corpo. Deu um beijo no topo de sua cabeça.

— Fico feliz por salvarmos o gato. Estou menos feliz com a evidência de que havia um intruso no jardim, talvez tentando entrar na casa. Não quero aborrecê-la ainda mais, mas me preocupa que não fosse um gato o que ele esperava esfaquear.

Ela olhou para ele, atônita.

— Está sugerindo que não era um ladrão, mas alguém com projetos mais perigosos? Contra mim? Mas ninguém sabe que moro aqui.

— Podemos ter sido seguidos desde o parque. Eu deveria ter pensado nisso. — Pensado com clareza, em outras palavras, em vez de se distrair com ciúme e desejo. Poderia não haver muitas pessoas que sequer soubessem como era a aparência de Iris, mas todos sabiam que aparência ele tinha e podiam ter inferido o resto. — Vou verificar se o portal dos fundos está trancado. Minhas preocupações podem ser infundadas, mas tome cuidado, por garantia.

Ela ainda estava aninhada em seus braços e passou os dedos por uma mancha no colete dele.

— Vou me certificar de que Bridget seja cuidadosa também. Ela morou sozinha aqui. Tremo só de pensar no que poderia ter acontecido se ela estivesse lá dentro quando um intruso aparecesse atrás de algumas libras.

Não era um jardim ao luar, mas um depósito rústico com uma lâmpada brilhante. A sensação dela e a ideia de sua falta de recursos para se defender naquela noite o levaram de volta para onde estavam antes que aqueles gritos estranhos perfurassem o ar. Ele deu outro beijo no topo de sua cabeça e, quando ela virou o rosto para cima, ele a puxou para perto e a beijou profundamente.

O ar sensual da srta. Barrington havia sido subjugado pelo ferimento do gato, mas agora fluía sobre ele. Dentro dele. Um beliscão suave em seu lábio convidou a mais. Ele os afastou da porta e segurou o rosto dela para um longo e penetrante beijo de exploração. Ela respondeu da mesma forma e a excitação dele aumentou, apagando qualquer outro pensamento, sem se importar com quem poderia ver ou se aquilo era ou não uma atitude sensata.

Ele a queria. Inteira. Sua fome tinha algo de visceral, de uma forma que ele não experimentava com uma mulher havia alguns anos. A boca dela tinha um sabor doce e ele imaginou outros sabores. Suas carícias se moveram, descobrindo o que havia por baixo da saia e das anáguas e, finalmente, do espartilho. O seio farto se ergueu sob seu toque, convidando-o novamente. Ele acariciou o decote, inalando o almíscar feminino, enquanto a mão procurava os cordões que soltavam o vestido.

— Iris, você ainda está aqui? Estou pensando em levar o Rei Arthur para minha cama para descansar, mas tenho medo de machucá-lo. — Bridget entrou no centro do depósito, olhando em volta.

Iris afastou-se habilmente.

— Estou pedindo encarecidamente ao duque que deixe seu colete junto com o casaco. Você e eu podemos tentar tirar as manchas de sangue. Ele está sendo muito nobre e relutante. Diga que ele deve deixar.

Bridget se virou e os viu. Se ela suspeitava que mais do que uma conversa estava acontecendo ali, não deu nenhum sinal.

— Deve pelo menos nos deixar tentar, Vossa Graça. Mesmo que o senhor nunca mais os use, podemos consertar as coisas para que outra pessoa possa. Seria um desperdício vergonhoso descartar roupas tão finas.

Nicholas mal havia recuperado o controle de seu corpo, mas sanidade suficiente retornou à sua mente para ele entrar no jogo.

— Se insiste. Quanto ao seu gato, talvez me permita carregá-lo escada acima para a senhorita. Não há razão para que seu vestido sofra o mesmo destino dos meus casacos, e acho que encontrei uma maneira de carregá-lo sem machucá-lo muito.

E assim ele mais uma vez levantou o grande felino, embalando-o em seus braços, e subiu as escadas rapidamente. Bridget saltou à frente dele e abriu a porta de seus aposentos. Ela apontou para sua cama e ele colocou o gato no chão. Rei Arthur sentou-se como o monarca que era e começou a lamber as patas.

— Obrigada — disse Bridget com lágrimas nos olhos. — Ele já parece

estar melhor. Quem pensou que um duque mandaria chamar um cirurgião para um gato? O peixe está pronto, se o senhor quiser jantar conosco.

— Devo recusar. Quanto ao resto, foi um prazer ajudar, especialmente depois da bravura de Rei Arthur. Espera-se tamanha devoção de cães, não de gatos, mas ele arriscou tudo para protegê-las.

Ela acariciou gentilmente o pelo louro e listrado.

— Ele arriscou, não foi? Iris não quer que ele se sente na nova cadeira, mas acho que ele pode sentar onde quiser agora.

Ele os deixou juntos e desceu para encontrar Iris. Então, puxou-a para dentro da loja, segurou sua cabeça com as duas mãos e a beijou profundamente uma vez mais.

— Eu deveria ir — ele falou, esperando que ela implorasse para ele ficar.

— Sim, você deveria — ela confirmou baixinho, quase triste. — Perdemos a cabeça, não foi?

— Você não sabe nem a metade.

— Ainda bem, já que o que sei vai me impedir de dormir esta noite. — Ela escapou de seus braços e caminhou até a porta. Ele se forçou a cruzar a soleira e mergulhar noite adentro.

CAPÍTULO SETE

Nicholas galopou com o cavalo, adentrando profundamente no parque. O ar ainda continha aquela umidade orvalhada do início da manhã, e poucos outros visitantes podiam ser vistos, e menos ainda ali naquela parte mais distante.

Ele costumava cavalgar nas primeiras horas da manhã para evitar as multidões e dar um bom exercício à sua montaria. Naquela manhã, ele o fez para seu próprio benefício. Ainda estava contrariado quanto aos acontecimentos no jardim de Iris. O ataque ao gato tinha sido o de menos, embora Nicholas ponderasse a probabilidade de aquele intruso ser apenas um ladrão. O que afetava seu humor e seu corpo era a paixão incompleta que haviam compartilhado. Cada beijo e toque repetidos em sua mente, sem parar, junto com a imaginação do que deveria ter acontecido antes que o drama com Rei Arthur pusesse um fim a tudo.

Muitas vezes cavalgava sozinho pela manhã, mas, naquele dia, não. Chase galopava logo atrás. Depois de terem dado uma boa corrida aos cavalos, pararam e começaram a andar juntos.

— Você está muito distraído — disse Chase.

— Tenho muito em que pensar.

— Tente ignorar o que quer que seja por alguns minutos para ouvir o que tenho a dizer. Sanders concorda que há algo de peculiar naquela fábrica têxtil e também na companhia de navegação. Ambos estão atrasando e se esquivando demais. Se você, em algum momento, decidir se quer manter ou vender, precisará descobrir o que é o quê. Para isso, quero enviar agentes a Manchester para investigar a fábrica. Posso lidar com a companhia de navegação daqui.

— Já enviamos um homem para Manchester. Ele voltou sem nada.

— Não vou enviar um homem de números ao portão da frente. Quero enviar Jeremy e Elise para trabalharem lá. Uma carta de referência sua garantirá que sejam aceitos.

Da pequena elevação em que seus cavalos estavam, Nicholas olhou para o parque. Jeremy era um jovem de talentos consideráveis e um dos melhores investigadores de Chase e Minerva. Ele não trabalhava, no entanto, da maneira típica, mas com subterfúgios e, às vezes, ações questionáveis. Elise era sua jovem esposa. Ambos já trabalhavam para Minerva quando ela conhecera Chase.

— Isso é necessário?

— Acho que sim, a menos que você queira ficar discutindo com aquele seu sócio por mais dois anos. Vamos descobrir o que está acontecendo, para o bem ou para o mal. — Chase juntou as rédeas, como se fosse cavalgar novamente. — Além disso, Minerva deu as contas para Rosamund examinar, e agora ela está convencida de que existe algo de errado com as duas empresas.

— Será que a nossa chapeleira encontrou algo suspeito?

— Não de imediato, mas ela estava farejando algo estranho. — Chase deu de ombros depois de dizer isso.

— Farejando algo estranho?

— Minerva estava observando, quando viu o nariz de Rosamund fazer um pequeno movimento de contração que acontece quando ela vê números em ordem, mas ainda assim suspeita de que algo não cheira bem.

— Você vai enviar duas pessoas para cruzar o reino e sofrer as agruras de um operário de fábrica têxtil por causa de um nariz torcido?

— Não me olhe assim. Você sabe que ela tem uma sensibilidade especial com números. Esse nariz foi bom para Kevin, você tem que admitir. Minerva acha que devemos investigar fora dos meios usuais, e eu concordo.

— Gosto muito mais das suas listas. São sólidas, embora às vezes inescrutáveis para mim. Já um nariz torcido... — Ele olhou para o céu, exasperado. — Se quiser mesmo tomar esse caminho, pedirei a Withers para escrever a carta. Uma missiva minha seria algo estranho. Um mordomo pode ter conhecimento sobre um jovem casal que estivesse indo para uma nova cidade. Farei com que ele diga que trabalharam para nós, mas estão em Manchester porque a mãe dela está doente.

— Deve funcionar bem. — Chase virou seu cavalo para voltar. — Consegui tirar Kevin de seu projeto atual para boxear. Junte-se a nós.

Nicholas incitou seu cavalo em um galope e apontou para a frente do parque. O boxe tinha certo apelo. Um exercício de alto impacto poderia subjugar aquela luxúria irritante que o atormentava.

Iris curvou-se e espiou dentro do armário. Este, no pé de uma estante como as outras que ela havia vasculhado, parecia vazio. Só que ela pensou ter visto algo lá no fundo, em um canto onde esse armário flanqueava outro, resultando em um espaço que corria atrás do armário vizinho.

A menos que chamasse um lacaio para ajudá-la, nunca o alcançaria. A menos que... Ela deitou-se no chão com os braços e a cabeça dentro do armário, então avançou lentamente enquanto estendia a mão em direção ao objeto plano lá no fundo. Finalmente, seus dedos se fecharam sobre ele e, apenas pelo tato, ela soube que era uma encadernação muito antiga. Arrastou o objeto para si e saiu do armário, batendo a cabeça duas vezes antes de se desvencilhar por completo.

Ela se sentou no chão e colocou o livro no colo. Assim que viu, seu sangue começou a correr. Decerto, só podia estar enganada. Hesitou em abrir a capa para não sentir uma enorme decepção. Cautelosamente, enfiou os dedos enluvados sob a capa e abriu-a.

Fitou a obra. Não era o Saltério, mas quase tão bom quanto. Mal conseguia conter a emoção. Deu um pulo, enfiou o livro debaixo do braço e saiu correndo da biblioteca em busca do duque para lhe mostrar sua descoberta.

Um lacaio explicou que o duque estava recebendo um visitante em seu escritório. Ela não hesitou mais do que duas piscadas antes do entusiasmo vencer a discrição. Marchando na direção do escritório, Iris mal se conteve e passou por cima de um lacaio objetor.

O convidado que o duque recebia estava sentado em uma cadeira, fumando um charuto. A janela havia sido aberta, e nuvens de fumaça formavam correntes de névoa que vagavam para fora. O cavalheiro tinha idade para ser o pai do duque, na opinião dela, e tinha alguma semelhança. Seu cabelo ruivo contrastava com a cabeleira escura do duque, e seu rosto corado sugeria que o homem apreciava mais a bebida do que seria saudável.

Ambos a olharam com surpresa. Será que tinha apenas imaginado que o duque parecia aliviado ao vê-la, em vez de irritado com a intrusão?

— A senhorita se encontra em um belo estado — afirmou ele. — Há algo de errado?

— Não posso dizer que esteja errado. Trago notícias maravilhosas. Veja só o que desenterrei de um esconderijo. — Ela se aproximou, colocou o livro na mesa dele e abriu cerimoniosamente as páginas do frontispício. — É simplesmente o incunábulo mais significativo impresso em Veneza, algo muito procurado. É relativamente famoso. Eu só vi uma outra cópia na minha vida.

O duque se aproximou e olhou para baixo. A proximidade dele a lembrou daqueles beijos de duas noites antes no jardim e no depósito. Apesar de terem sido passos questionáveis, as lembranças a haviam aquecido durante a noite, enquanto ela debatia sobre a gravidade do erro cometido ao permitir tal familiaridade. Ele era um Radnor, afinal, e talvez tão implacável quanto o avô. Ela sabia que não deveria acreditar que agir de acordo com cada desejo passageiro fosse um caminho inteligente. Para as mulheres, poderia ser traiçoeiro.

O olhar dele caiu para a página, e ela podia vê-lo tentando pronunciar.

— *Hypnerotomachia Poliphili* — ela leu para ele. — Embora, como pode ver, o título real seja muito mais longo do que isso. É comumente conhecido como o *Poliphili* para abreviar. A tradução aproximada é "os sonhos de Polifilo". — Ela virou as páginas. — A composição é magnífica o suficiente para garantir a fama do impressor, Aldo Manúcio. Até a tipografia é sublime, sendo derivada dos tipos romanos. Apesar disso, as ilustrações são xilogravuras, perfeitamente posicionadas em suas páginas para uma composição refinada e excelente. Vê? — Ela abriu o livro em uma das xilogravuras. Com elegância e sem detalhes demais, representava uma biga triunfal com silhuetas e decoração antiga. — Alguns pensam que as ilustrações foram criadas por Botticelli, mas isso não é universalmente aceito.

— É impressionante.

O convidado juntou-se a eles e estendeu a mão para passar os dedos sobre a imagem. Iris quase deu um tapa na mão dele.

— Seria melhor usar luvas ao manusear, para que as páginas não sejam danificadas. Tenho algumas sobressalentes, se quiser.

— Eu tenho minhas próprias luvas. — Ele se virou para o duque. — Isso é o que eu quis dizer. Se sua biblioteca contém livros valiosos, a minha também contém. Quero ver o que é, com o objetivo de vendê-los.

O sorriso fino do duque mostrava o que ele pensava sobre aquela conversa prosseguir na presença de um estranho. Ele gesticulou para o homem.

— Srta. Barrington, este é um dos meus tios e irmão do último duque, Lorde Felix Radnor.

O tio sorriu para ela com os olhos embaçados enquanto a observava da cabeça aos pés.

— A senhorita causou um rebuliço na família. Não há razão para não sermos amigos, no entanto. Eu sabia que nada seria deixado para mim, assim como a meus irmãos. São minhas irmãs e primos que querem a senhorita morta.

Considerando os acontecimentos recentes no jardim, eram palavras infelizes. Felix riu como se achasse a situação de suas irmãs e sobrinhos engraçada.

— Se está dando uma olhada nesta biblioteca, srta. Barrington, talvez possa fazer o mesmo com a minha — disse Felix. — Você pode cuidar disso, não pode, Hollinburgh? Estarei na Capital por cerca de um mês. Quanto àquele outro assunto, espero que reconsidere.

Ele se despediu, então. Depois que saiu, o duque voltou-se para o *Poliphili*.

— Você diz que isso é muito procurado. Valioso, então?

— Muito. Eu poderia vendê-lo por algo entre quatrocentas e quinhentas libras. Como eu disse, será um tesouro para qualquer colecionador de incunábulos.

Ela folheou para que ele pudesse admirar a composição sofisticada. O fato de também manter o calor do duque ao seu lado era uma mera coincidência.

— Seu tio não se parece muito com você — comentou ela.

— Espero que não. Ele é um perdulário e não tem consciência, pois

vive de expectativas que não deveria ter. Normalmente mora na França, mas voltou para cá porque as dívidas tornaram Paris quente demais para ele. Ele ouviu dizer que as bibliotecas podem ter mais do que um valor mediano e veio pedir que eu a convença a avaliar a biblioteca dele com o objetivo de vender os itens que rendam algum dinheiro.

— Você recusou? Esse era o outro assunto a ser reconsiderado?

Ele inclinou a cabeça como se quisesse ver melhor uma página.

— Cortei o filho dele da família, meu primo Philip, por mau comportamento. Eu não o recebo e todos sabem disso, o que significa que muitas outras casas também não o receberão. Meu tio esperava me dizer algumas palavras em nome de Philip.

— Teve sucesso?

— Cheguei perto de me recusar a receber o tio Felix também. Ele criou um homem de mau caráter. Tal pai, tal filho, lamento dizer.

— Depois que eu terminar aqui, gostaria de dar uma olhada na biblioteca dele também. Se ele quiser vender, adoraria ser a primeira a ver o que tem.

— Ele pode encontrar outro avaliador. Não se pode dizer que estou negando a você o pão de cada dia. Você não necessita das taxas... e precisaria exigir pagamento adiantado dele, porque nunca veria comissão alguma que ele lhe devesse pela venda de livros raros.

— Não é o pagamento que me atrai.

— Então o quê?

— É o que eu faço. — Embora duvidasse que ele fosse entender, acrescentou: — É quem eu sou.

Surpreendentemente, ele parecia de fato entender. Fechou o livro e entregou a ela.

— Vou providenciar para que veja a biblioteca dele, mas irei com você. Não deve entrar naquela casa sozinha, nunca.

Foi uma ordem enfática. Ela não tinha dúvidas de que ele estava falando sério ao emiti-la. Carregou seu tesouro de volta para a biblioteca, pensando a respeito desse tio e primo, e também como poderia persuadir o duque a deixá-la vender o livro que carregava em seus braços.

— Ele atacou Rosamund. — Minerva contou a história, sem rodeios, depois que Iris perguntou por que o primo chamado Philip não era recebido. — Tinha sido uma noite horrível de todas as formas imagináveis, e isso foi o pior de tudo. Felizmente, Kevin deu uma bela surra nele antes que os outros pudessem detê-lo.

Estavam bebendo chá na sala de visitas de Rosamund. Iris havia chegado na hora dita por Rosamund quando estavam no parque e encontrou Minerva esperando por ela também. O marido de Rosamund, Kevin Radnor, também a cumprimentou, mas, depois das apresentações, ele deixou-as a sós.

— Philip já havia tentado o mesmo com Minerva — acrescentou Rosamund. — Acho que ficar sabendo disso por meio de Chase foi o que finalmente fez Nicholas... Hollinburgh... decretar a morte social de um primo. Philip voltou a cair nas boas graças de tia Agnes, mas o duque não se comoverá.

— Você disse que o pai dele está na Capital? — perguntou Minerva. — Normalmente ele vive no exterior. Enquanto o faz, Philip fica livre com a casa da família. Ouvi dizer que ele vendeu alguns dos melhores objetos do local.

— No momento, o pai está procurando fazer o mesmo com a biblioteca, se houver algo que valha a pena — explicou Iris. — Ele quer que eu faça a avaliação e também as ofertas, eu acho.

— Vendas discretas e privadas são sempre preferidas pelos homens em território movediço — disse Minerva. — Um leilão anunciaria sua terrível situação e também que haveria dinheiro disponível para os credores.

— Eu não me importaria de fazer isso. No entanto, não tenho certeza se o duque quer que eu o faça.

— Por que não? — perguntou Rosamund.

— Ele disse que deve me acompanhar o tempo todo lá. Tal pai, tal filho, disse ele. Acompanhar-me e esperar enquanto eu avalio uma biblioteca inteira seria muito inconveniente para ele.

— Duvido que ele se permita sofrer inconvenientes — respondeu Minerva. — Se ele estiver disposto a isso, talvez você deva aceitar a oferta quando ela chegar.

Fazia todo o sentido. Iris duvidava de que fosse ter muito tempo em qualquer visita, no entanto. Os duques só esperavam pelos outros por um certo tempo. Ainda assim, uma hora aqui, uma hora ali poderiam ser arranjadas.

Minerva arqueou o corpo como as mulheres grávidas fazem para alongar as costas. Seu movimento foi muito sutil, mas Iris percebeu que o desconforto físico estava se instalando. Ela estava prestes a partir quando Minerva falou outra vez:

— Você só encontrou o falecido duque uma vez?

Iris assentiu.

— Em março?

— Sim. — Ela havia verificado seu diário. Aquela pequena viagem para Melton Park, em Sussex, tinha sido em dois de março, o que significava que ela vira o falecido duque no dia três.

— Você deve tê-lo impressionado muito — disse Rosamund. — Considerando o testamento.

— Não consigo imaginar como ou por quê.

O olhar de Minerva ficou pesado enquanto ela parecia refletir.

— É bem estranho. Veja, o último testamento, aquele que nomeia você, foi escrito antes de março. Final de janeiro, acredito. Não foi composto depois que vocês dois se conheceram, mas em uma data anterior.

— Tem certeza? — Rosamund perguntou, atônita.

— Tenho certeza. Perguntei a Chase ontem à noite. É um detalhe que ele acha interessante. Eu também acho.

Iris sentiu o rosto esquentar.

— Garanto a vocês que foi nosso primeiro encontro. Por que ele deixaria uma fortuna para uma mulher que nunca conheceu? — Olhou para as duas mulheres sentadas com ela. — Ele conhecia vocês duas?

— Tive uma conversa com ele — disse Rosamund.

— Na verdade, nunca o conheci, mas ele me conhecia — falou Minerva. — Ele devia conhecer você também, obviamente. — A expressão dela convidava a confidências.

Iris não tinha nada para compartilhar.

— Eu havia escrito para ele, é claro. Entrei em contato para solicitar uma audiência a fim de perguntar sobre um livro que eu acreditava que ele possuía. Aquilo não era uma amizade, nem mesmo posso dizer que éramos conhecidos.

— Talvez tenha sido um capricho — opinou Rosamund. — Sempre teve essa qualidade, não é, Minerva? Um impulso de generosidade, por razões que só ele saberia. Muitas vezes me perguntei se o verdadeiro objetivo não era dar os recursos para a família.

— Isso seria compreensível — concordou Minerva. — Esteja ciente, Iris, que não sou propensa a pensar bem da maioria deles.

Iris se viu sorrindo.

— E se fosse apenas um impulso? Consegue imaginar algo assim? Ele sentado lá com Sanders, tecendo uma grande piada sem planejar, e ele trazendo nossos nomes à tona praticamente do nada. Ele era o tipo de homem que seria tão imprudente com uma fortuna?

— Não de todo. Ele era excêntrico, com certeza, mas os legados não eram completamente sem propósito — contou Minerva. — Pelo menos os nossos não eram. Nós duas descobrimos o que achamos que inspirou o falecido duque a nos deixar a herança. O pensamento dele tornou-se claro para nós com o tempo.

Ela e Rosamund descreveram o que acreditavam ser os motivos do duque. Iris achou as conexões tênues, mas confiáveis.

— Não tenho histórico semelhante que o leve a me favorecer — concluiu ela.

— Talvez você tenha — disse Rosamund.

Minerva assentiu.

— Você só não sabe o que é ainda.

— Eu não gosto disso.

Nicholas terminou sua descrição do episódio no jardim da livraria com essas palavras. Chase e Kevin ouviram a história sem fazer comentários.

— E, antes de nossa reunião hoje em seu nome, Kevin, eu salpiquei algumas perguntas a Sanders a respeito do que aconteceria se a srta. Barrington morresse antes de receber a herança. Também não gostei das respostas dele.

Estavam sentados em uma taverna não muito longe do endereço de Sanders, perto de Lincoln's Inn Fields. A reunião que os convocara para aquele lugar tinha o intuito de testemunhar o estabelecimento de uma corporação que abrigaria uma das invenções de Kevin. As ações seriam vendidas em breve.

Nicholas já havia decidido investir parte de seus recursos pessoais. Tais investimentos haviam garantido uma fortuna a seu tio e a seu avô também. Ele estudou esse novo empreendimento de perto e concluiu que valia a pena o risco.

A corporação e o negócio a ser construído dentro dela haviam sido ideia de Rosamund. A pequena chapeleira tinha uma mente de negócios tão afiada quanto a maioria dos financistas. Uma sensibilidade com números, Chase classificara. Pegar os sonhos e as ideias de seu marido e transformá-los em questões financeiras tinha sido fácil para ela depois que Sanders explicara as opções. Nicholas não tinha dúvidas de que aquela corporação seria bem-sucedida. Decerto, não faltariam investidores. Comprar uma peça das criações de Kevin havia se tornado a coisa certa para os homens da alta sociedade.

— Presumivelmente, os herdeiros da srta. Barrington receberiam o legado no lugar dela — opinou Kevin.

— Não exatamente. Primeiro, há a ambiguidade sobre se, no momento, ela de fato é herdeira. A propriedade ainda não foi destinada a ela. Esse período de investigação é uma janela de tempo que alguém pode tentar explorar.

— O que significa que, quando a investigação for concluída, se ela estiver morta, o dinheiro...

— Será dividido entre os primos.

Kevin voltou a ficar pensativo.

— A família dela poderia lutar contra tal interpretação. Ficaria nos tribunais por anos.

— Ou não — disse Nicholas. — Até onde sei, ela não tem familiares para guerrear pelo legado. Nem mesmo na Itália, onde morava a família. Você pode ver por que não gosto disso. A carruagem desgovernada pode ter sido um acidente, mas o intruso no jardim definitivamente não foi.

— Poderia ter sido apenas um ladrão — opinou Chase.

— Diga isso ao gato.

Seus primos sorriram com a referência a Rei Arthur. Nicholas evitou descrever o final da história, o cirurgião e todo o resto, para não parecer muito tolo. Mas eles sabiam que o intruso havia sido frustrado não pela própria bravura de Nicholas, mas por um felino de tamanho avantajado.

— Ele está se recuperando, espero — falou Chase com seriedade forçada.

— Ele está, de acordo com a srta. Barrington.

— Disseram-me que você vai levá-la para a casa do tio Felix para que ela veja se existe algo de valor lá. Tio Felix está dizendo a todos que espera descobrir uma fortuna nas prateleiras de sua biblioteca, depois do que ela encontrou na sua casa. Ele está ficando impaciente, de acordo com amigos com quem anda se mostrando eloquente — contou Chase.

Essa impaciência havia se manifestado em várias cartas de tio Felix, cada uma mais espinhosa.

— Acho que eu deveria levá-la lá pelo menos uma vez esta semana para acalmá-lo por um tempo, mas ela está muito ocupada em Whiteford House.

— Ela está lá todos os dias? — indagou Chase.

— Pelas manhãs.

— E você a vê? Diariamente? — Kevin perguntou entre dois goles de cerveja.

— Na maioria dos dias, suponho que sim.

— Isso é muito tempo na companhia dela — disse Kevin.

— Ela é muito ocupada. Toda profissional. Muito obstinada.

Chase se inclinou para a frente.

— Você desenvolveu uma nova apreciação por livros raros como resultado de conhecê-la?

— Desenvolvi, na verdade. Acontece que nosso avô tinha um gosto excelente. Parece que ele investiu uma fortuna em sua biblioteca, se minhas posses servem de indicação.

— Então você fica parado enquanto ela faz avaliações, aprendendo ao pé dela — concluiu Kevin. — Estou impressionado que você dedique horas todos os dias para aprofundar sua educação.

— Talvez, sob a tutela dela, ele se torne um grande colecionador como o avô — sugeriu Chase.

Nicholas ouviu as notas de sarcasmo. Ambos estavam alegremente, embora de forma sutil, insinuando que seu interesse pela srta. Barrington tinha pouco a ver com livros raros. Estavam quase certos, embora o entusiasmo dela o tivesse contagiado naqueles momentos em que ele não estava calculando coisas muito diferentes na presença dela.

O sorriso de Kevin assumiu um aspecto distinto.

— Você já a beijou?

— Que pergunta. — Nicholas tentou parecer chocado.

— Uma das boas, se você me perguntar. E então, já? Se não, o que há de errado com você?

— Não seria... — Ele procurou um bom "não seria" para lançar como resposta.

— Apropriado? Desde quando você se preocupa com isso com suas amantes? Nossa, como ele ficou enfadonho neste último ano, não é, Chase?

— Eu ia dizer que não seria cavalheiresco entrar nessa questão.

— Também nunca foi nos últimos anos, mas você entrou. — Kevin virou-se alegremente para Chase outra vez. — Ele beijou, ao que parece. Ele a beijou. Pelo menos.

— Talvez seja sensato encerrar esta linha de investigação, Kevin. Ele ainda anda enfadonho o suficiente para não conduzi-la bem.

O sorriso de Kevin tornou-se malicioso, mas, depois de outro olhar para Nicholas, ele recuou.

Era tão óbvio que desgostava dos golpes de Kevin a ponto de imaginar socos? Ele realmente havia se tornado tão enfadonho? Eram como irmãos. Frequentemente discutiam assuntos em particular que nenhum cavalheiro abordaria com amigos menos íntimos.

No entanto, se ressentia da maneira fácil como Kevin presumira que Iris aceitaria beijos de bom grado. Pelo menos. E, por razões inexplicáveis, também não gostava muito de se referir a ela como uma amante em potencial. O que era ridículo, já que ele próprio havia especulado longamente sobre essa possibilidade. No entanto, o fato de Kevin aventar a questão soava como um grande insulto, não um comentário casual.

Ele estava sendo um parvo. Reconhecer isso o ajudou a manter o mau gênio sob controle. É claro que Kevin e outros fariam suposições sobre ela. Ela não era criança, nem uma debutante recatada, e não se apresentava como uma mulher que havia se retirado do mercado para ser uma solteirona. Toda a sua personalidade externa anunciava sua sofisticação e experiência.

Ele se levantou.

— Vou cavalgar rio acima. Venham se quiserem. De uma forma ou de outra, não me fará diferença alguma.

CAPÍTULO OITO

— É aqui que mora um dos tios? — Iris examinou a fachada da casa na Charles Street. Era respeitavelmente grande e ficava em uma boa rua, mas não em uma praça. Ela teve a impressão de que, em algum momento, tinha sido comprada ou alugada quando uma residência diferente e mais impressionante havia ficado grande demais ou demasiado cara.

— Felix — disse Nicholas, enquanto a ajudava a descer da carruagem. — Ele tem me importunado para que você dê uma olhada na biblioteca dele, então faça isso hoje, rapidamente. Tenho compromissos que devo honrar e não podemos ficar muito tempo.

— Posso continuar sem você.

— Não, você não pode. Toda família tem elos fracos, e esta é a residência de um dos nossos. Você não deve ter nenhum tipo de contato com tio Felix ou seu filho, a menos que eu esteja presente. Não vou tolerar nenhum argumento a esse respeito, então nem tente discordar de mim.

A expressão comunicou a Iris que ele era resoluto em sua opinião, então ela reprimiu seu argumento para ter acesso livre àquela biblioteca. Um homem necessitado de dinheiro era um homem passível de ofertas muito razoáveis. Se tivesse carta branca, ela poderia encher seus cofres apenas naquelas prateleiras.

Não que precisasse mais disso. Tinha que ficar se lembrando desse fato o tempo todo. Uma fortuna herdada não era uma fortuna em mãos, e ela não era pessoa de viver de expectativas, por mais comum que fosse a prática. Aprendera cedo que a única maneira de ser uma mulher livre era pagar suas próprias despesas e nunca comprar a crédito ou fazer empréstimos.

O criado os recebeu e os conduziu imediatamente à biblioteca. No caminho, Iris notou que havia lacunas óbvias nos móveis. Alguns quadrados nas paredes brilhavam mais do que as próprias paredes, indicando que as pinturas haviam sido removidas. Uma mesa no hall de entrada exibia castiçais de estanho, não de prata.

— Posso ver por que ele está ansioso para vender — ela murmurou para Hollinburgh. — A casa foi saqueada.

— É comentado que alguns dos itens da residência foram identificados em lojas. Meu primo Philip livrou-se dos objetos de arte para pagar suas muitas dívidas.

Ela ouvira falar muito sobre esse primo que o duque não recebia mais. A presença do duque ao lado dela sugeria que a pior das histórias era verdadeira.

Esperaram na biblioteca alguns minutos antes que o tio do duque, Felix, se juntasse a eles. Um homem mais jovem, ruivo como Felix, caminhava ao seu lado. Eles se aproximaram, todo sorrisos e modos joviais.

— Estou muito feliz por você ter vindo, srta. Barrington — afirmou Lorde Radnor.

— Bom ver você, Nicholas — acrescentou o mais jovem, com um sorriso radiante.

Nicholas fixou o olhar em seu tio, ignorando totalmente o cumprimento do jovem. Sua expressão se firmou em uma arrogância ducal como Iris nunca tinha visto. Seus olhos brilhavam de raiva.

— A srta. Barrington está aqui apenas para fazer uma avaliação rápida, tio. O tempo dela e o meu são limitados. Podemos começar? Em particular, por favor.

O rosto do homem mais jovem ficou vermelho com a negação completa de sua presença. Ele olhou furiosamente para o pai.

Felix pareceu nervoso por um momento, mas então deu outro grande sorriso.

— Ora, Nicholas. Sua casa é uma coisa, mas esta é a minha. Você pode se curvar um pouco nessas circunstâncias.

Iris esperava que nunca se tornasse o objeto do olhar frio que Nicholas agora fixava em seu tio.

— Parece que importunar pessoas é um traço do seu lado da família. Não estou comovido com sua preocupação com a situação de seu filho, e ele sabe o porquê, então não teste minha paciência. Se quiser que a srta. Barrington lhe dê sua opinião sobre o valor da biblioteca, diga a ele para sair agora, e ele nunca mais estará no local quando ela visitar novamente.

— Talvez você deva permitir que ela tome essa decisão — disse Philip, como se fizesse parte da conversa.

Iris deu atenção a Philip apenas por tempo suficiente para avaliá-lo. A maneira como ele a observava dizia tudo. Era o tipo de homem que carecia de sutileza e cujos pensamentos transpareciam nos olhos. Naquele exato momento, sua mente a insultava mesmo que suas palavras e ações não o fizessem.

Ela voltou a atenção para o pai dele.

— Devo começar?

Iris andou até as prateleiras, mirando nas que mostravam as encadernações mais antigas. Descalçou as luvas e as substituiu pelas de algodão branco que trazia em sua retícula.

— Mandaremos buscá-lo quando ela terminar, tio. — Nicholas dispensou os dois homens e a seguiu.

Ela ouviu os dois caminharem até a porta, resmungando baixinho enquanto andavam. A porta se fechou. Nicholas se acalmou visivelmente.

— Minhas desculpas por isso. — Ele ocupou um lugar perto de uma janela. — Se você for tola o suficiente para vir aqui sem mim, e Philip estiver presente, deve sair imediatamente.

Ela achou encantador que ele quisesse protegê-la. Já conhecera sua dose de Philips e acreditava que poderia lidar com alguém como ele. Mesmo assim, a regra agora estabelecida lhe convinha. Ela não queria ter que ficar de alerta quando estivesse absorta nos livros.

Examinou rapidamente as prateleiras e tirou alguns volumes. Descobriu um bom número de incunábulos e alguns códices com iluminuras. Ela se perguntou se os armários no pé das estantes continham tesouros como o *Poliphili*.

— Como a biblioteca foi dividida? — perguntou enquanto folheava um livro de emblemas do início do século XVI com gravuras sofisticadas. — Como uma propriedade de valor conhecido, certamente não foi cada filho escolhendo por si mesmo.

Ele se aproximou para examinar as gravuras. Seu ombro roçou o dela e seu calor fluiu em direção a ela, distraindo-a das páginas que estava virando com cuidado.

— Essa é uma boa pergunta. Vou descobrir se Sanders sabe. Talvez o predecessor dele, como procurador do duque na época, tenha guardado alguns documentos do processo.

— Cada filho gostaria de se certificar de receber sua parte justa. Você diz que o acervo não foi avaliado, mas deve ter sido para a divisão ter sido justa. Algum deles era bibliófilo como o pai?

— Não o último duque. Como mostram suas casas, ele colecionava outras coisas. O pai de Kevin também. O pai de Chase deixou pouco para ele, então todos os livros que ele herdou foram vendidos. Suponho que o tio Quentin possa ter esse interesse. Ele é o pai de Walter e Douglas. Nunca vem à cidade, e eu não vou à casa de campo dele há anos. Ele tem alguns interesses acadêmicos, então talvez tenha apreciado bastante a biblioteca do meu avô.

— E as irmãs? Suas tias? — *E seu pai?*, ela queria acrescentar, mas decidiu não fazê-lo. Percebeu que ele nunca mencionava a própria família, e esse pai que tinha sido o herdeiro do último duque.

— Meu avô era antiquado e não via razão para incluir as filhas na divisão dos livros.

Ela teve que sorrir, não por causa das ideias do avô dele, mas por causa da forma como sua voz só a fazia formigar inteira. Ela olhou de soslaio para ele, tão perto ao seu lado, e imaginou-o sem aquela gravata engomada, a camisa e todo o resto. Um erro isso era. Ela quase rasgou uma das páginas que manuseava.

Impossível, claro. Um erro até mesmo ter se entregado àqueles beijos no jardim. Ao mesmo tempo em que sucumbia, ela sabia que não deveria. Meio que esperava descobrir o feitiço quebrado se seguisse suas inclinações. Infelizmente, ao que parecia, não. Pelo contrário.

Sabia que a intimidade complicaria as coisas, e complicava mesmo. Se ela conseguisse seu objetivo em relação ao Saltério, ele não a agradeceria. O último duque concordara em ajudá-la a encontrá-lo, mas o duque atual poderia ser menos generoso se soubesse como isso envolvia a história de sua família. E se ele também ajudasse, o que aconteceria? O passado ficaria entre eles, não importava como ela se saísse.

Melhor cuidar primeiro dos negócios, no que dizia respeito a ele. Ela duvidava de que a deliciosa atração que compartilhavam sobreviveria à conclusão daquele negócio, infelizmente.

Iris fechou o livro e voltou a examinar as prateleiras, fazendo uma lista mental dos volumes mais valiosos. Teria pouca dificuldade em encontrar compradores para a maioria deles. Será que conseguiria se livrar do duque quando entregasse o relatório preliminar ao tio dele?

— Estou pronta. — Ela tirou as luvas brancas de algodão e as substituiu pelas finas.

O duque mandou chamar o tio, que quase invadiu a biblioteca na ânsia de saber a opinião dela. Um pouco de chá havia chegado durante suas verificações, e ela se sentou e se serviu de um pouco, já que a poeira a havia ressecado. Os cavalheiros se juntaram a ela, e ela serviu chá para eles. Fez Felix esperar até que ela bebesse meia xícara.

Ela pousou o chá sobre a mesa.

— Como acontece com todas as bibliotecas domésticas, muitos dos livros são recentes e previsíveis e obterão valores comuns de venda. No entanto...

Felix inclinou-se tanto para a frente que ela temeu que ele caísse da cadeira.

— No entanto, mesmo neste breve estudo, encontrei dez volumes que poderia vender rapidamente por cento e vinte libras. Se esperasse para vendê-los em um leilão de primeira classe, receberia mais. Porém, um revendedor ofereceria apenas cerca de oitenta libras à vista.

— Mas a senhorita consegue vendê-los por mais? — Felix parecia confuso.

— Eu não pagaria por eles até que fossem vendidos. Eu os negociaria por dez por cento. Conheço colecionadores aqui e no Continente que os comprariam. Como eu disse, seria mais rápido do que uma venda pública, especialmente se tivéssemos que esperar por uma das mais visadas, como a que será realizada esta semana. Deve ser uma das grandes para atrair os principais colecionadores. Caso contrário, eles podem ser vendidos por uma bagatela. Esse é o perigo dos leilões.

— Vou colocá-los no leilão desta semana, então. Esse bom de que a senhorita fala.

— Já é tarde. A grande prévia é amanhã à noite. O sr. Christie fechou as listas há algum tempo, e duvido que ele abra uma exceção para peças como essas. São valiosas e notáveis, mas não tão raras a ponto de criar uma reviravolta. Haverá vários outros leilões de alta qualidade durante a temporada, no entanto, se o senhor optar por seguir esse caminho.

Ela podia ver o homem calculando o tempo envolvido em usar um leilão e a questão do valor recebido versus o dinheiro mais rápido que receberia se trabalhasse com ela. Iris prendeu a respiração, esperando. Ela tomou mais um gole de chá para se impedir de falar muito ansiosamente.

— E o resto? — Felix perguntou.

Ela olhou para as duas paredes de livros.

— Eu precisaria de pelo menos vários dias para fazer justiça na avaliação. Se optar por não me permitir intermediar os livros, esperarei o pagamento pelo meu tempo e experiência, como qualquer avaliador esperaria.

Felix corou. Ela não sabia se era porque estava discutindo dinheiro com uma mulher ou porque não tinha dinheiro para pagá-la.

— Antecipado — o duque murmurou, casualmente, respondendo a essa pergunta.

— Qual consegue vender mais rápido aqui na Inglaterra?

Ela nomeou cinco livros, incluindo o volume de emblemas.

— Estou confiante de que posso encontrar compradores para eles dentro de quinze dias.

— Então vamos começar com esses.

— E o resto da biblioteca?

— Venha e faça o que você faz e avise-me o que pode ser obtido com os demais livros.

Ela se levantou e os homens também.

— Farei com que os compradores vejam os livros aqui, se eu estiver avaliando no dia, ou na livraria que uso, se eu não estiver.

— Não gosto da ideia de livros valiosos estarem em uma loja onde qualquer tolo da rua possa roubá-los.

— Os tolos da rua não terão ideia de que são valiosos. Eles verão apenas livros velhos e empoeirados sobre assuntos chatos.

— Ela pode mostrá-los em Whiteford House, se preferir, tio — ofereceu Nicholas. — Eu não me importo, e ela ainda está ocupada lá na maioria das manhãs.

Seu tio achou essa uma solução esplêndida. Ela, não.

— Você não parece satisfeita — o duque disse quando saíram da casa.

— Eu ficaria grata se você não fosse tão generoso com o meu tempo. Os compradores não vão se adequar às minhas horas matinais em sua biblioteca, então terei que esperar por eles à tarde.

— Não é como se você fosse ficar entediada enquanto espera. — Ele abriu a porta da carruagem, afastando o lacaio com um aceno.

Ela entrou e se jogou no estofamento. Esperou que ele se juntasse a ela.

— Tenho outras coisas para fazer durante o dia.

— Não serão muitas tardes. Você está falando apenas de cinco livros até agora.

Como era típico de um homem presumir que sabia melhor como os outros deveriam gastar seu próprio tempo. Ele a irritava o suficiente para que ela quase não se importasse com como ele ficava bonito com o sol batendo na lateral de seu rosto e o aspecto que seus olhos assumiam na sombra acima daquele feixe singular.

Ela começou a planejar quais colecionadores contataria para cada livro e com que rapidez conseguiria essas vendas. Felix ficaria muito feliz se ela terminasse rápido. Cinquenta libras ou algo assim não era uma fortuna, mas um homem necessitado de dinheiro de verdade poderia fazer essa quantia durar muito se precisasse. Algumas libras bem colocadas com os credores poderiam lhe dar muito tempo para pagar os saldos.

— Você vai àquela prévia que mencionou? — perguntou o duque, enquanto a carruagem descia as ruas em direção à casa dela.

— Claro. Será a melhor da temporada. A Christie's guarda muitos de seus melhores lotes durante todo o ano só para isso.

— Então você recebeu um convite. Sua presença em Londres tornou-se conhecida rapidamente, ao que parece.

Ela não havia recebido um convite e sua presença não era conhecida. Aquilo havia sido planejado por razões que ela não tinha interesse em explicar ao duque. Também não queria dizer como planejava comparecer sem um convite, simplesmente entrando atrás de um grupo de tamanho razoável.

— Permita-me acompanhá-la — disse ele. — Nunca usei meus convites no passado, mas me encontro mais interessado em livros hoje em dia. Você pode apontar as verdadeiras raridades para mim. Podemos compartilhar um jantar tardio depois. O cozinheiro soube de suas andanças pelo Continente e está ansioso para se exibir para você.

Ela lançou-lhe um olhar e o viu fitando-a *daquela* maneira. Ao contrário de seu primo, ele podia ser muito sutil, mas apenas uma mulher muito inexperiente ignoraria o interesse masculino que agora pairava no espaço entre eles. Ela suspeitava de que, se concordasse com aquele jantar, haveria mais beijos, no mínimo. Ela precisava recusar a oferta, mesmo que entrar na prévia de braços dados com um duque garantisse que ela fosse ser admitida de uma maneira que nada mais conseguiria. Infelizmente, isso também atrairia mais atenção do que ela desejava.

O bom senso insistia que ignorasse a agitação em seu estômago e a forma como sua boca estava novamente ressecada. Deveria voltar o olhar para a janela e fingir interesse em algo do lado de fora e recusar. Ele não era estúpido. Ele entenderia.

Ela não desviou o olhar. Olhou bem nas profundezas de seus olhos e encontrou sua voz.

— Seria muito agradável. Obrigada.

CAPÍTULO NOVE

Seu valete sabia. Qualquer criado que atendesse seu mestre por anos poderia lê-lo sem que palavras fossem ditas, e Johnson se adaptava de acordo. Na noite da prévia, Nicholas descobriu que a rotina que dizia "Mestre se preparando para um jantar" foi substituída por outra que dizia "Mestre se preparando para uma sedução".

A água do banho fora sutilmente perfumada. O barbear meticuloso foi ainda mais preciso do que o normal, se isso fosse possível. Suas unhas receberam atenção especial, e os melhores lençóis foram postos na cama. Quando Nicholas desceu para a carruagem, não duvidou de que a notícia havia se espalhado. Os lacaios compareceriam ao jantar e depois se retirariam. Ninguém estaria visível nas horas após aquela refeição. Seu valete não esperaria no quarto de vestir para prepará-lo para dormir. Dois roupões de seda, não um, estariam esperando sobre uma cadeira.

A chegada de sua carruagem causou grande interesse na Gilbert Street. Pelo menos cem olhos observaram o lacaio trazer a srta. Barrington e colocá-la na carruagem. Nicholas notou Bridget e Rei Arthur observando da vitrine da loja.

Iris se acomodou perfeitamente em frente a ele. Vestia seda azul-gelo e um adorável xale veneziano marfim. Ele se perguntou quantos vestidos ela trouxera consigo. Aquela não era uma mulher que provavelmente viajava com várias maletas.

Claro, agora ela poderia comprar um guarda-roupa enorme. A herança poderia ser adiada, mas suas expectativas lhe dariam o que ela quisesse. Ele não achava que ela faria isso, no entanto. Por um lado, nenhum rumor do tipo chegou aos seus ouvidos. Em vez disso, Chase o informou de que Minerva lhe dissera que a srta. Barrington se recusava a comprar a crédito sob quaisquer circunstâncias.

— Eu ouvi de vários colecionadores sobre os livros de seu tio. Até convenci dois a virem ver os livros na casa dele nas primeiras horas da manhã. Um, porém, terá que ser agendado em sua casa durante uma tarde.

Ele assentiu com aprovação e a parabenizou, mas não se importava muito com colecionadores no momento. Sua atenção se concentrou em como o brilho prateado do crepúsculo a fazia parecer misteriosa. Ele especulou que aspecto teria o resto dela naquele momento, ou ao luar mais tarde.

— Também tenho algo para lhe dizer — continuou ela, maliciosamente. — Decidi comprar a loja de Bridget. Ela ficará e manterá a quarta parte dos lucros, mas serei a dona do resto. Preciso fazer algumas melhorias se quiser usar a livraria corretamente, e não faz sentido investir assim se eu não for a proprietária.

A menção da loja o tirou de seus pensamentos cada vez mais eróticos.

— Faço votos de que não tenha havido mais incidentes no jardim.

— Eu lhe teria dito se houvesse. Rei Arthur também está muito recuperado. Ele voltou a tentar me fazer ir embora.

— Ele vem com a loja?

— Suspeito de que Bridget quis ficar com uma parte para garantir que ele permanecesse lá. Isso não será problema. Ele e eu finalmente chegaremos a um entendimento.

— Aposto dinheiro que o gato estará dormindo na sua cama dentro de um mês.

— Você tem muito pouca fé em mim.

— Ele ainda é um pouco selvagem. A maioria dos gatos é. Ele não vai se adaptar a você se não for do agrado dele.

— Como a maioria dos homens, você quer dizer. — Ela sorriu enquanto se curvava para ver as casas que passavam. — Veremos.

Ninguém pediu o convite da srta. Barrington. Entraram na sala de exposições com as altas claraboias já mostrando a noite que se aproximava, e as arandelas e lamparinas lançando sua iluminação a gás. A sala estava iluminada o suficiente para que fosse possível observar as peças, mas tinha um brilho misterioso com aquelas lâmpadas.

A sociedade já havia chegado e estava circulando, fingindo entender a importância dos livros no leilão. Outros objetos que seriam vendidos também estavam expostos. Algumas pinturas renascentistas, uma coleção de camafeus romanos, várias estátuas de bronze e algumas grandes urnas chinesas. Haveria muitos leilões ali e em outros lugares nas semanas seguintes, mas aquele incluía apenas os melhores dos melhores.

— É lamentável que você não tenha encontrado o *Poliphili* antes — disse ele, enquanto Iris se inclinava para ver um manuscrito. Ela inclinou a cabeça para um lado e para o outro enquanto o examinava.

— Por quê? — perguntou, distraída.

— Eu poderia tê-lo colocado neste leilão.

Ela se endireitou imediatamente.

— Quer vendê-lo? — Ela parecia chocada.

— Sim, quero.

— Não pode ser facilmente substituído. Venda-o e pode ser que desapareça para sempre.

Eu poderia usar o dinheiro. Ele quase disse em voz alta, mas não era o momento de admitir a situação das finanças das propriedades, se é que o faria.

Ela voltou ao manuscrito.

— Se estiver determinado, fale com eles. Para o *Poliphili*, eles alterariam as listas, tenho quase certeza. No entanto, acredito que tenho o direito prioritário de vendê-lo, se eu puder lhe causar o incômodo de lembrar de nosso acordo.

Ele a encorajou a deixar o manuscrito para trás.

— Vamos dar uma volta e ver as pinturas.

As mulheres haviam se vestido para o jantar ou para o teatro, sendo aquela prévia uma primeira parada em uma longa noite. Vestidos carregados de pérolas, bordados e rendas desfilavam, com adereços de cabeça com mais enfeites. Em comparação, Iris parecia bastante simples em sua seda azul-gelo e nenhuma joia. E, ainda assim, ele duvidava de que alguém tivesse notado. Sua confiança a encobria com mais segurança do que o xale de seda. Ele a imaginou em Viena ou Paris, usando o mesmo vestido de novo e de novo e nunca se importando se alguém notaria, porque ela conhecia o próprio valor.

Curiosos se aproximaram e ele a apresentou. Alguns sabiam que ela era uma das herdeiras, mas a maioria, não. Em alguns casos, houve reações peculiares de senhoras idosas ao conhecê-la. Os sorrisos diminuíram.

Os olhos brilharam sem gentileza. Outros amigos foram vistos e exigiram atenção imediata. Não eram exatamente considerados párias, mas quase.

Se Iris notou, não deu indícios. Ela tagarelava sobre as pinturas, divertindo-se.

— Meu Deus, aquela é Minerva? — ela falou quando tinham chegado ao fundo do recinto.

Sim, de fato era Minerva, a guardiã de um banco encostado na parede.

Aproximaram-se e ela acenou para que se aproximassem.

— Eu sabia que você estaria aqui — ela disse a Iris. — Vim oferecer toda a ajuda possível.

Chase andava perto de sua esposa, parecendo vagamente desaprovador.

— Ela insistiu — ele contou para ninguém em particular, embora Nicholas achasse que a explicação era para ele.

— Foi muito gentil da sua parte, mas Sua Graça parece estar fornecendo toda a ajuda que eu posso esperar — respondeu Iris.

Suas palavras e expressão indicavam que ela havia, de fato, notado a quase exclusão social. Ele começou uma lista mental das matronas idosas que não favoreceria mais.

Minerva chegou mais para o lado.

— Sente-se comigo por um tempo e descanse.

Era um sinal claro para os acompanhantes irem embora. Nicholas se afastou com Chase.

— Kevin não está aqui, eu presumo — comentou ele.

— Claro que não. Mas tia Agnes está, então tome cuidado.

Maldição.

— Onde ela está?

— Vamos apenas dizer que Minerva está o mais longe possível dela.

Nicholas olhou para o outro extremo da câmara, onde viu sua tia conversando com duas mulheres. O assunto em questão a mantinha absorta, então ele confiava que poderia escapar de qualquer encontro.

— Olhe. Você pode comprá-los e adicioná-los à floresta do tio. — Chase apontou para duas grandes urnas de sentinela ao lado de uma grande estatueta de prata e ouro.

— Não vou comprá-las, mas ficarei curioso para saber quanto podem obter.

— Tenho certeza de que esta casa ficaria feliz em lhe dar uma ideia. Na verdade, aí vem um dos leiloeiros. Você foi visto.

— Talvez ele esteja vindo atrás de você.

— Tenho pouco valor, já que todos sabem das coleções do tio. É uma maravilha que você não tenha sido emboscado assim que chegou, mas eles não fazem apresentações. Infelizmente, este aqui foi apresentado a mim, então ele espera que...

— Sim, sim. Acabe logo com isso.

O homem cumprimentou Chase, que retribuiu a saudação e apresentou o sr. Nutley a Nicholas. Nutley fingiu estar nervoso e expressou sua gratidão ao conhecer Sua Graça.

Chase se afastou depois disso, deixando Nicholas entregue ao próprio destino. O homem o recebeu com um floreio de uma reverência.

— Vossa Graça, estamos honrados.

— Sim, bem... — Ele nunca se dava bem com pessoas untuosas, muito menos com aquelas que queriam algo dele. Aquele foi direto ao ponto.

— Esperamos que participe do leilão em si. Como pode ver, muito do que está sendo disponibilizado é semelhante ao que o falecido duque valorizava.

— Eu vejo. Muito interessante.

— Se pudermos ser úteis, é claro que ficaríamos honrados em discutir a venda com o senhor. A biblioteca, por exemplo...

— Eu tenho alguém para a biblioteca, por acaso. Caso decida vender alguma coisa.

O sr. Nutley pareceu surpreso. Então ofendido. Ele olhou por cima do ombro para onde Iris e Minerva estavam rindo.

— Só posso rezar para que não se refira à srta. Barrington.

— O senhor a conhece?

— Não a conheço. No entanto, o avô dela era bem conhecido no comércio. Até sua queda, quero dizer. — A última parte saiu como um sussurro confidencial.

Nicholas decidiu que não gostava do sr. Nutley e que aquela casa de leilões não receberia nenhum item raro de Whiteford House. Porém, estava curioso demais para encerrar por ali.

— Sua queda?

— Oh, céus. Vossa Graça não sabia. — O sr. Nutley pareceu triste e preocupado, mas se recuperou rapidamente. — Foi bem antes do meu tempo e não sei os detalhes. No entanto, ele provou ser um ladrão, veja só. Teve que fugir para o Continente como resultado disso.

— Está preparado para depreciar a reputação de uma mulher com base em algo que aconteceu há duas gerações e sobre o qual o senhor nem conhece os detalhes? Eu não sabia que esta casa de leilões negociava rumores além das coleções.

O sr. Nutley não poderia ter parecido mais surpreso se Nicholas o tivesse desafiado. O duque o deixou boquiaberto e foi procurar Chase.

Ela sabia que não deveria ter vindo com o duque. Se é que fosse comparecer, deveria ter entrado, examinado os livros e saído o mais rápido possível. Mais uma vez, o homem estava interferindo em seus planos, atraindo-a para uma distração feminina.

Aquelas mulheres mais velhas sabiam quem ela era. Ou melhor, quem era sua família. Suas expressões e saídas abruptas diziam isso. Tinha sido quase rude, mas o duque devia ter notado. Duvidava de que pudesse confiar no duque, presumindo que fossem as bruxas que desaprovavam sua falta de pedigree quem estavam causando os desvios descarados das demais pessoas.

Agora um dos leiloeiros estava conversando com o duque e olhando para ela.

Iris se sentiu mal, mas pelos motivos errados. Deveria estar aflita pelo fato de suas intenções de vir à Inglaterra terem se tornado mais difíceis. Em vez disso, experimentava a melancolia de que o duque provavelmente não fosse querer mais nenhum tipo de contato com ela.

Não era justo. Mesmo que as histórias fossem verdadeiras, não eram suas. Ela as havia enfrentado por todo o Continente. Com tenacidade e determinação, construíra sua própria reputação por lá, uma reputação de honestidade escrupulosa e negociação justa.

A Inglaterra era um lugar diferente, no entanto. Não só a presença dela ali se tornaria de conhecimento comum entre os livreiros pela manhã, como também a história antiga dos rumores a respeito de seu avô.

— Você não está bem? — Minerva se aproximou, observando-a com preocupação.

Ela forçou uma pequena risada.

— Sou eu quem deveria estar cuidando de você, não o contrário. Estou muito bem, apenas distraída com meus pensamentos.

— Pensamentos infelizes, a contar pela sua expressão. Se eu puder ser de alguma ajuda, espero que me permita ajudá-la.

Ela quase contou a Minerva naquele momento. Estava tudo na ponta da língua. Sua nova amiga parecia tão genuinamente interessada e solidária que ela queria pôr para fora o motivo de a noite tê-la desanimado. Engoliu o impulso, no entanto. Minerva era uma Radnor, e sua lealdade seria para com a família. Esse pensamento a deixou mais triste. Qualquer amizade que tivessem forjado provavelmente não duraria.

— Ai, céus — Minerva disse. — Fomos vistas e temo que seja tarde demais para ajudá-la a escapar.

Iris olhou para cima e avistou uma mulher alta e rechonchuda vestida de seda rosa-escura, carregada de pérolas, aproximando-se delas com determinação. Olhos escuros como os de um falcão a perscrutavam com crueldade enquanto a mulher atravessava a galeria.

— Essa é tia Agnes — contou Minerva. — Seria falta de educação a minha não apresentá-la. — Ela olhou ao redor da multidão. — Onde estão os maridos quando precisamos deles?

— Não se preocupe. Acho que é hora de conhecer a infame tia. — A mulher que se aproximava era da mesma idade das senhoras que haviam sido grosseiras. Talvez ela até soubesse de algo útil.

Logo aquela presença significativa se elevava na frente delas.

— Que inesperado ver você aqui, Minerva. Espero que não pretenda passar a noite toda, em sua condição.

— Que bom vê-la também, Agnes.

— Sempre compareço à primeira prévia da Temporada aqui, em homenagem ao meu pai. — Sua atenção voltou-se enfaticamente para Iris. — Não vai me apresentar à sua amiga?

— Claro. — Ela fez as apresentações. A total falta de surpresa de Agnes ao ouvir o nome de Iris mostrou que ela sabia exatamente quem havia encontrado.

— Finalmente nos conhecemos, srta. Barrington. Eu esperava que isso tivesse acontecido mais cedo. Hollinburgh entende meu interesse pela senhorita e deveria ter organizado esta apresentação dias atrás.

— Acho que os duques são muito ocupados para se lembrar dessas coisas — disse Iris. Ela sorriu para Agnes, então se levantou. — Por favor, permita-me oferecer meu lugar aqui para que a senhora possa se sentar.

Agnes achou a ideia esplêndida e sentou-se no banco. Minerva tentou ser sutil quando se afastou um pouco para o lado.

— Então a senhorita veio reivindicar sua fortuna. — A testa de Agnes se franziu ainda mais.

— Eu não sabia de nada quando cheguei, diga-se de passagem.

— Uma surpresa? De tais surpresas são feitos os sonhos.

— Essa é uma boa descrição da minha reação. Ainda parece muito irreal.

— Suponho que Sanders esteja ocupando-se da senhorita agora.

— Quer dizer investigando a minha pessoa, para que ele possa confirmar minha identidade? Sim, ele está ocupado.

Agnes pareceu um pouco chocada que Iris mencionasse tão diretamente a ocupação do advogado.

— Sabe quanto tempo vai demorar?

— Semanas, pelo menos. Talvez meses.

— Parece que podemos esperar que a senhorita nos agracie com sua presença durante toda a temporada.

— Iris tem outros assuntos para ocupá-la além dos sociais — Minerva disse secamente. — Ela está aqui esta noite para examinar os livros na prévia, não apenas para ver e ser vista.

Agnes lentamente virou a cabeça e olhou de nariz empinado para Minerva.

— Vista ela foi e vista ela continuará sendo. — Ela fez questão de voltar sua atenção para Iris. — Quais são esses outros assuntos que a ocupam?

— Ela é uma livreira — contou Minerva. — Pode identificar o valor de um livro em instantes e fazer uma avaliação justa com um breve exame. A expertise dela é procurada em todo o Continente.

Iris apenas ficou na frente de ambas enquanto discutiam sobre ela. Ela avaliou o que tinha em Lady Agnes Radnor e quantos problemas a mulher poderia causar.

Aqueles olhos de falcão se estreitaram nela.

— A senhorita é uma mulher atraente. É de se impressionar que não seja casada.

Minerva revirou os olhos.

— Eu viajo com frequência — disse Iris. — Tal vida não permite fazer um lar para um homem. E, claro, algumas mulheres optam por não se casar, não é?

Agnes percebeu a implicação que estava sendo apresentada. Talvez ela tivesse decidido que uma discussão sobre por que algumas mulheres optavam por não se casar não a favoreceria, porque mudou abruptamente o assunto para aristocratas que ela conhecia em várias cidades europeias, questionando Iris sobre quais ela havia conhecido.

Iris admitiu que conhecia vários deles. Agnes provavelmente estaria escrevendo cartas pela manhã, para que o sr. Sanders não fizesse um bom trabalho em pesquisar sobre seu passado.

— Ora, Agnes, pretende perguntar sobre todas as pessoas que ela conheceu nos últimos cinco anos? — Minerva não se esforçou para dizer isso de forma leve. — Se o fizer, espero que ela tenha mais paciência para a conversa do que eu.

Agnes direcionou a Minerva um olhar perigoso, então se recompôs e se levantou.

— Podemos continuar outra hora, srta. Barrington. — Ela não perdeu tempo em sair.

Iris se virou para se sentar novamente e viu por que Agnes havia recuado tão depressa. O duque e seu primo Chase caminhavam em direção a elas. Um olhar para a expressão do duque e Iris sabia que ele sabia. Aquele leiloeiro realmente havia divulgado uma velha fofoca. Assim que ele se aproximou, ela se levantou.

— Vossa Graça, peço que me desculpe. Creio que vou embora agora, se permitir. Acho que estou muito cansada.

— Cansado de velhas rudes, ouso dizer — respondeu ele.

— Alguém além de Agnes foi rude com ela? — Minerva lançou um olhar pelo recinto. — Quais? Eu vou...

— Não fazer nada — interrompeu Chase. — Se alguém foi rude com a srta. Barrington, Nicholas lidará com eles no devido tempo.

— Eu realmente lidarei — declarou Nicholas. — Vamos partir como deseja, srta. Barrington, como outros estão começando a fazer.

Ele a acompanhou para fora da prévia. Ela sentiu mais olhares sobre si quando saiu do que quando chegara. Perto da porta, viu o leiloeiro trocando confidências com um colega. Este último não resistiu a lançar um olhar em sua direção.

O duque não disse uma palavra sobre a conversa com o leiloeiro. Ele falaria em algum momento, no entanto. Iris começou a planejar o que diria em resposta.

CAPÍTULO DEZ

A srta. Barrington emergiu de seu silêncio quando o ouviu dar instruções ao cocheiro.

— Eu disse que estava cansada — ela reclamou enquanto o lacaio a ajudava a entrar. — Prefiro voltar para casa, por favor.

Ele se acomodou em frente a ela.

— Você tem que comer em algum momento, e o chef teve um trabalho considerável ao contar com isso. Se você não provar a arte que preparou, ele ficará muito desapontado.

— Eu não gostaria disso, mas devo insistir.

— Faça-me a gentileza. Eu gostaria de discutir a prévia. E a venda desse livro. O *Poliphili*.

Ele sabia que isso iria tentá-la como nada mais poderia. Ela poderia ser uma herdeira. Poderia não precisar mais de seu comércio, mas a mulher que construíra uma vida a partir de sua expertise não resistia à ideia de vender aquele tesouro.

Ela brincou com sua retícula e olhou ao redor da carruagem. A srta. Barrington nervosa? Ele desejou poder acreditar que eram as emoções femininas por estar sozinha com ele, mas ele sabia que era outra coisa.

— Minerva parece bem e saudável — disse ela, jogando conversa fora. — Chase a observa de perto.

— É o jeito dele.

— Ela pode não achar isso encantador, mas eu acho. É raro ver um homem tratar sua esposa como seu tesouro mais valioso.

— Foi uma união de amor. — Ele não sabia por que dissera isso. Não era como se Chase precisasse de uma desculpa para mimar sua esposa. — Existem aqueles que têm interpretações menos gentis.

— Que o amor dele por uma das herdeiras era conveniente? Imagino que essa seja a visão predominante. Suponho que terei que tomar cuidado quando souber quem sou.

A parte herdeira era o de menos. Ele esperaria para perguntar sobre a história de seu avô, mas em algum momento teria que fazê-lo. Chase ou Minerva poderiam fazer isso por ele, mas seria covardia.

No momento, com ela ao seu alcance e a noite envolvendo-os, ele não estava realmente interessado naquela fofoca. Tornou-se algo para outra hora.

Os criados estavam esperando. A srta. Barrington foi entregue e escoltada até a porta. Ele entrou e eles caminharam até a sala de jantar. Tinha sido arrumada para um banquete para dois. Seus lugares ficavam de frente um para o outro na extremidade mais próxima da porta, com apenas velas baixas entre eles.

O que o lembrou da pouca iluminação naquele canto do depósito. Ela parecia ainda mais bonita agora.

— Como sua criadagem é moderna. — Ela mergulhou a colher na sopa que havia sido colocada à frente deles. — Servir prato por prato ainda não é comum na Europa.

— Algumas famílias aqui fazem isso, para mostrar como estão na moda. Acho um pouco incômodo. Normalmente não recebemos dessa forma. — Ele achou um incômodo aquela noite porque os malditos lacaios estavam sempre por perto. — Eu suspeito de que seja mais uma maneira pela qual o cozinheiro está tentando impressionar.

— Também é prático. Não poderíamos ter dez pratos ao nosso redor ao mesmo tempo.

Ela parecia gostar da sopa. Ele não tinha ideia se gostava. Fria, não quente, tinha creme e muitas ervas.

Mais vinho foi servido. Mais comida chegou, cada preparo em seu prato separado. O ritual começou a irritá-lo.

— O que você achou da prévia?

Ele não admitiria que tudo o que fizesse fosse colocar comida na boca enquanto observava os lábios dela fazerem o mesmo. Ela permaneceu cabisbaixa. Ele provavelmente teria que abordar o motivo antes do que desejava.

— Foi cheia de surpresas. Não esperava encontrar sua tia nesta noite.

— Você conheceu Agnes? — Que desdobramento terrível.

— Não fique tão horrorizado. Minerva me protegeu, na medida do necessário. — Iris descreveu a conversa. — Ela provavelmente fará sua própria investigação sobre minha identidade agora.

Não parecia tão ruim, mas ele ainda desejava ter notado e acabado com aquilo de uma vez.

— Eu não estava falando das pessoas de lá, muito menos da minha tia. Eu estava perguntando sobre as ofertas no leilão.

— Fiquei um pouco decepcionada.

— Ora, ficou mesmo?

— Eu esperava pinturas melhores, para começar. Com a situação financeira deste país, pensei que mais famílias estariam vendendo suas melhores obras de arte.

— Talvez estejam, só que em particular.

— Talvez.

— Se eu fosse comprar uma dessas pinturas, qual você recomendaria?

— O Guercino. Ele não é um dos meus artistas favoritos, mas era uma pintura muito boa.

— E os livros?

Algumas das faíscas familiares brilharam nos olhos dela.

— O Newton alcançará o maior valor. Foi publicado em vida e todos sabem quem ele é. É fácil falar e a notícia se espalhará.

— Por que eu acho que você não compraria?

— Porque vai ser caro demais.

— Então, nada de lucro para você.

O menor sorriso se formou no rosto dela.

— Eu não disse isso. — Um momento de indecisão lampejou, então ela se inclinou para a frente. — Havia um pequeno livro de orações com iluminuras. Não foi descrito corretamente. Só alguém que conhece bem os manuscritos saberia disso. Não é alemão e do século XVI, mas francês e do século XV. Suspeito de que valha o dobro do que pode custar no leilão.

Ele gostava de ver a mente dela trabalhando, calculando o valor e o lucro a ser obtido. Isso a animou e devolveu algo da mulher que ele sabia que ela era.

— Você vai dar um lance?

— Eu não. Suspeito de que minha presença em Londres será bem conhecida na época do leilão.

— A srta. MacCallum, então.

— Duvido que tenhamos o valor necessário somando nossos recursos. A Christie's não vende de acordo com as expectativas de uma pessoa.

— Quanto seria necessário? — Ele mal podia bancar a aposta, mas a empolgação dela com a compra o contagiou, e ele adorou vê-la vibrante novamente.

— Eu não passaria das sessenta libras. — Ela riu. — Poderia muito bem ser seiscentas.

— Eu vou...

— Não. — Ela o encarou. — Você não vai, por mais generoso que seja o gesto. Eu não poderia permitir.

Maldição, a mulher poderia ser irritante. Lá estava ele, essencialmente oferecendo-se para emprestar-lhe os recursos para comprar o livro de orações que ela queria, e ela não aceitara.

— Não significaria nada. Isso não quebraria sua regra.

— Isso significaria muito, e você sabe disso. Realmente quebraria minhas regras. — Ela havia soltado o garfo e a faca. Toda a atenção dela agora repousava sobre ele. Ele ficaria encantado se ela não o submetesse a um exame muito rigoroso.

— Diga-me, Vossa Graça. Era sua intenção esperar até *depois* de me seduzir para me perguntar por que aquelas damas arriscaram cair no seu desagrado para me insultar?

Ela o surpreendeu. Maldição, ela era diferente. Ele achou sua franqueza ao mesmo tempo revigorante e irritante.

— Algo parecido. — Ele encolheu os ombros. — Provavelmente tinha a ver com sua posição social. Fiquei surpreso com o quanto isso a afligiu. Não pode ter sido a primeira vez que você sofreu tal tratamento enquanto se misturava com a aristocracia do Continente. Eu esperaria que outras mulheres fossem intimidadas por desprezo como esse, mas não você.

— Eu o decepcionei?

— Um pouco.

— Acho que você sabe que não foi só isso que me distraiu enquanto

estava sentada com Minerva. O leiloeiro falou com você sobre mim, não foi?

Parecia que havia chegado o momento.

— Ele falou.

— Não sobre a minha falta de status social, suponho.

— Não.

— Também não foi por isso que aquelas senhoras levantaram as sobrancelhas. Afinal, elas já são crescidinhas.

— Velhos rumores custam a morrer.

— Ah, sim.

Ele estendeu a mão por cima da mesa e pegou a mão dela.

— Você não precisa me explicar nada.

— Antes que esta noite vá muito mais longe, acho que deveria. — Seu olhar continha tudo o que a noite poderia conter, e uma suposição de que isso nunca aconteceria depois que ela falasse.

Ele quase a proibiu de continuar. O aperto suave que ela deu em sua mão lhe disse para não se incomodar em fazê-lo.

— Meu avô era livreiro aqui na Inglaterra. Londres, principalmente, mas tinha negócios com muitas das famílias proeminentes. Ele também tinha contatos no Continente e conseguia encontrar maravilhosos incunábulos e manuscritos para seus clientes aqui. Era conhecido como um dos melhores negociantes de livros raros do mundo.

— Tão conhecido que aquelas senhoras reconheceram o nome? Foi há muito tempo.

— O escândalo tem um jeito de gravar nomes no cérebro das pessoas. — Ela respirou fundo e soltou a mão. — Um dos clientes o acusou de roubo. Ele havia levado um livro muito raro, com permissão, a fim de deixá-lo para a consideração de outro cliente. É uma prática comum. Exceto que, quando chegou a hora de devolver o livro ou comprá-lo, o comprador alegou que já o havia devolvido. Mentira, mas meu avô foi tachado de ladrão pelo proprietário. Meu avô teve que fugir da Inglaterra de tão ruim que as coisas ficaram. Ele ficou arruinado. Até na Europa, a história ficou conhecida. As poucas vendas que fez depois disso foram por meio de um intermediário e de sua pequena coleção.

— Ele ensinou o ofício ao filho, que então ensinou a você?

Ela inclinou a cabeça como se essa não fosse a pergunta que esperava.

— O filho dele, meu pai, recusava-se a negociar livros. Ele trabalhava para um vendedor de pinturas. Não tinha a sua própria loja. Não havia dinheiro para isso. Eu amava os livros, no entanto, enquanto meu avô era vivo, ele me deixava me deleitar neles. Nunca acreditei na história do roubo.

— Claro.

— Você diz isso como se qualquer neta obediente não fosse acreditar nisso a respeito do homem que ela amava. Como se meu julgamento sobre o assunto não tivesse peso por causa do que ele significava para mim.

— Estou dizendo que é claro que você não acreditaria em tal coisa a respeito dele. — O que era justamente o que ela estava dizendo, mas ele confiava que tinha feito soar melhor. — Você teve motivos além de sua crença para concluir isso?

— Ele não possuía o livro em questão e nem nunca o vendeu. Por que roubar algo de valor se não for para lucrar ou guardar para si? Tenho certeza de que não estava entre os livros que ele possuía, nem entre os que vendeu.

— Então talvez você esteja certa, e tudo tenha sido um mal-entendido.

— Acho que foi deliberado. Só não sei por quê. — Ela recostou-se na cadeira e olhou para a porta. — Agora você sabe sobre minha família. Se optar por não permitir que eu continue com a avaliação, eu entenderei. Se mandar buscar o sr. Christie amanhã, ele aceitará o *Poliphili* no leilão, tenho quase certeza. O tomo fica no terceiro armário à esquerda da entrada da biblioteca.

Ela começou a se levantar. Ele se levantou e a deteve pegando seu braço. E a colocou de volta na cadeira.

— Não vejo razão para procurar outro avaliador. O que quer que tenha acontecido há muito tempo com seu avô não reflete em você.

O olhar dela caiu para onde ele ainda segurava seu braço, então para cima, até seus olhos.

— Tal pai, tal filho, você disse. Poderia realmente confiar em mim agora?

Ainda segurando-a, ele se virou e baixou para falar em seu ouvido.

— Claro. — Ele pressionou um beijo em seu pescoço. — É um boato antigo que não importa.

Nada mais importava agora, exceto o cheiro e a pele macia sob seus lábios. Ela inspirou bruscamente, então inclinou a cabeça para dar-lhe melhor acesso. Ela não escondeu a excitação, mas se derreteu nela. Ele não podia ver seu rosto, mas sabia como ela estava: lábios entreabertos e olhos em chamas. Ele a ergueu para que pudesse ver com mais do que seus olhos mentais.

Ele fez menção de beijá-la. Para sua surpresa, ela se inclinou para trás e colocou as duas mãos contra o peito dele.

— Você está deixando que o desejo o governe, e eu não posso permitir. Esta, de todas as noites, não é a certa para isso.

Ela pareceu um pouco triste depois de falar. O lado sombrio de Nicholas dizia que, com um beijo, ele poderia fazê-la mudar de ideia.

Ela devia ter notado a indecisão nele porque sorriu lentamente.

— Você não é um Philip. Eu não ia querer que você fosse.

Não, ele não era. Sua mente aceitou a derrota, mas seu corpo ainda se rebelava, incitando um comportamento imprudente. Ele recuou.

— Vou mandar trazer a carruagem.

Ela pediu para esperar a carruagem do lado de fora, no pórtico. Ele ficou com ela. Demorou muito até que os cascos dos cavalos soassem no caminho.

— Estarei na biblioteca amanhã — avisou ela. — No entanto, quero me encontrar com os dois colecionadores na casa de seu tio no dia seguinte. Se ainda insistir em estar lá, poderia me avisar amanhã se for um horário conveniente para você.

— Vou verificar na minha agenda.

— E se puder me informar se o sr. Sanders descobrir algo sobre quem ajudou a direcionar os livros para os tios quando eles os herdaram, eu agradeceria.

Ele apenas a olhou. Lá estavam eles, desejo mútuo frustrado por motivos que nem Zeus sabia, e ela estava conversando sobre livros, inventários e bibliotecas. Para uma mulher do mundo, ela não conhecia bem os homens. Ele não estava com disposição para conversa fiada sobre tais assuntos. Mal conseguia se controlar para não agarrá-la e ser mais um Philip do que ele jamais imaginou que poderia ser.

A carruagem misericordiosamente chegou. Um lacaio saltou e veio ajudá-la a entrar. Nicholas observou, sentindo-se aborrecido e irritado. Antes que a carruagem se movesse, ele caminhou até ela e olhou para Iris através da janela.

— Que livro era esse que dizem que seu avô roubou? Sinto agora como se esse fato tivesse me condenado tanto quanto a ele.

Ela moveu a cabeça para a janela e se inclinou para beijá-lo.

— Era um Saltério com magníficas iluminuras.

Então ela se foi, a carruagem levando-a noite adentro.

Tinha sido um erro contar. Ela soube disso assim que as palavras saíram de seus lábios. O sentimento a levara a falar sem refletir. Nem mesmo fizera uma escolha. Ela havia olhado para ele, tão bonito, aborrecido e confuso, e aquilo simplesmente borbulhou e se derramou. Ela foi derrotada por sua própria decepção, seu próprio desejo e sua triste aceitação do que ela não poderia ter.

Ela foi para a cama, agitada de emoções. Dormiu pouco e acordou à primeira luz da manhã, ainda se sentindo caótica. Quase pisou em Rei Arthur quando desceu as escadas para pegar água para se lavar. Bridget estava descendo quando Iris começou a subir as escadas com seu balde.

— Acordou cedo, até mesmo para você — disse Bridget, empurrando para trás a cabeleira cheia de cachos flamejantes.

— Pensei em caminhar até Mayfair. O dia está lindo e eu gostaria de passar um tempo ao sol.

— Tenha cuidado. Uma mulher bem-vestida como você, andando sozinha, chama a atenção dos tipos errados.

— Vou ser cuidadosa.

— Se ouvir os sons de uma multidão, mesmo à distância, deve ficar longe. Essas manifestações são como incêndios florestais, começam sem planejamento ou propósito às vezes e, de repente, estão lá.

Iris tornara-se adepta de evitar as manifestações políticas que causavam estragos nas ruas de Londres. Seu método preferido para se manter segura era encontrar um cabriolé de aluguel quando ouvia o som de um movimento popular.

Ela se vestiu, tomou o desjejum e então saiu. A atividade física era agradável, e ela refletiu sobre seu dilema enquanto caminhava. Se tivesse sorte, nem veria o duque naquele dia. Ele a evitaria. Se não tivesse sorte, eles teriam que conversar sobre a última coisa que ela dissera durante a despedida. Se ela fosse realmente azarada, ele exigiria muito mais informações do que ela queria fornecer.

O que mais revelar e o que guardar para si mesma? Essa era a questão. Com uma frase, ela criara complicações para si mesma das quais o duque provavelmente não permitiria que ela se livrasse facilmente.

Cada passo a convencia de que tinha sido extremamente estúpida. Melhor ter ido para a cama dele, se divertido e distraí-lo de todas as revelações da noite. Ela se amaldiçoou por ter uma honra peculiar que não permitia esse tipo de artimanha.

Estava andando a passos firmes pela Strand quando uma forma escura apareceu na rua ao lado dela. Ela olhou para um cavalo puxando uma carruagem.

— O que você está fazendo?

Quando se virou, viu o duque na janela da carruagem.

— Estou caminhando — respondeu.

— Você tem condições de pagar por um cabriolé. Maldição, você pode pagar sua própria carruagem.

— Ainda não, e preciso dos meus recursos atuais para começar a pagar pela livraria. Eu andaria a pé de uma forma ou de outra. É saudável. Eu faria isso com mais frequência, mas sua cidade é tão úmida e enevoada, ou perigosa e furiosa, que raramente é algo prático de fazer. Hoje foi a exceção.

Isso pareceu ser resposta suficiente para ele, porque a carruagem se afastou ou parou de se mover. Alguns momentos depois, as botas se equipararam com seus passos. Ela olhou para trás e viu que a carruagem os seguia em um ritmo lento.

— Acordou muito cedo, Vossa Graça.

— Muitas vezes acordo cedo. Vejo o sol nascer e depois volto a dormir. Hoje decidi não esperar sua chegada em Whiteford House. Acabei de ir até a livraria e a srta. MacCallum disse que você já estava a caminho, andando a pé.

— Por que você foi até lá?

Ele riu, de um modo não totalmente agradável.

— Você sabe por quê. Quase fui lá ontem à noite e a despertei de seu sono. Não pode simplesmente revelar tal coisa e pensar que eu aceitaria isso como algo que não uma provocação.

— Pensa em ter essa conversa aqui, com toda essa gente passando apressada?

— Não é do seu agrado? Então entre na carruagem.

— Acho que não. — Ela seguiu em frente.

Por um momento, pensou que o havia desencorajado, mas logo aquelas botas voltaram a caminhar ao seu lado.

— O Saltério que você procura é aquele que seu avô foi acusado de roubar. — A voz dele apresentou a frase como se ele refletisse sobre um problema.

— Sim.

— E você tem algum motivo para pensar que está na coleção da minha família. Que foi comprado pelo meu tio ou que é propriedade do meu avô.

— Seu tio não comprou. Ele não colecionava livros. Eu acreditei quando ele disse que não tinha nenhum conhecimento deste.

— Significaria então que meu avô era o dono e foi a pessoa que acusou seu avô de roubo. Se você encontrar o Saltério na minha biblioteca, poderá provar que ele mentiu. Esse é o seu objetivo, não é? Para mostrar que de fato seu avô devolveu o manuscrito. Essa ideia é absurda, srta. Barrington. Meu avô não era perfeito, mas nunca faria uma coisa dessas. Que motivo ele poderia ter?

Seu tom se tornou incrédulo. Atônito. Nervoso. Se ela permitisse suas especulações, isso só pioraria quando ele considerasse as várias possibilidades.

— Meu único interesse é limpar o nome dele — disse ela. — Ele foi arruinado e ficou conhecido como ladrão. Morreu com seu bom nome roubado dele. Para ganhar a vida com antiguidades, meu pai teve que adotar o nome de solteira da mãe dele, porque o de seu próprio pai carregava uma mácula. Lamento se meu dever significa que o nome de seu avô pode ser questionado, mas minha obrigação é com minha família, não com a sua.

A mão dele se fechou no braço dela, gentilmente, mas com firmeza. Ele a deteve na caminhada.

— Agora devo insistir para que entre na carruagem.

Ele gesticulou e o cocheiro trouxe a carruagem até eles. O duque mais do que a ajudou a entrar, entrou atrás dela, recolheu os degraus e bateu a porta.

— Agora sabe por que pensei que seria melhor se encontrasse outro avaliador.

Ela disse isso para acabar com a maneira gelada como ele a fitava.

— Malditas sejam as avaliações. Meu tio sabia o que você estava fazendo ao procurar aquele livro?

— Achei que não.

— E agora você acha?

Ela suspirou.

— Não sei o que penso. Se ele soubesse o que eu estava fazendo, isso explicaria por que sequer me recebeu. Por que concordou em procurar o Saltério. Ele não tinha motivos para isso, a menos que estivesse ciente do que havia acontecido. Acontecido de verdade. Eu nem considerei isso na época, mas olhando para trás... e se ele sabia o que havia acontecido, talvez seja por isso que tenha me deixado o legado.

— Como reparação por arruinar um homem sem motivo?

Ela deu de ombros.

— É a única explicação em que consegui pensar até agora.

Foi o suficiente para deixá-lo pensativo. Não que a raiva o tivesse abandonado completamente. Ela não achava que isso aconteceria por algum tempo, se é que aconteceria. Ninguém gostava que a honra de seus parentes fosse manchada, pois era isso que a missão dela faria com a família dele. Ela entendeu seu humor sombrio. Seu próprio ressentimento pela perda da honra de seu avô era o motivo de ela estar ali, não era?

Ela sentiu um enorme alívio quando a carruagem parou. Viu que estavam em Whiteford House. Não esperava que ele a trouxesse ali, não depois daquela conversa. Ele esperou enquanto um lacaio a auxiliava na descida, e então saiu também.

— A srta. Barrington visitará a biblioteca como de costume — ele disse ao lacaio. Então caminhou até a porta.

CAPÍTULO ONZE

— Por que exigiu essa cavalgada comigo? — Chase fez a pergunta depois de terem cavalgado vários quilômetros subindo o Tâmisa.

— Preciso dos seus serviços.

— Além de investigar a morte do tio, várias sociedades comerciais e possivelmente algumas debutantes que podem servir como futuras duquesas?

— Sim. Na verdade, deixe tudo isso de lado e priorize este.

— Parece importante. O que aconteceu?

Nicholas lhe contou as revelações sobre o avô de Iris e como poderiam implicar o seu próprio avô.

— Quero que você descubra sobre ele. Barrington. Peça a ajuda de Minerva com as senhoras mais velhas. Questione nossos tios, procure em todas as bibliotecas...

— Desacelere. Não faria sentido começar com suas casas e as suas bibliotecas? Se este manuscrito pertencia a um duque falecido, o duque atual é o mais provável de tê-lo em sua posse.

Nicholas olhou para o rio agitado.

— Foi por isso que ela concordou em avaliar a biblioteca de Whiteford House, suponho. Assim poderia procurá-lo por conta própria. Ela tem mergulhado nos armários inferiores, o que realmente não é necessário.

— Ela parece inteligente e metódica. Talvez devêssemos ser também. Permitir que ela faça sua busca. Ajudá-la. Então, quando nada for encontrado, ela acreditará que não há nada lá.

Ele conhecia Chase. Essa era a maneira de seu primo controlá-lo, como se lidasse com um cavalo teimoso.

— Certo. Darei rédea solta a Iris nas bibliotecas da propriedade. Quanto ao antigo boato, vamos buscar primeiro nas fontes mais prováveis de terem informação. — Ele ponderou sobre isso. — Acho que sei o que fazer antes de mais nada. Quanto a você, diga a Kevin para procurar esse manuscrito nos livros de seu pai e interrogá-lo sobre esse escândalo. Nunca se sabe por quanto tempo as histórias perduram nas famílias. Depois disso, podemos decidir como enfrentar os outros tios.

Chase virou seu cavalo para retornar, presumindo que a cavalgada necessária havia terminado. Enquanto voltavam para a cidade, ele ergueu uma sobrancelha.

— Iris?

— Srta. Barrington.

— Eu sei quem é Iris. Foi a familiaridade que me chamou a atenção. Longe de mim aconselhá-lo, mas talvez você deva esperar antes de...

— Eu sei disso, raios. — Claro, ele sabia. A srta. Barrington já tinha dito isso a ele.

Iris empurrou para o lado uma pilha de pergaminhos. Mesmo no escuro, podia ver a nuvem de poeira subindo. Ela espirrou e enfiou a mão no fundo do armário para ver o que mais poderia haver lá. Nada. Começou a remover a parte superior de seu corpo do armário, centímetro a centímetro.

Quando a cabeça emergiu, ela viu que as botas estavam bem ao lado da porta aberta do armário. Olhou para cima daquelas botas e as pernas acima delas até que estava olhando diretamente nos olhos do duque. Ele não parecia mais amigável do que quando haviam se separado pela manhã.

— Você já terminou aí? — Ele ofereceu a mão para ajudá-la a se levantar.

— Praticamente. Imagino que existam gerações de papéis armazenados na maioria deles.

— Não há mais livros como o *Poliphili*, você quer dizer.

— Nunca se sabe. — Ela espanou a saia e o corpete. O avental precisava de uma boa lavagem.

— Sejamos francos, srta. Barrington. O *Poliphili* foi um feliz acidente. Você está rastejando naqueles armários inferiores procurando seu Saltério. — Ele gesticulou ao redor da biblioteca. — Essa é a única razão pela qual está aqui, não é? O motivo por ter concordado em fazer essa avaliação.

Ela caminhou até a mesa e levantou uma pilha de papéis.

— Estou fazendo a avaliação e obtendo um bom progresso. Veja aqui,

se não acredita em mim. Eu reservo meia hora no final para ver o que mais pode estar guardado.

— Escondido, você quer dizer. — Ele recuou alguns passos e deu-lhe um olhar rápido. — Um pouco empoeirada, mas quase apresentável. Venha comigo. Temos um lugar para ir.

Em algum lugar significava a leste de Mayfair. Seguiram em silêncio na carruagem. Durante a maior parte do tempo, o duque olhava pela janela, mas lançou alguns olhares sombrios na direção dela. Ela não esperava mesmo uma conversa fiada, muito menos trocas de flertes. Isso havia chegado ao fim agora que ele sabia que ela esperava impugnar o nome de seu ancestral para restaurar a honra da própria família.

Ela notou a rota da carruagem.

— Aonde está me levando? St. James's Park?

— Não exatamente. Nosso destino está próximo.

Acontece que iam visitar Queen's House. Desceram da carruagem em frente à propriedade. Iris espiou a construção que começava em um lado do belo edifício.

— O que estão fazendo ali?

— O rei está expandindo para servir como palácio.

Daria um cenário esplêndido para um palácio, situado na extremidade oeste do St. James's Park e na ponta sul do Green Park.

— Por enquanto, a biblioteca do último rei reside lá — acrescentou.

— Estou ciente disso. Que gentileza a sua pensar que eu gostaria de um passeio, Vossa Graça. No entanto, não tenho tempo para isso hoje. Também não acredito que esteja aberto ao público.

— Está aberto a estudiosos. — Ele caminhou até a porta e agarrou a maçaneta. — E está aberto para mim.

De fato estava. Os duques tinham seus privilégios, e parecia que ele tinha entrada permitida naquele edifício sempre que quisesse. Assim que entraram, um homem se aproximou deles.

— Vossa Graça. Estamos honrados.

— Sr. Barnard, esta é a srta. Barrington. O sr. Barnard é o bibliotecário real, srta. Barrington.

Ela sabia quem era o sr. Barnard. O homem era famoso. Ele havia viajado pelo mundo para o último rei, comprando raridades e bibliotecas inteiras. Embora envelhecido agora, parecia ágil o suficiente para ser capaz de comprar muitos mais.

O sr. Barnard sorriu gentilmente, mas ela viu a luz do reconhecimento em seus olhos. Ele conhecia o nome. Claro que conheceria. Podia nunca ter conhecido o avô dela, mas devia ter ouvido a história.

— Tenho algumas perguntas sobre a biblioteca do rei que talvez o senhor possa responder. Vamos lá? — O duque se afastou, presumindo ser evidente que eles iriam para lá.

Iris se apressou para acompanhá-lo. Ela nunca pensou que teria acesso àquela, dentre todas as bibliotecas. O último rei possuía uma magnífica, famosa em todo o mundo.

O sr. Barnard contou um pouco da história enquanto caminhavam.

— Agora compreende bem mais de sessenta mil livros. O rei doará o acervo para a nação, e ele será transferido para o Museu Britânico assim que a expansão for concluída. Uma vez combinada com os acervos do próprio museu, a biblioteca total conterá bem mais de cento e setenta mil volumes. — Ele sorriu com orgulho do número. — Será o melhor legado do falecido rei, para enriquecer gerações ao longo do tempo.

Entraram em uma câmara octogonal cheia de estantes. Iris se sentiu um pouco zonza com o grande número de livros.

O duque pousou o chapéu sobre a mesa.

— Meu avô era um renomado colecionador de livros, assim como o falecido rei. Gostaria de saber se um determinado livro que já esteve na posse do meu avô já foi doado ao rei, como um presente. É possível saber isso sem uma busca demorada?

— A biblioteca foi inventariada detalhadamente há mais de vinte anos, e as listas sempre foram atualizadas. Estamos em processo de impressão do catálogo. O que é este livro?

O duque olhou para ela.

— Um Saltério com iluminuras, datado do início do século XV — disse ela. — Provavelmente florentino. Decerto feito ao sul dos Alpes.

— Um manuscrito. Bem, isso facilita muito. Existem apenas quatrocentos deles. — O sr. Barnard foi até uma prateleira com grandes

diários encadernados, deu uma olhada e tirou um deles. Ele o abriu sobre a mesa. — Este contém o inventário de manuscritos. Vamos ver se algum com essa descrição está listado.

O duque rondou o sr. Barnard, que, por sua vez, se curvou sobre o inventário. Iris voltou a atenção para a biblioteca. Estante após estante, prateleira após prateleira. A acumulação de um rei. Que riqueza devia haver ali. E o aposento em si, todo de madeira e janelas brilhantes... ela poderia ser feliz morando bem ali.

— Sabemos em que ano esse presente poderia ter sido entregue? — o sr. Barnard perguntou enquanto corria o dedo por uma página.

Mais uma vez, o duque olhou para ela.

Iris havia elaborado a possível cronologia havia muito tempo.

— Entre quarenta e sessenta anos atrás.

O duque olhou para o inventário.

— Aqui está algo do meu avô, mas não um Saltério. Algum tratado ou outro.

O sr. Barnard sorriu com indulgência.

— Como a senhorita disse, eles eram dois colecionadores que provavelmente trocavam itens de vez em quando ao bebericarem vinho do Porto.

Iris vasculhou as prateleiras mais próximas e até puxou alguns volumes. As encadernações eram excelentes, mas não especialmente ornamentadas. A condição dos livros parecia ser da mais alta qualidade.

— Receio que seja isso. A evidência é que eles realmente encontraram um terreno comum nesse interesse, mas não há nenhum Saltério no inventário como o que a senhorita descreve. — O sr. Barnard fechou o livro.

— Obrigada por procurar para nós — disse Iris. — Foi uma honra conhecê-lo.

— Na verdade, srta. Barrington, já nos encontramos antes. Há muitos anos. A senhorita era uma criança na época. — Ele sorriu gentilmente. — Eu estava em Florença e visitei seu avô. Ele e eu nos sentamos em um pequeno jardim em um lindo dia, e ele me serviu vinho e figos. Figos frescos. Eu nunca havia comido um figo fresco. Ele os apanhara de uma pequena árvore ali mesmo no jardim.

Os olhos dela marejaram, não apenas porque conseguia enxergar aquela árvore em sua mente, e seu avô cuidando dela, mas também porque o bibliotecário de um rei havia procurado um livreiro em desgraça e passado um tempo com ele.

— Acredito que a senhorita seguiu os passos dele — prosseguiu. — Há pouca coisa no mundo dos livros raros que eu desconheça. — Ele gesticulou para a biblioteca. — Acredito que a senhorita se qualifica como uma estudiosa. Se quiser visitar aqui, escreva para mim e eu providenciarei.

Ela mal conseguiu agradecer e puxou o lenço assim que se afastou.

A carruagem esperava do lado de fora. O lacaio abriu a porta.

— Eu vou andando — falou Iris. — Obrigada por pensar que poderia estar aqui. Nunca tinha considerado essa possibilidade. — Ela olhou para ele, esperando que sua sinceridade fosse clara. — Obrigada por me trazer aqui. Foi um passeio maravilhoso e um presente inesperado encontrar alguém que conhecia... — Ela fungou e enxugou os olhos.

O olhar dele se aqueceu e ele esperou que ela se recompusesse.

— Pelo menos uma possibilidade saiu da lista — disse ele. — Há muitas ainda. Amanhã, enquanto estivermos na casa de Felix nos encontrando com aqueles colecionadores, mandarei os lacaios fazerem buscas em todos os armários da minha biblioteca com a ordem de retirarem qualquer livro que encontrarem dentro deles, não importa o assunto ou o tipo. Você poderá então examinar todos eles sem ter que rastejar no chão.

— Outra possibilidade verificada, então.

— Sim.

— Você está planejando investigar todas as outras possibilidades também?

— Algumas.

— Promete que, se for encontrado, você me avisará?

O fato de ele hesitar deu-lhe coragem, porque significava que ele considerava as implicações e buscava uma resposta honesta.

— Dou-lhe minha palavra de cavalheiro, srta. Barrington.

Não havia promessa maior do que essa. Ela começou a caminhar para casa e ele entrou na carruagem. Ele passou por ela, que olhou pela janela para o perfil dele. A melancolia familiar a encharcou novamente. Então ela seguiu em frente, fazendo sua própria lista de possibilidades que o duque desconhecia.

— Philip está no local? — Foi a primeira coisa que o duque falou quando entraram na biblioteca de Felix.

Chegaram separados: ele em seu cavalo e ela em um cabriolé. Ela fez alguns esforços para não ir com ele porque tinha reuniões depois disso.

Felix não respondeu de imediato.

— Ele está lá em cima com instruções para não descer — disse, finalmente.

— Na verdade, eu gostaria que mandasse chamá-lo. Tenho uma pergunta para fazer a ele.

Felix mostrou surpresa, depois prazer. Ele enviou um lacaio para buscar seu filho.

Iris começou a organizar a biblioteca para os colecionadores.

— O primeiro chega em menos de meia hora — avisou ela. — Eu deveria encontrá-los sozinha, então os senhores terão que sumir das vistas.

— Eu deveria estar aqui — retrucou Felix. — São meus livros.

— Preciso fazer o que faço sem que o senhor fale e tente negociar antes da hora. Por favor, senhor. Permita-me representá-lo na plenitude de minhas habilidades.

Ele concordou, relutante, mas não gostou. Iris o imaginou com os colecionadores, exaltando virtudes que ele desconhecia, incitando-os a tomar decisões antes da hora. A presença sombria do duque dificilmente seria melhor. Ela o olhou até que ele concordou com a cabeça.

O cabelo ruivo de Philip apareceu na porta. Ele abriu um grande sorriso e avançou para o duque.

— Saudações, primo.

A postura rígida do duque não se curvou. Ele também não retribuiu a saudação.

— Tenho uma pergunta para você. Se eu souber que não respondeu honestamente, vou garantir que nem mesmo tia Agnes o receba. Você entende?

Philip corou. Um brilho feio tomou seus olhos quando ele percebeu que essa não seria a reaproximação que esperava.

— Faça sua maldita pergunta.

— Philip — seu pai advertiu calmamente.

— Pode fazer uma mesura, se quiser — respondeu Philip. — Você pode enxergar Hollinburgh, mas eu vejo o primo Nicholas, que só se tornou duque por causa de muitos acidentes. Então, Nicholas, faça sua pergunta.

O duque parecia preferir espancar o jovem ousado que o desafiava.

— Você vendeu parte do conteúdo desta casa enquanto seu pai estava fora, correto?

Philip olhou para o pai.

— Algumas pequenas coisas.

— Já vendeu algum item desta biblioteca? Algum livro, manuscrito ou qualquer coisa que possa ser considerado um? Em algum momento?

Philip riu.

— Vender um livro? O que eu faria com livros velhos? Para quem os venderia?

— Acontece que alguns são valiosos — disse o pai, como se para mostrar que sabia mais.

— Não tive nada a ver com nenhum deles. Terminamos agora? Acho que não gosto muito da companhia aqui.

O duque simplesmente se virou. Com o rosto vermelho, Philip saiu da biblioteca. Outra possibilidade riscada.

Felix pareceu chocado. Ele olhou de soslaio para o duque. Então notou Iris.

— Minhas desculpas, srta. Barrington. Meu filho não está se sentindo bem e não se referia à senhorita quando mencionou a companhia.

O duque caminhou até as portas do jardim, abriu-as e saiu. Felix despediu-se. Iris preparou-se para travar uma batalha com um colecionador de quem pretendia extrair um bom dinheiro, enquanto se perguntava o que Philip queria dizer quando falava de muitos acidentes.

CAPÍTULO DOZE

— Creio que isso coloca um ponto final. — Kevin anunciou a conclusão da busca às dez horas. Depois de um jantar cedo, Nicholas e Chase haviam se juntado a ele na biblioteca da casa do pai de Kevin, em busca do Saltério. A tarefa foi facilitada por Kevin usar a biblioteca extensivamente e estar muito familiarizado com seu conteúdo.

Ele serviu bebidas enquanto Chase fechava os armários e empilhava os livros que não haviam sido recolocados nas prateleiras. Nicholas aceitou o uísque e afundou em uma cadeira.

— Falarei com Sanders pela manhã. Talvez tenham feito listas de quem recebeu quais livros e estas estejam enterradas nos documentos de família que ele tem arquivados.

— Economizaria muito tempo — disse Chase.

Com certeza, sim. Seria necessário um pequeno exército para revistar todas as casas de todos os parentes. Como o exército que ele havia montado em sua própria casa. Vinte lacaios podiam fazer uma busca bem rápida, mesmo que não soubessem o que estavam procurando. Ele retornara à própria casa depois da manhã na residência de Felix e encontrara mais da metade do trabalho feito e alguns livros empilhados na mesa da srta. Barrington. Nenhum Saltério, no entanto.

Kevin trouxe um copo para Chase e depois se acomodou.

— Onde está Rosamund? — perguntou Chase. — Estou surpreso que não tenha vindo nos cumprimentar. Ela está sempre por perto.

Kevin levou um bom tempo para tomar um gole de sua bebida.

— Ela saiu esta noite. Uma reunião ou algo assim.

— Talvez ela esteja se tornando uma reformadora — falou Nicholas, seu ânimo melhorando à medida que o uísque no copo diminuía.

— Talvez.

Foi uma resposta estranha. Kevin tinha pouca paciência com reformadores. Na sua opinião, era muita conversa e pouca ação. Se Kevin algum dia se envolvesse com política, seria o pior dos radicais, o que era estranho, considerando seu crescente envolvimento com homens de finanças e de negócios; estes, nunca revolucionários.

Chase colocou o copo de lado, cruzou os braços e estudou o anfitrião.

— Uma reunião ou algo assim, você diz?

Kevin assentiu.

— E a deixou ir sozinha? Com os problemas que irrompem na Capital tantas vezes à noite?

Gole.

— Ela se encontrou com uma amiga, eu acredito. Mas Rosamund sabe se cuidar. Assim como Minerva, é claro.

— Minerva? Está dizendo que elas foram juntas a essa reunião? — Desta vez, Chase exaltou-se quando falou.

— Não sei. Ao contrário de você, não fico interrogando as pessoas — retrucou Kevin.

Nicholas se perguntou como o clima entre eles havia mudado tão rapidamente.

— As ações da esposa dele não são da sua conta, Chase.

— Estou pensando... — Ele se inclinou para a frente e examinou Kevin com atenção estrita. — Você nunca foi um bom mentiroso. Ainda bem que não tenta mentir com muita frequência.

Kevin parecia mesmo culpado, agora que Nicholas prestava atenção.

— Não é de admirar que Minerva tenha me interrogado sobre esta noite com tantos detalhes — disse Chase. — Se eu ia jantar com vocês. Por quanto tempo pretendia ficar fora. Elas planejaram algo, e Minerva está para lá e para cá na condição dela...

— Elas não teriam que tramar se você parasse de ser um idiota em relação a tudo isso — respondeu Kevin. — A mulher não consegue nem respirar com você tão perto e vigilante a todo momento.

— Não há nada de errado em mostrar preocupação com uma esposa grávida — rebateu Chase.

— Há, sim, se você virar um carcereiro — retrucou Kevin.

— Que absurdo. — Chase virou-se para Nicholas. — Diga a ele que isso é ridículo.

Nicholas esperava que tudo aquilo acabasse sem que ele tivesse que dizer nada. Agora os dois primos esperavam por sua opinião.

— Você pode estar exagerando, Chase.

— Viu? VIU? — Kevin praticamente uivou em triunfo. — Não é surpresa alguma que as senhoras tenham organizado algo divertido enquanto você estava aqui.

— Então elas vão se encontrar na minha casa? — indagou Chase.

Gole.

— Para onde elas foram, Kevin?

— Não sei ao certo, verdade seja dita. Me distraí quando ela me contou, enquanto eu estava resolvendo um problema em um projeto.

Nicholas imaginou Rosamund esperando por tal distração. Ela não era especialmente dissimulada, mas sabia o que estava fazendo.

Kevin pareceu pensar com grande concentração.

— Um teatro privado, creio eu.

— O que é isso? Como pode haver um teatro privado? Se for privado, não há público — disse Chase, com excesso de sarcasmo.

— Talvez ela tenha mencionado um salão de música privado. É algum lugar de que a srta. Barrington ouviu falar.

Oh, inferno.

— *Ela* está com as outras? — Nicholas perguntou.

— Ah, sim.

Nicholas se levantou.

— Vamos. — Ou encontravam essas mulheres antes que os problemas acontecessem, ou ele acabaria sendo responsabilizado por tudo. Nicholas simplesmente sabia.

Chase caminhou atrás dele. Kevin permaneceu sentado, observando-os, perplexo.

— Você também — disse Nicholas. — Precisaremos da sua ajuda.

Com muitos suspiros e resmungos, Kevin se levantou.

— Muito barulho por nada. Elas vão ficar bem. Pelo menos duas delas são muito sensatas. Não posso falar pela srta. Barrington, é claro.

Esse era o problema.

— Que divertido! Quem imaginaria que lugares assim existiriam — Minerva sussurrou.

Iris apenas sorriu. Rosamund parecia não ter ouvido. Enquanto Minerva achava a descrição de seu destino audaciosa e inovadora, Rosamund, não. Iris suspeitava de que ela conhecesse um pouco mais do mundo do que Minerva.

Em um longo patamar na frente delas, cinco rapazes bonitos em calças compridas notavelmente justas cantavam uma música. Uma um tanto obscena. Ao redor delas, as mulheres riam e gargalhavam. De todas as idades elas eram, mas nenhuma especialmente pobre, as mulheres haviam chegado àquela casa despretensiosa exatamente como as três, em um cabriolé de aluguel, antes de correr para as salas de entretenimento privado lá dentro.

A sala de jantar era o lugar dos jogos. A sala de estar continha aquele pequeno teatro. Iris decidiu não se perguntar o que poderia estar acontecendo no andar de cima. A anfitriã, a terceira filha de um baronete, agora viúva, havia encontrado uma maneira de pagar suas contas com aquele empreendimento criativo.

Iris tinha tomado conhecimento daquilo por Bridget, que soubera pela esposa de um comerciante da rua, que soubera pela irmã, que se casara com um oficial do exército. Curiosa, ela havia proposto a Rosamund e Minerva que fizessem uma visita para ver do que se tratava. Nenhuma das duas a havia contestado.

Algumas mulheres próximas caíram na gargalhada com a letra da música. Pareciam embriagadas. Nada de ponche por ali. Não, senhor. Iris tomou um gole do vinho muito bom que havia sido colocado na mesinha que as herdeiras compartilhavam. Rosamund fez o mesmo. Minerva havia recusado, preocupada que isso a fosse deixar enjoada.

Não que Minerva precisasse de vinho, pois estava se divertindo completamente. Era como se tivesse acabado de sair da casa de correção, tamanho o deleite com que apreciava a aventura que compartilhava com as outras duas herdeiras. Minerva também não deixou de notar que aquela era uma casa particular de diversão bem peculiar. Tinha sido a primeira a notar que, além da dona da casa, todos os outros criados, ajudantes e artistas eram homens. Homens jovens. Jovens paqueradores. Era como fazer uma festa com os lacaios de suas fantasias.

Iris especulou novamente sobre o que ocorria acima da escada.

— Esta foi uma descoberta maravilhosa — comentou Minerva. — Deveria haver mais lugares para as mulheres se reunirem.

— Acredito que haja — disse Rosamund.

— Mesmo? Por que nunca me contou sobre eles?

— Achei que Chase não apreciaria se eu contasse, e eu mesma nunca fui a um. Mas já ouvi falar deles de passagem.

Minerva não desprezava exatamente a ideia da desaprovação de Chase, mas, no momento, isso não pesou muito para ela.

— Você não precisa se preocupar com a desaprovação de um marido, é claro — ela falou para Iris.

— Não, mas também não tenho ninguém para desaprovar. Existem dois lados na vida de solteira.

Minerva reconheceu isso com um momento passageiro de seriedade, então voltou para sua alegria.

— Você tem visto muito Hollinburgh — disse Rosamund. — Com a história da avaliação da biblioteca dele. Minerva contou que ele acompanhou você até a prévia do leilão.

— Ele fez isso. Foi onde conheci a tia Agnes.

O comentário foi recebido por uma série de gemidos de ambas as senhoras. Minerva contou a Rosamund a história do encontro. Iris continuou mencionando que o duque a havia acompanhado até a casa de tio Felix e que ela havia reencontrado o infame Philip. Elas se puseram a falar mal de Philip, uma por cima da outra.

— Ele disse a coisa mais estranha — mencionou Iris. — Philip, quero dizer. Ele disse ao duque que ele só se tornara Hollinburgh por causa de alguns acidentes.

— Ele se referiu à morte do último duque — explicou Minerva.

— Sim, só que ele falou no plural. Acidentes.

Uma pequena pausa, estranha e silenciosa, esmaeceu a diversão.

— Ele pode estar se referindo a como o pai de Nicholas morreu — opinou Rosamund. Ela olhou para Minerva em busca de confirmação.

— Quando o último duque morreu e Nicholas herdou, ele ficou um tanto atordoado — explicou Minerva. — "Não deveria ser eu", foi o que ele disse. Várias vezes. Ele passou a aceitar o papel, mas não nasceu para isso e nunca esperava que seguiria esse caminho. O título teria ido para seu pai, se o falecido duque não gerasse um filho. Como o falecido duque ainda era jovem o suficiente para produzir um herdeiro, você pode ver como Nicholas herdar o título foi algo um tanto acidental.

— O pai dele também morreu em um acidente? Isso é trágico demais.

— Não foi um acidente propriamente dito — explicou Rosamund. — Um duelo. O pai dele foi baleado no ombro. Deveria ter se recuperado, mas como essas coisas às vezes acontecem, ele não se recuperou. Suponho que pode ser visto como um acidente.

— Nicholas ficou furioso quando aconteceu. Inconsolável por meses — disse Minerva. — Pelo menos foi assim que Chase o descreveu quando me contou sobre tudo isso. E de repente ele era o herdeiro do título. Ele ainda achava que o duque se casaria pela segunda vez e teria um filho, mas então... — Ela estendeu as mãos.

Outro acidente.

— Sobre o que era o duelo? O que poderia valer um risco desses?

Minerva deu de ombros.

— Eu só sei que era uma questão de honra familiar. Agora, acho que quero ir para a sala de jogos. Eu trouxe algum dinheiro. Vamos tentar a roleta?

Nicholas e Chase estavam do lado de fora da casa, à espera. O humor de Chase havia piorado na última meia hora, e aquela demora não tinha feito nada para melhorá-lo.

Finalmente, viram Kevin sair.

— Você demorou bastante — Chase rosnou. — O que foi? Elas deram uma festa para comemorar seu retorno?

— Foi muito estranho, deixe-me dizer a você — comentou Kevin.

— Por quê? Porque você não é mais um dos frequentadores regulares?

— Eu já nem sou mais cliente, raios. Chegar e dizer à proprietária que preciso de informações... Poderíamos ter enviado você para isso, Chase. É o que você faz.

— Não tenho uma amizade de longa data com a dona do bordel em questão, tal como você. Ela sabia onde elas estão?

— Possivelmente. Parece que existem vários desses lugares, mas ela imagina que mulheres da qualidade delas iriam para esse lugar em específico. As mais finas geralmente vão. — Ele entregou um pedaço de papel. — Essa é a localização.

Chase apenas olhou para o papel.

— Por favor, me diga que esse não é outro bordel, só que com homens à venda. Se for, estrangularei a srta. Barrington com minhas próprias mãos.

— Acho que é um salão de jogos — opinou Kevin, não de forma convincente. — Pode haver entretenimentos também. É disso que decorre a referência de Rosamund a um salão de música.

— Entretenimentos?

Kevin deu de ombros.

— Músicas de salão e essas coisas.

— Como eu disse antes, você nunca foi um bom mentiroso, Kevin. Sua total falta de interesse em como suas palavras podem ser interpretadas pelos outros fez com que nunca desenvolvesse essa habilidade. Diga-me exatamente o que a mulher aí dentro lhe disse ou é você quem vou estrangular.

— Tente. Da última vez que lutamos boxe, venci você com facilidade. Quanto ao que descobriremos quando visitarmos esse estabelecimento, sua esposa não estaria lá, arrastando a minha com ela, se você não tivesse se tornado um chato insuportável que a trata como uma prisioneira só porque ela está grávida.

— Arrastando Rosamund com ela, sei... O mais provável é que a srta. Barrington tenha atraído Rosamund, que então atraiu Minerva.

Os olhos de Kevin se estreitaram.

— Acredito que você não esteja insinuando... tenha cuidado ou você que será estrangulado.

Nicholas decidiu que era hora de entrar na conversa.

— Se fosse um lugar de má reputação, as senhoras iriam embora ao descobrir. Vamos ver se estão lá antes que alguém decida estrangular alguém.

Todos subiram na carruagem de Nicholas. Chase caiu sobre o estofado com um baque enfático. Ele lançou um olhar perigoso para Nicholas.

— Isso é tudo culpa sua. Você é responsável pela srta. Barrington, e vejo o dedo dela nisso tudo.

Nada digno de nota havia acontecido ainda, e Nicholas já estava sendo culpado. Ele deveria ter seguido seus instintos, que lhe diziam que as três herdeiras juntas significariam problemas.

— Não sou nem um pouco responsável pela srta. Barrington. Não sou responsável por nenhuma delas. Ao contrário de vocês.

Kevin, que muitas vezes conseguia dizer coisas provocativas exatamente na hora errada, inclinou-se entre eles.

— Bem, você a beijou.

— Eu...

— Não muito bem, se esse é o tipo de estabelecimento que suspeito que seja — falou Chase, ácido.

Nicholas decidiu que era hora de ver a cidade passar pela janela.

— Foi maravilhoso. — Minerva permitiu que Rosamund a envolvesse em um xale quente na entrada da casa. — Devemos voltar algum dia.

Rosamund assentiu. Ela lançou um olhar para Iris, depois outro para a escada no final do salão de recepção. Ela ergueu as sobrancelhas.

Lamentavelmente, pelo menos uma dama tinha sido vista subindo aquelas escadas com um dos rapazes a tiracolo. Embora fosse possível que essas damas estivessem apenas subindo para o salão de música, havia algumas indicações no humor dos casais que sugeria algo diferente.

Minerva, ocupada reclamando da roleta, não havia percebido nada disso. Iris e Rosamund, sim, momento em que Rosamund sugeriu com certa firmeza que encerrassem sua aventura e voltassem para casa.

— Você acha que...? — Iris sussurrou enquanto seguiam Minerva até a porta.

— Acho melhor não pensar — disse Rosamund. — Talvez seja melhor não saber.

— Mas você acha...?

— Não vi nenhuma evidência indicando que isso seja outra coisa senão um salão de jogos com algumas diversões musicais. Você viu?

— Não. Claro que não. Você está certa. Não sabemos de nada.

Elas saíram na névoa úmida da noite. Minerva enviou um dos belos e jovens criados para ir buscar um cabriolé. Elas esperavam no pequeno pórtico.

Rosamund olhou para a noite. Então, apertou os olhos e se inclinou para a frente. Logo, ela se endireitou abruptamente.

— Oh, céus.

Iris olhou também. Minerva percebeu e juntou-se a elas.

— Oh, pelo amor de... — Minerva franziu a testa furiosamente. — Ele me seguiu e me encontrou. Você disse que Kevin estava envolvido em algum projeto e nem ouviu quando você explicou para onde estava indo.

— Ao que parece, ele ouviu o suficiente — respondeu Rosamund.

Três silhuetas emergiram da névoa e se alinharam ao pé dos degraus do pórtico. Três homens examinavam as mulheres que esperavam para partir. Iris não deixou de perceber que estavam com raiva, nem que toda a raiva deles parecia dirigida a ela.

Ela deu um passo à frente, para estar mais bem posicionada quando se lançasse ao ataque.

— Cavalheiros, que bom que vieram nos ajudar. Temo ter desencaminhado minhas novas amigas. É um lugar inofensivo, mas ambas teriam partido imediatamente se não fosse pelo meu desejo de ouvir as músicas e jogar um pouco.

— Ah, balela — disse Minerva. Ela desceu as escadas. — Fui eu quem atrasou nossa partida e Rosamund quase me arrastou para fora.

Chase olhou para a esposa.

— Você se divertiu?

— Enormemente, embora eu suspeite de que haja entretenimentos aqui dos quais eu não participei.

Chase lançou um olhar fulminante para Iris. Ela confiava que Minerva teria o homem na palma da mão em questão de instantes. Caso contrário, o encontro que havia marcado para a manhã seguinte com Minerva teria que ser adiado.

Kevin veio até Rosamund.

— Suponho que ela esteja se referindo a entretenimentos privados.

Podemos ir? Há um ponto para cabriolés no próximo quarteirão. Melhor partirmos. Há confusão acontecendo em Londres esta noite.

Rosamund pegou o braço do marido e eles se afastaram. O cabriolé que elas haviam chamado parou e, com mais um olhar para ela, Chase levou Minerva para dentro do veículo. Isso deixou o duque parado lá embaixo e Iris ainda no pórtico.

— Minha carruagem está na rua. Vou levar você para casa. — Ele recuou e fez um gesto. O som de cascos de cavalo soou. Ele fez outro gesto e os dois criados que cuidavam da porta desapareceram.

— Eu preferiria ir em um cabriolé alugado, obrigada.

— Por quê?

— Porque sua expressão e tom não são agradáveis.

— Isso pode ser porque passamos uma hora procurando todas vocês. E na chegada, foi-nos negada a admissão, então tivemos que esperar ao relento e umidade até vocês saírem, tarde como está. Parece que nenhum homem, além dos empregados daqui, não importa quais sejam suas alegações ou posição social, é admitido no interior. Talvez a dona desta casa tema que o magistrado se oponha a seu empreendimento.

— Eu não saberia por que ele faria isso. É tudo bastante inofensivo.

— Minha cara srta. Barrington, se Minerva notou coisas inadequadas, a senhorita certamente também notou. — Ele estendeu a mão para acompanhá-la até a carruagem que esperava.

Quando chegaram, o cocheiro se virou para falar com o duque.

— Seguirei por caminhos mais longos, Vossa Graça. Consigo ouvir aquela manifestação em Whitehall mesmo daqui, e é melhor dar uma boa distância.

Uma vez na carruagem, o ressentimento levou a melhor sobre ela.

— Eu nem sei por que você veio. Você não tinha uma esposa com quem se preocupar. Pode-se dizer que esta noite não é da sua conta.

— Concordo. Meus primos, não. Chase estava propenso a culpá-la, o que significa que ele me culpa.

— Aquele homem precisa se controlar. Como você poderia ser o culpado?

— A última acusação dele implicava que, se eu tivesse lhe dado mais prazer, você não precisaria procurar entretenimentos como os que podem ser obtidos em tais casas.

— Que homem insuportável. Meu único arrependimento é que eu possa ter atraído a raiva dele para Minerva.

— Não tema. Quando chegarem em casa, ele já estará se desculpando com ela. Ele gosta de bancar o marido indignado comigo, mas nunca ousaria ser o marido indignado com ela.

Isso a aliviou mais do que ela queria admitir para si mesma.

— Você está tão entediada nesta cidade que precisou procurar diversões como essa? — indagou ele.

— Foi uma oportunidade de passar um tempo com minhas herdeiras-irmãs fazendo algo além de beber chá. Também me permitiu descobrir coisas que de outra forma não conseguiria. Sabia que Minerva tem excelentes instintos ao jogar? E que Rosamund tem mais profundidade do que pode parecer inicialmente?

— Eu sei sobre Rosamund. O jogo é uma informação nova. O que mais você aprendeu?

Ela brincou com a retícula.

— Um pouco sobre você. Que não queria herdar o título. Que achava que o título não deveria ser seu.

O clima na carruagem mudou. O silêncio tornou-se estranho e carregado de uma intensidade que envolveu os dois.

— Isso é verdade — falou ele. — Eu me adaptei à nova situação, mas tenho responsabilidades que não queria ter e das quais não gosto. Não ajuda nada que minha família tenha o mau hábito de deixar muito pouco dinheiro para os herdeiros, e as terras não produzam a mesma renda de outrora.

Ela entendia muito bem o que ele queria dizer. A fortuna do último duque havia sido uma fortuna particular, provavelmente acumulada depois que ele também herdara terras e uma quantidade pequena de dinheiro. Ele também não deixara a maior parte dessa riqueza para seu herdeiro. Em vez disso, havia direcionado para outras pessoas, incluindo ela.

O duque era outro membro da família que provavelmente esperava que ela estivesse morta.

Não havia nada a dizer em resposta. Ficaram em silêncio até a

carruagem se aproximar do museu. A vizinhança não estava silenciosa ou pacífica naquela noite. Ouviram-se passos na calçada, vozes altas e risadas. Não soava como outra manifestação, mas como jovens bêbados voltando das casas de tolerância de Convent Garden. Seria a hora para isso estar mesmo acontecendo.

— Chase estava certo — disse ele, interrompendo sua distração. — Se eu tivesse perseguido você com mais regularidade e insistência e lhe dado mais prazer, você nunca teria estado naquela casa esta noite. E eu não estaria agora sentado aqui lutando contra o impulso de contar com a sua indulgência aos meus avanços.

O clima mudou de novo, repentina e perigosamente. Sua respiração encurtou enquanto ela esperava que o duque perdesse aquela batalha. Ela começou a esperar que ele perdesse. Memórias a encheram, muito reais para negar, de estar em seus braços e de como seus beijos e toques a excitavam.

A carruagem parou. Ficaram sentados, olhando um para o outro. Um grupo de foliões passou na rua, empurrando e brincando. A maioria dos edifícios estava escura. Bridget estaria dormindo. Uma palavra de qualquer um deles, um gesto, e poderiam subir as escadas para os aposentos de Iris. Não seria sensato, mas agora, com ele tão perto e com a consonância do desejo de ambos no pequeno espaço que compartilhavam, ela quase não se importava mais.

Para sua decepção, ele abriu a porta. Ela se sentiu totalmente covarde quando ele a ajudou a descer. O duque a acompanhou na travessia da rua para a livraria.

Ela estendeu a mão para o trinco da porta e sentiu Nicholas se aproximar atrás dela.

O braço de Nicholas envolveu-lhe a cintura. Ele se aproximou por trás dela e pressionou os lábios em sua nuca.

Ela caiu em seus braços, grata por um deles ter escolhido ser imprudente. Ele a puxou para mais perto, até que ela sentiu seu corpo contra o dela e seu abraço envolvendo-a possessivamente.

Ele recuou para uma sombra e começou a virá-la para seus braços.

Um estampido agudo rasgou o silêncio da noite.

— Maldição.

CAPÍTULO TREZE

O pandemônio cresceu ao seu redor. Botas tamborilavam, o que os deixou mudos, envoltos pela noite. Ele olhou para onde Iris estava, chocada, fitando-o. A lanterna do cocheiro balançou, lançando uma luz amarela sobre a cena. Algo escuro riscava a mão de Iris.

— Para dentro. Agora — ele instruiu. — Rápido.

O cocheiro desenganchou a lanterna e correu com a fonte de iluminação em punho. Ele a segurou perto de Nicholas.

— Vossa Graça foi atingido! Tem sangue, e seu casaco...

Nicholas olhou para o ombro. Danos óbvios em seu casaco indicavam que ele não havia saído ileso. As pessoas começaram a sair dos prédios, perguntando umas às outras se tinham ouvido o barulho.

Iris ainda estava lá.

A porta atrás dela se abriu e Bridget apareceu, cabelos ruivos esvoaçantes e Rei Arthur em seus braços.

— Leve-a para dentro — ele disse a ela.

— Mas você foi... — Iris ergueu a mão que mostrava o sangue.

— Melhor eu do que você. Agora vá. — Ele a empurrou para dentro da porta. Bridget a fechou.

— Preciso encontrar um cirurgião para o senhor — falou o cocheiro. — Se há uma bala alojada...

Nicholas moveu o ombro. Doeu, mas ele presumiu que uma bala dentro dela doeria mais.

— Acho que foi só de raspão. Apenas me leve para casa e veremos o que é quando chegarmos lá.

Uma hora depois, seu valete, Johnson, preparava um curativo. O rosto do homenzinho, normalmente desprovido de qualquer expressão, demonstrava preocupação marcante.

— Muitos sangues jovens carregando pistolas em Londres, se o senhor quiser saber minha opinião. Atrás de encrenca até mesmo quando sóbrios, e perigosos quando ébrios. Os deuses estavam cuidando do senhor esta noite, Vossa Graça.

Mais especificamente, estavam cuidando de Iris. Ele imaginou aqueles momentos em sua mente mais uma vez. Se ela estivesse sozinha na porta, sem que ele bloqueasse a visão dela... Se não tivesse começado a movê-la... O ladrão no jardim poderia ter sido uma coincidência, mas duvidava de que fosse. Ele também não acreditava que tivesse sido um acidente e o resultado de um jovem bêbado disparando sua pistola para o ar em uma demonstração embriagada de exuberância.

— Devemos trocar o curativo várias vezes ao dia, senhor. Não vai querer que infeccione. Não mais do que um arranhão feio, é claro, mas a ponta acertou o senhor ao passar.

Ele olhou para o curativo, tão parecido com o que tinha visto antes. Ele sabia muito bem que um ferimento no ombro poderia levar à morte.

Três dias depois, Iris saiu de um cabriolé em uma pequena casa perto de Piccadilly. Ela olhou para seu destino, planejando o que diria.

Uma mulher pegou seu cartão e a conduziu a uma pequena sala de estar na frente da casa. Não estava vazia. Outro visitante tinha vindo naquela tarde.

Ele olhou para ela e soltou um suspiro audível. Ela andou a passos firmes e olhou para o ombro dele, agora coberto por seus casacos.

— Não deveria estar descansando em casa? — perguntou.

— Eu mal fui ferido. Não é necessário repouso na cama.

Não se falavam desde o incidente. Ela havia cumprido seus deveres na biblioteca, imaginando como ele se sairia. Até que, no dia anterior, enviara uma mensagem perguntando a respeito. A resposta tinha sido gentil e reconfortante, mas terminou com uma pergunta própria.

Você foi ameaçada de alguma forma desde aquela noite?

A ideia a assustou. O duque pensou que não tinha sido um tiro de pistola errante causado por algum jovem embriagado farreando tarde da noite; achava que tinha sido deliberado. E direcionado a ela. Iris não concordara.

— O que está fazendo aqui? — questionou ele.

— Vim visitar o sr. Benton.

— Obviamente. Como descobriu o nome dele? Também perguntou a Sanders?

Ela caminhou pela câmara. Livros enchiam todas as paredes. Mais volumes estavam empilhados em cantos, altas torres de erudição. O sr. Benton certamente era um livreiro.

— Foi assim que você soube dele. Eu concluí o nome por esforço próprio.

— Concluiu, não foi? Como?

— Estava conversando com uma pessoa, quando o nome dele veio à tona e eu deduzi que poderia ser o livreiro que dividiu a biblioteca de seu avô. Como o inventário mostrava o nome como fonte de alguns dos melhores livros, fazia sentido.

Ela estava sentada na ponta de uma pequena cadeira. Ele se sentava no sofá. Ela supôs que encerraria por ali.

Só que não encerrou.

— Com quem você estava conversando?

Ela procurou uma maneira de se esquivar da pergunta. Nenhuma surgiu.

— Sua tia Agnes.

Ele cobriu os olhos com a mão. Ela pensou ter ouvido um gemido.

— Você não fez isso.

— Simplesmente visitei-a e nós conversamos. Achei que, como a mais velha a pertencer àquela geração, ela poderia saber de alguma coisa.

— Você apareceu na casa dela, apresentou seu cartão e ela a recebeu? Estou achando difícil de acreditar.

— Se fosse só eu, ela poderia não ter me recebido. No entanto, como eu tinha uma acompanhante, ela não resistiu. Minerva foi comigo.

— Deus... — Ele cobriu os olhos novamente.

— Você estava certo. A raiva de Chase desapareceu tão logo ele a

resgatou. Ele chegou até a se desculpar por agir de forma irracional.

Nicholas abriu a boca para dizer algo, mas, nesse momento, a porta se abriu e um homem entrou. O coração dele se apertou ao vê-lo. Magro e de estatura mediana, com cabelos loiros ralos e óculos grossos, o homem era muito jovem para ter dividido aquela biblioteca tantos anos antes.

Pela expressão do duque, ela percebeu que ele estava concluindo a mesma coisa.

— Vossa Graça. Srta. Barrington. Como posso ser útil?

— O sr. Sanders, meu advogado, examinou os registros familiares e descobriu que um certo sr. Benton foi trazido para fazer a divisão da biblioteca de meu avô — contou o duque. — Tenho algumas perguntas a esse respeito.

— Ah. Aquele era meu pai. Ele nos deixou há algum tempo. O falecido duque o favorecia como livreiro.

O duque atual começou a fazer movimentos para sair. Iris se levantou para ir também.

— Lembro-me de algumas coisas — disse Benton. — Eu era um aprendiz dele na época. Aprendendo o ofício no colo, por assim dizer. Eu era apenas um garoto, mas o ajudava.

Iris sentou-se novamente.

— Eu estive pensando... Como ele garantiu que a divisão fosse justa?

— Com astúcia, se é que posso dizer. Depois de muito debater, ele chegou a uma solução: fez seis listas de igual valor. Só isso levou meses. A biblioteca ficou uma desordem enquanto ele a percorria, as mesas cheias de listas e tudo mais. Quando chegou a um resultado de igual valor e raridades em cada lista, deixou que os irmãos escolhessem cada um a sua lista.

Iris imaginou como isso funcionaria. Nenhum irmão poderia formar sua parte com os bens mais valiosos. O que quer que fosse escolhido, não importava quem escolhesse primeiro, haveria ganhos e perdas para todos.

— Muito brilhante — disse ela.

— Isso inclui as bibliotecas nas outras casas? — perguntou o duque.

— Ah, sim. Foram umas férias e tanto visitá-las. Um verão glorioso para um rapaz.

— Existe alguma chance de o senhor ter deixado de notar alguma coisa? Uma raridade escondida em um armário, por exemplo? — indagou o duque.

— Sendo de pequena estatura, fui incumbido de rastejar para dentro dos armários. Todos foram revistados. Não faltou nada. Meu pai não era negligente em uma tarefa tão importante.

Isso não era verdade. O garoto deixara passar o *Poliphili*.

— Havia um Saltério. Com iluminuras de pequenas pinturas ocupando a página inteira. O senhor se lembra? Um rapaz dificilmente esqueceria — questionou ela.

Suas pálpebras baixaram enquanto ele se retirava para os pensamentos. Ela o imaginou percorrendo e classificando as memórias.

— Eu realmente me lembraria disso. Nada assim foi visto por mim. Alguns manuscritos, claro, mas nada tão grandioso como a senhorita descreve.

— Obrigado — falou o duque. — Vamos nos despedir agora.

Iris, porém, resistiu à partida apressada. Decerto, se passasse mais tempo com o sr. Benton, poderia incentivá-lo a se lembrar de mais. Talvez o Saltério tivesse sido mantido fora da divisão da biblioteca. Talvez o advogado o tivesse levado.

O duque quase a empurrou para fora da sala de visitas e para a porta. Ela o encarou nos degraus.

— Eu não estava pronta para ir embora. Como ousa decidir quando terminarei uma visita que eu pretendia fazer sem você? Aquele homem sabe de algo e...

— E terminamos aqui. — Ele a pegou pelo braço e a guiou até o cabriolé. — Ele não sabe nada que seja de valor para você. Aceite. Devemos procurar em outro lugar. Se de fato aquele Saltério estava entre os acervos das bibliotecas, então estará em uma das casas de meu tio. Atrevo-me a dizer que será uma busca infrutífera, pelo que parece, mas continuaremos se você exigir isso de mim.

Nicholas observou o cabriolé se afastar com uma Iris muito irritada dentro. Ele gesticulou para que sua carruagem viesse.

— Vossa Graça.

Ele se virou para encontrar o sr. Benton parado logo atrás.

— Vossa Graça, eu não queria dizer nada na frente da dama. No entanto, o nome dela... Eu o conheço.

— O avô dela era livreiro na mesma época que seu pai.

— Sim. — Ele hesitou. — Houve um escândalo. Meu pai deixou muito claro para mim a seriedade desse acontecimento. Foi prejudicial a nosso ofício como um todo.

— Bem, isso foi em outra época, com outro Barrington.

— De fato. Eu apenas pensei que o senhor deveria saber. Aquele Saltério que ela mencionou estava no centro do escândalo. Se eu tivesse visto durante a divisão, com certeza teria me lembrado.

— Claro. Infelizmente, como o senhor não o viu, a alegação de que Barrington não o devolveu ao meu avô quando o comprador recusou a compra pode ser verdadeira.

O rosto de Benton esmoreceu. Ele pareceu ofendido e um pouco assustado. O homem pigarreou.

— Receio que tenha entendido ao contrário, Vossa Graça. Seu avô não era o vendedor naquele caso. Ele era o potencial comprador. Foi ele que Barrington alegou não ter comprado nem devolvido o manuscrito.

— Entendo. Obrigado por essa informação. — Ele entrou em sua carruagem. Era uma maldita coisa ducal de se dizer. Calma. Sem emoção. Na verdade, o que ele queria dizer era: *Cães do inferno! Homem, você está dizendo que essa mulher está procurando provas de que meu avô era ladrão?*

Iris tinha acabado de vestir um avental e calçar luvas quando a porta de seus aposentos se abriu. Ela levantou os olhos de sua caixa de livros recém-adquiridos para encontrar o duque, alto e imponente, na soleira, olhando para ela. Ele estava tão obviamente zangado, tão cheio de raios e tempestades, que ela deu um passo para trás antes de se conter. Então, forçou um sorriso e voltou para a caixa, pegando um dos livros para exame.

— Que bom vê-lo duas vezes no mesmo dia, Vossa Graça. A que nossa humilde livraria deve a honra?

— Não banque a inocente comigo. Quanto aos seus sorrisos dissimulados, agora sou imune a eles. Eu sei o que você está prestes a fazer, e não vou permitir.

— Do que está falando? — Ela fez questão de continuar com o livro, porque supôs que fosse a responsável por ter causado esse humor sombrio nele.

— Benton falou mais comigo antes de eu partir. Ele me informou os detalhes daquele escândalo. — O duque avançou sobre ela. — Você me permitiu pensar que meu avô estava vendendo o Saltério, não comprando.

— Comprador, vendedor, não faz diferença. Mentiras foram contadas e um homem foi arruinado.

— Faz uma grande diferença, e você sabe disso. Para restaurar o nome de seu ancestral, você quer desonrar o meu.

Já estava farta daquilo. Ela largou o livro e encarou o duque abertamente.

— Esses são os fatos. Seu ancestral expressou interesse em uma raridade que meu ancestral poderia obter para ele. Como é lugar-comum, meu ancestral obteve o item e o entregou ao seu ancestral para que ele examinasse e avaliasse. Quando chegou a hora de comprar ou devolver, seu ancestral não fez nenhuma das duas coisas. O vendedor então acusou meu ancestral de ser um ladrão.

— E agora você acusa o meu.

— Pode ter sido um descuido. O Saltério pode ter sido extraviado.

— Mas você não acredita. Eu posso ver nos seus olhos.

— Não, eu não acredito. Porque a única coisa que meu avô disse sobre tudo isso, a única coisa absoluta, foi que foi um ato *deliberado*.

Ele caminhou ao redor da pequena sala de estar, transbordando de fúria.

— Existe alguma explicação que não desonra nenhum deles, então.

— Não creio que haja.

Ele parou em seu caminho e olhou para ela.

— Por que não?

— Porque seu tio, o último duque, sabia a verdade. Estou certa disso.

— Absurdo.

— Por que mais se comunicar comigo, quando eu não tinha nenhuma

apresentação ou referência? Eu não tinha certeza até chegar aqui e descobrir sobre o legado, mas isso é prova.

Ele caminhou até ela. Ainda tenso de raiva, mas pensativo agora.

— Você continua pensando que foram reparações?

— O que mais?

Se era sua lógica ou sua proximidade, ela não sabia, mas viu a raiva dele se dissipando. Um pequeno sorriso se curvou em um canto de sua boca.

— Ocorreu-me que ele fez isso para nos unir. É o tipo de ideia que ele teria achado divertida.

— Esse é um pensamento encantador, mas temo que não seja a verdadeira razão. Pelo que entendi, ele alterou esse testamento antes de nos conhecermos, mas depois que escrevi para ele. Não foi minha pessoa que inspirou a generosidade, mas meu nome.

Um longo momento se passou, com eles apenas olhando um para o outro, tão próximos agora que, com o menor movimento, poderiam se tocar. Atrás dele, a porta aberta se escancarou e os sons da livraria abaixo flutuaram até eles.

— Acredito que não houve mais ladrões ou tiros de pistola errantes — disse ele.

— Nenhum. E seu ombro?

— Curando-se de forma esplêndida. Já está bom o suficiente.

Bom o suficiente para quê? Não precisava perguntar. Estava em seus olhos, em sua expressão e no ar.

— Somos inimigos agora, cada um lutando por um nome de família? — ela perguntou.

— Talvez.

— Então provavelmente deveríamos decidir a questão.

Ele se inclinou e deu-lhe um beijo nos lábios.

— Sim. O quanto antes.

CAPÍTULO QUATORZE

— Philip ficará feliz se ouvir essa história. Fora de si de alegria. — Kevin deu voz aos pensamentos de todos enquanto pedia duas cartas na mesa de *vingt-et-un*. Nicholas viu seu primo vencer mais uma vez.

— É certamente uma história e tanto — disse Chase. — Vamos garantir que Philip não fique sabendo; nem ele nem ninguém. Seria maravilhoso se a srta. Barrington aceitasse o legado com o espírito que ela acredita ter sido dado e o deixasse assim.

— Você aceitaria? — Nicholas perguntou. — O nome é lembrado. Ela sofreu rechaço da sociedade por causa disso. Fui avisado para não usar os serviços dela devido a esse histórico. Ela procura limpar seu nome, assim como o de seu avô.

— Já decidiu o que fazer? — indagou Chase.

— No mínimo, permitirei que ela veja se aquele Saltério está entre as posses ducais e pedirei aos tios que também permitam a ela revistar suas propriedades. Benton pode ter cometido um erro.

— Só que você sabe que não — Kevin acrescentou do outro lado, enquanto aceitava outra mão de cartas.

Nicholas observou as cartas caírem sobre a mesa.

— Não sei por que se incomoda com essas suas invenções. Você poderia fazer uma fortuna jogando. — Ele se inclinou. — Há um truque nisso, não há? Você memoriza as cartas jogadas na mesa?

— Eu não faço isso. Mas Minerva, sim.

A cabeça de Chase se projetou na frente de Nicholas para se juntar à conversa.

— Tem certeza?

— Eu a observei por horas. O jogo dela é muito intenso porque está sempre compenetrada nas cartas.

Chase olhou para Nicholas. Em seguida, para Kevin. Ele se aprumou novamente em sua cadeira.

— Sempre me perguntei como ela faz isso. É um inferno ter uma esposa que ganha mais do que você no carteado. — Ele puxou seu relógio de bolso. — Hora de ir. Termine, Kevin. Você também, Nicholas. O dever chama.

Nicholas jogou suas cartas.

— Aonde estamos indo?

— Você tem uma apresentação de autoridade para fazer. Somos encarregados de garantir que você apareça no palco.

— Eu não gosto do som disso.

— Nem deveria. No entanto, é um daqueles momentos em que apenas aceitar o destino é provavelmente a ação mais sábia.

Ao saírem do salão de jogos, Nicholas não pôde ignorar que um primo o conduzia e outro o seguia, como se estivesse preparado para agarrá-lo se ele tentasse fugir.

— Ora, eu insisto em saber aonde vocês pensam que estão me levando.

Nenhum dos dois respondeu.

No pórtico, ele fincou pé.

— Onde? Diga-me agora ou me recusarei a acompanhá-los.

Kevin sorriu.

— É uma noite muito especial. Rosamund pediu que eu me certificasse da sua presença.

— Assim como Minerva — acrescentou Chase.

— Elas pedem e vocês simplesmente concordam? Poucos dias atrás, estavam prontos para repreendê-las por comportamento inadequado e hoje fazem um pacto com elas para me levarem a essa festa? Não estou com disposição para isso e devo recusar.

Seus primos se entreolharam.

— A srta. Barrington estará lá — disse Kevin. — Isso ajuda você a mudar de ideia?

— Suponho que essa festa não seja em um bordel masculino...

— De forma alguma.

Ele supôs que poderia comparecer por um breve período, apenas para se certificar de que tudo estivesse bem com ela. Aquele tiro de pistola não estava longe de sua mente, já que a lembrança ainda pesava em seu ombro.

— Vou fazer a vontade de suas esposas por alguns minutos. — Ele

se acomodou em sua carruagem e eles também embarcaram. — Aonde estamos indo?

Chase esperou até que a carruagem começasse a seguir.

— Para a casa de tia Agnes.

Nicholas estava em frente à casa de sua tia. A luz brilhava lá dentro e os sons da conversa se espalhavam.

— Deus me ajude — ele murmurou.

Kevin e Chase o flanqueavam e não pareciam mais ansiosos para entrar do que ele.

— Existem nomes muito rudes para homens que fazem tudo o que suas esposas querem — falou Nicholas.

— Rosamund fez o pedido em um momento estranho, quando eu estava inclinado a concordar com qualquer coisa — contou Kevin.

— Em outras palavras, ela lhe deu prazer e então partiu para a matança. Kevin deu de ombros.

Nicholas olhou para Chase.

— Você também, eu suponho.

— Bem, é *tia Agnes*. Elas devem ter presumido que dificilmente teriam sucesso de outra forma.

Nicholas balançou a cabeça.

— Quanta desonestidade. Terei que reconsiderar minha opinião sobre ambas. Também não deixei de perceber que vocês dois foram bem pagos por essa visita, mas eu não recebi tais subornos.

— Acho que devemos acabar logo com isso — opinou Kevin.

— De fato. — Engolindo a bile que ameaçava aumentar, Nicholas abriu caminho para a casa de sua tia. Assim que foi levado à sala de visitas, ele sabia que estava condenado. Não só tia Agnes os aguardava, como também tia Dolores. A reunião incluía todos os seus primos, exceto Philip. Agnes devia ter grandes planos para algo se o tinha deixado de fora, o que não permitiu também uma desculpa para Nicholas dar meia-volta e ir embora.

Algumas outras pessoas pontilhavam a sala de visitas, então não era apenas uma reunião familiar. Nicholas tinha esperanças de que isso significasse que tudo permaneceria civilizado.

À sua direita, Felicity e uma mulher ruiva compartilhavam julgamentos indelicados sobre tiaras vistas em um baile recente. À sua esquerda, um homem perguntava a opinião de Douglas sobre as manifestações políticas que assolavam a cidade, e sua esposa, Claudine, imediatamente começou a responder por ele.

— Hollinburgh — tia Agnes cumprimentou em voz alta. Ela se virou para Dolores. — Veja, irmã, eu disse que ele viria.

Ele olhou para a janela onde as três herdeiras estavam sentadas em fila, conversando. As mulheres se levantaram e fizeram uma reverência em saudação, ao olhar aprovador das tias.

O que estavam fazendo ali? Todas aquelas três mulheres haviam se tornado amigas de suas tias de repente? Ele não conseguia pensar em um desdobramento pior.

— Hollinburgh. — Uma voz feminina penetrou seu ouvido. Ele se virou para ver Felicity agora ao lado dele, vestida com um de seus caros vestidos de noite franceses. Walter aproximou-se deles, sorrindo em sua própria saudação.

— Tão divertido — disse Felicity, sem fôlego. — As tias quase nunca recebem, mas, quando soube que você estaria aqui, não pude ficar longe.

— É bom ver os dois. Também estou satisfeito por terem aceitado as herdeiras. Embora não tenham dito nada em relação a Rosamund ultimamente, raramente têm palavras gentis para Minerva.

Felicity olhou para as três mulheres com um simples reconhecimento.

— Confesso que não entendo por que elas estão aqui. Ah, as duas esposas, é claro, mas essa última... — Ela ergueu as sobrancelhas com curiosidade.

— Parece que tia Agnes gostou dela — comentou Walter. — Estranho. Assustadoramente estranho.

Nesse momento, Iris se inclinou para Agnes e disse algo que esta achou divertido. Quando as duas mulheres olharam para ele, Nicholas percebeu que ele era a piada.

Era hora de descobrir o que estava acontecendo ali. Ele se afastou de Felicity e Walter e se focou nas tias.

— Que bom que convidaram a srta. Barrington — falou com Agnes.

Dolores pareceu ficar pensativa com a menção de Iris. Agnes apenas sorriu de alegria.

— Ela me fez uma visita. Fiquei surpresa, mas lá estava ela. Claro, eu tinha que recebê-la, só por curiosidade. E ela trouxe Minerva junto! Minerva nunca me visitou. Fiquei em absoluto choque. Para minha surpresa, foi uma visita muito agradável. A srta. Barrington estava toda curiosa sobre a família e cheia de elogios em relação aos familiares que ela já conheceu. — Ela baixou a voz. — Ela é uma mulher do comércio, é claro, assim como as outras duas, mas pode-se dizer que se associou com a nata da sociedade no Continente.

Agnes tagarelava sobre a deliciosa visita. Nicholas imaginou Iris e Minerva extraindo informações que Iris procurava sobre a divisão da biblioteca e quem sabe o que mais. Como duas grandes felinas perseguindo uma gazela, as duas herdeiras haviam abatido Agnes, e ela nem chegou a perceber que estava sendo caçada.

— Já que tudo correu tão bem e Minerva comentou sobre como minha sala de visitas é adorável e como é uma pena que eu nunca receba ninguém aqui, decidi organizar uma pequena reunião. — Agnes gesticulou para o grupo com um floreio de sua mão.

Então até a recepção tinha sido ideia de Minerva. Ou de Iris. Ou de ambas. Nicholas começou a se sentir como a tal gazela.

— Eu confio, já que há pessoas de fora da família presentes, que não haverá brigas — disse ele.

A risada de Agnes diminuiu. Dolores ainda parecia pensativa. Agnes notou a distração da irmã.

— O que há de errado com você, irmã?

Dolores deu de ombros.

— Não é nada, tenho certeza. É que o nome dela, Barrington, tem corroído minha mente. Desde que ela chegou à cidade. Nunca aconteceu antes, mas agora...

Maldição.

— É um nome comum.

— Sim, mas... — Sua sobrancelha franziu. — Quando Lady Kelmsly me contou sobre aquele antigo escândalo envolvendo o avô da srta. Barrington, eu apenas presumi que fosse isso. Que eu devo ter ouvido algo sobre essa história em algum momento. No entanto, ainda me corrói. — Ela estendeu as mãos e sorriu, como se desistisse de tentar encontrar o que a corroía.

Ele não gostou muito das evidências de que Lady Kelmsly e quem sabe quais outras velhas matronas estavam fofocando sobre Iris, mas não havia como impedir.

Ele pediu licença e foi até as herdeiras. Trocou algumas gentilezas para o bem dos curiosos, então se inclinou sobre Minerva.

— O que você está fazendo? Não tente parecer inocente. Há uma trama em andamento e sinto que, seja qual for o seu jogo, sou um mero peão.

— Tão desconfiado, Hollinburgh... — falou Minerva. — É tão difícil acreditar que houve uma reaproximação com suas tias?

— Impossível de acreditar. Apenas lembre-se de que, quando a trama da srta. Barrington estiver concluída e ela voltar para Paris ou Viena, você ainda estará aqui cuidando de Agnes e Dolores.

Iris estava sentada ao lado de Minerva, então ouviu cada palavra. Assim como Rosamund, que estava sentada do outro lado de Iris. Ele dirigiu suas próximas palavras a Iris.

— Minerva tem um desconto. Conspiração e subterfúgio fazem parte da profissão dela, mas não posso acreditar que você esteja sujeitando Rosamund a isso.

— Eu insisti em estar aqui — interrompeu Rosamund. — De braços dados, podemos enfrentar qualquer coisa, até mesmo as tias.

— Se as três querem se envolver, é problema de vocês. Por favor, expliquem por que devo estar aqui.

— Para que todos esses outros convidados falem bem da reunião — respondeu Iris. — Se um duque comparece...

Inferno.

— Ah, Hollinburgh. — A voz de tia Agnes o chamava.

A menos que ele quisesse ignorar a própria tia em sua própria recepção, ele não tinha escolha a não ser voltar para junto dela. A idosa condessa de Carrington agora estava sentada à direita de sua tia. Cumprimentou a todos e esperou que a tia o irritasse.

— É tão bom ver você, Hollinburgh — disse a condessa. — A srta.

Barrington falou que o senhor provavelmente compareceria, mas achei muito otimista da parte dela, especialmente porque não compareceu à minha festa no jardim na semana passada.

— Lamento ter tido deveres que não pude evitar naquele dia. A srta. Barrington supunha que eu estaria aqui, a senhora disse? Tem muitas conversas com ela?

— Apenas algumas, mas gosto muito delas. Ela é uma garota doce com histórias maravilhosas de Viena. Gosta muito de histórias dos velhos tempos, e temo que eu goste de contá-las mais do que deveria. Oitenta anos fazem isso com a pessoa, suponho.

Histórias dos velhos tempos. Lady Carrington tinha idade suficiente para que os velhos tempos fossem realmente muito velhos.

— É generoso de sua parte permitir que Agnes dê uma festa seleta em Melton Park — continuou Lady Carrington. Ela sorriu timidamente. — Será muito bom ver aquela morada ganhar vida outra vez. Seu tio raramente recebia e nunca convidava a sociedade para ir até lá.

Nicholas sentiu a armadilha se fechar em sua perna.

— Estou satisfeito que a senhora esteja feliz com a ideia. A propriedade é linda nesta época do ano.

— Oh, sim. Eu me lembro bem. Mal posso esperar. Ora, recusei dois bailes para ficar os quatro dias inteiros.

Quatro dias? Sua mente começou a calcular impiedosamente os custos daquela recepção.

— Isso é maravilhoso. Agora devo me despedir das senhoras. Preciso trocar algumas palavras com meus primos ali. — Ele olhou por cima do ombro para onde Chase conversava com Kevin.

Agnes sorriu para ele. Dolores também. Os olhos de Lady Carrington brilharam com prazer travesso.

Ao vê-lo se aproximar, Kevin tentou ampliar seu círculo para incluir outras pessoas, mas Nicholas não aceitou. Ele olhava para os recém-chegados até que eles recuassem.

— É uma conspiração — disse ele. — E vocês dois fazem parte disso.

— É apenas uma reunião de pessoas na casa — retrucou Chase.

— De quem foi essa ideia? Diga-me agora. Sem meias-palavras.

Kevin mudou seu peso de uma perna para a outra.

— Difícil dizer. Não é nossa.

— De tia Agnes, presumo — sugeriu Chase.

— Tia Agnes deseja fazer uso gratuito de Melton Park há anos. O tio recusou os pedidos dela, e eu também. No entanto, de alguma forma, agora me vejo incapaz de detê-la. Pior, vocês me atraíram até aqui, me levaram até a beira do precipício e observaram as mulheres me empurrarem. Alguém planejou essa estratégia ignóbil, e eu quero saber quem foi. — Ele poupou um momento para olhar de volta para as três herdeiras.

Chase pigarreou.

— Vou explicar se você prometer tirar essa expressão do rosto. Os convidados estão muito curiosos sobre nossa conversa agora, devido à sua postura.

Nicholas recolheu sua raiva e engoliu a maior parte dela. Então, forçou um sorriso e o direcionou para alguns espectadores, como se dissesse: "nada de interessante aqui, então voltem para o ponche de vocês".

— Pelo que pude determinar, foi uma questão de negociação — começou Chase. — A srta. Barrington queria algo de tia Agnes, e Minerva concordou em facilitar o caminho para que elas encontrassem um terreno comum.

— Minerva detesta Agnes.

— Bem, sim, mas ela gosta muito da srta. Barrington e também fareja mistério de longe, então... — Chase encolheu os ombros.

— O que... a srta. Barrington queria de Agnes que fosse tão importante a ponto de meus familiares mais próximos me levarem para a forca?

— Como você é exagerado — disse Kevin. — Não tenho muita certeza do que ela queria ou quer. A história que ouvi foi que, no decorrer da conversa, Agnes mencionou como deseja receber convidados em Melton Park nesta Temporada e as senhoras, Minerva e a srta. Barrington, prometeram ver se conseguiriam persuadir você. Quanto ao que foi dado em troca, não faço ideia. E você, Chase?

Chase balançou a cabeça.

— Vocês dois são inúteis. Qual é a vantagem de estarem casados com as duas se não conseguem nem mesmo obter uma informação vital que possa me ajudar? Você é um excelente investigador, Chase...

— Eu tentei — objetou Kevin. — Só que... a conversa desviou-se para outras direções.

— Não me diga.

— Conversas que distraem.

Nicholas olhou para os dois. Ambos haviam sucumbido às artimanhas femininas. De novo. Ele só podia imaginar a distração daquelas conversas.

— Inúteis — ele resmungou novamente, então deu meia-volta.

— Lá vem ele — murmurou Rosamund, então tomou um gole de sua bebida.

Iris podia ver o duque com o canto do olho. Ele não parecia tão zangado quanto estava depois de sua última conversa com Agnes, mas também não parecia feliz. Seu olhar penetrante a perfurou enquanto ele se aproximava.

— Talvez vocês duas devam sair para que ele possa se pronunciar — ela sugeriu.

— Acho que você não deveria sofrer sozinha — disse Minerva. — Não sou inocente.

— Como ele apontou na chegada, você pagará caro nos próximos anos. Não há razão para começar sua sentença hoje.

Rosamund se levantou e ajudou Minerva a se levantar também.

— Minerva precisa de um pouco de ar agora, eu acho.

— Mantenha-o aqui — aconselhou Minerva. — Ele nunca fará uma cena em um recinto com trinta pessoas presentes.

Iris suspeitava de que seria mais proveitoso permitir aquela cena, onde quer que ocorresse. Ela seguiu o conselho de Minerva, no entanto, e permaneceu onde estava.

O duque atirou-se no assento ao lado dela.

— O que Agnes lhe deu em troca da traição em massa que você organizou hoje?

— Traição? Isso soa como uma peça de Shakespeare.

— Perdoe-me se sinto como se tivesse subido ao palco sem um roteiro. O que você conseguiu com Agnes?

— Eu dificilmente...

— O. Que. Você. Conseguiu. Dela?

— Apenas um pouco de informações e um convite para uma festa no jardim.

Ele olhou além dela para onde Agnes agora conversava com Lady Eubry.

— Uma festa no jardim cheia de velhas da alta sociedade?

Ela decidiu verificar o conteúdo de sua retícula.

— Aquelas que poderiam presenteá-la com histórias sobre tempos melhores?

Ela mexeu com o nó nos cordões da retícula.

— Além do nome de Benton, o que mais descobriu?

— Não o suficiente.

— Que pena. E a tal custo também. Minerva pode nunca perdoá-la.

— Minerva não contradisse meu plano de forma alguma. Se posso dizer alguma coisa, ela o encorajou.

— Era exatamente o que ela poderia fazer.

— Fiquei sabendo que, quando vivo, seu avô guardava a maior parte da biblioteca em Melton Park. Não aqui em Londres. Então, pelo menos durante essa festa na casa, poderemos fazer uma busca lá. Não estou inclinada a aceitar a avaliação do sr. Benton sobre o conteúdo. Ele era apenas um rapaz, e isso foi há muito tempo.

Silêncio ao lado dela. Ela se virou para vê-lo contemplando-a.

— Srta. Barrington, o que a faz pensar que será convidada para essa festa? Tenho alguma decisão sobre a lista de convidados, mesmo que minha tia tente fingir que é dona da propriedade.

Oh, céus.

— Acontece que já recebi meu convite.

Raios e tormentas.

— Os convites já foram enviados?

— Você não sabia? Devo dizer que sua tia é muito ousada.

— Olha só quem fala. Como você logo descobrirá, sua nova amiga, Lady Agnes Radnor, é arrogantemente ousada.

Seu corpo permaneceu relaxado, mas uma tempestade formou-se em seus olhos. Ela tentou um belo sorriso para acalmá-lo.

— Pode ser uma festa muito agradável. De qualquer maneira, teríamos que procurar naquela biblioteca uma hora ou outra. Só para ter certeza de que o Saltério não está lá.

Ele se levantou.

— Como a anfitriã será minha tia, posso até ter uma hora ou mais para fazer isso. Devo insistir em estar presente quando você procurar. Agora que sei por que procura esse manuscrito, pretendo ficar de olho em você. — Ele olhou para ela. Ela olhou para cima inocentemente. No meio minuto que se seguiu, a tempestade desapareceu de sua expressão e um tipo diferente de fúria tomou seu lugar.

— Eu me ressinto da insinuação de que eu faria algo para provar uma falsidade. Eu prometo a você que, enquanto estiver sob seu teto, poderá confiar em mim — disse ela.

— Se ao menos eu pudesse dizer o mesmo. Na verdade, a mera ideia dessa festa e de ter você sob aquele teto está se tornando mais apelativa para mim a cada minuto. — Com isso, ele mergulhou na multidão ao redor.

CAPÍTULO QUINZE

— Obrigado por ter vindo na frente comigo — disse Nicholas. Kevin estava ao lado dele na janela dianteira da biblioteca, de frente para a entrada. Duas grandes carroças e três carruagens estavam parando. Ele fora forçado a transportar a maioria dos criados de Whiteford House para atender às necessidades do grupo reunido.

Era por isso que os duques precisavam de dinheiro, pensou. Para isso e para aquelas casas que se estendiam por quilômetros, com telhados que exigiam manutenção constante e jardins elaborados que precisavam de cuidados. E seus estábulos e seus próprios guarda-roupas e as exigências de suas esposas. E as necessidades dos arrendatários, é claro — muito menos frívolas e uma preocupação constante.

Aquela pequena recepção lhe custaria bem caro. Tia Agnes, como esperado, sentia-se livre para usar não apenas a propriedade, mas também os recursos financeiros dele. Já havia chegado uma pilha de contas, e ainda mais chegariam.

— O prazer foi meu. Seguir com os criados me poupou de fazer parte da caravana da família — respondeu Kevin. — Você sabe que Chase exigirá paradas frequentes e um ritmo lento. É impressionante até mesmo que ele tenha permitido a vinda de Minerva, e ele certamente tratará todas aquelas carruagens como se fosse um marechal de campo e eles fossem transportes de tropas.

Essa caravana, prevista para chegar no final do dia, incluía não apenas as carruagens que traziam as esposas, mas também a srta. Barrington. Outros se juntaram a eles, incluindo as carruagens que transportavam os primos e as que traziam o restante dos convidados. Havia gente demais, em sua opinião. O seleto grupo reunido teria cerca de quarenta pessoas. Dois de seus tios se juntariam para jantares, mas ficariam na mansão do tio Quentin, localizada ali perto.

Ele e Kevin chegaram horas antes. Até então, sua única atividade fora exigir uma visita da governanta a respeito da distribuição dos aposentos. Mal ouvira a mulher, exceto quando ela lhe mostrou o quarto que Iris Barrington usaria. Como esta não era da família nem tinha título, e nem mesmo oficialmente era uma herdeira ainda, ela seria colocada em um quarto menor nos fundos da casa. Tudo o que importava a Nicholas era a localização por motivo de discrição. Sua porta ficava atrás da escada e apenas um lance acima do apartamento ducal. Ele já havia percorrido a distância em sua mente muitas vezes e começou a fazê-lo novamente.

Caminhou até o saguão de recepção com Kevin a tiracolo e observou os criados entrarem e correrem para cima e para baixo pelas escadas. Havia tantos deles para usar a entrada de serviço sem bloquear as escadas, que tão rara permissão havia sido concedida para que bloqueassem a entrada também. Do lado de fora da porta, seu cozinheiro de Whiteford House apontava para a entrada da cozinha, uma carroça transbordando de provisões ao redor da casa.

— Você terá que me ensinar a jogar, Kevin. Minhas contas nunca serão recuperadas de outra forma.

Kevin apontou para a estranha coleção de artefatos primitivos que decoravam as paredes do corredor e a escada.

— Por que não vender um pouco disso? Ou alguma outra coisa? O tio colecionou mais itens do que qualquer homem precisaria. Você também pode esvaziar um pouco as propriedades e fazer algum dinheiro no processo.

— Provavelmente é hora de fazer isso. Hesitei porque parecia impróprio simplesmente pôr abaixo a casa que ele conhecia. Mas o tempo passou e esse sentimento também. Existem alguns itens muito raros que provavelmente levarei de volta para a cidade e cuidarei da venda.

Kevin espiou pela porta aberta, onde viu a última carroça se aproximando.

— Quanto tempo até que as hordas caiam sobre nós? Trouxe meus papéis e estou inclinado a subir e...

— Dê-se esse prazer por algumas horas. Você não fará falta até o jantar.

Kevin assentiu e começou a subir as escadas. Ele então parou.

— Ela encomendou um guarda-roupa novo só para esta reunião da família.

— Quem encomendou? Rosamund?

— A srta. Barrington.

— Acho que mal houve tempo para isso.

— Rosamund conhece algumas modistas mais novas que estavam dispostas a trabalhar com suas costureiras vinte e quatro horas por dia para ter a chance de exibir suas criações entre as damas que estarão aqui. Uma estava disposta a fazer de graça, mas a srta. Barrington insistiu em pagar.

Ele se perguntou onde ela conseguira o dinheiro. Talvez tivesse decidido viver de acordo com suas expectativas futuras, afinal. Ou talvez os livros do tio Felix tivessem gerado comissão suficiente para pagar por alguns vestidos.

Assim que Kevin desapareceu escada acima, o mordomo londrino se aproximou. Powell havia chegado dias antes para supervisionar os preparativos.

— Vossa Graça, uma palavrinha, se puder fazer a bondade de me conceder um instante do seu tempo.

Mordomos querendo uma palavrinha pouco antes de uma reunião familiar nunca era uma boa notícia. Nicholas esperou.

— As senhoras, senhor. Elas estão insistindo em um jantar nada prático na última noite.

Tia Agnes e tia Dolores tinham vindo dois dias antes para concluir seus planos. Nicholas tinha conseguido não vê-las desde sua chegada.

— Prossiga.

— Elas querem que seja no lago, senhor. Com lanternas chinesas penduradas nas árvores e... — O homem ofendido reprimiu um suspiro. — E fogos de artifício após a refeição, como fazem em Vauxhall Gardens. Já expliquei que transportar todas as mesas e cadeiras, as louças e talheres, as toalhas de mesa, as velas não é razoável, Vossa Graça. E se chover depois de tudo isso? Mesmo com o pessoal extra trazido da Capital e os contratados do vilarejo...

— Contratados do vilarejo? — Um latejar começou atrás de sua têmpora direita. — Quantos?

— Quatro moças e dois rapazes. As senhoras exigiam mais, para garantir que os convidados fossem bem servidos, mas eu as convenci de

que seis seriam mais do que suficiente. Já expliquei que é muito mais difícil fazer um jantar ao ar livre do que um piquenique. Os piqueniques podem ser colocados em cestos e servidos sobre mantas da forma mais charmosa e informal. Quanto aos fogos de artifício, não temos nenhum, nem sei onde obtê-los a tempo, exceto enviar um homem de volta à Capital para ver se é possível comprar.

— Diga a elas que eu proíbo o jantar no lago. Além disso, não haverá fogos de artifício após o jantar.

O mordomo lambeu os lábios.

— Vossa Graça, eu não suponho que o senhor...

O inferno que ele faria alguma coisa. Pretendia passar as horas seguintes em seu escritório com alguns papéis que precisavam de atenção, mas imaginou Agnes descendo vindo ao ataque com exigências e reclamações.

— Coragem, homem. Estou de partida para cavalgar pela propriedade, então cabe a você entregar minha decisão.

Iris pensava em fomentar uma revolução. O coche se movia em um ritmo absurdamente lento, apesar da estrada ser bem decente. Na frente dela, até Minerva estava perdendo a paciência.

Do lado de fora, podia-se ver Chase passar a cavalo a cada poucos minutos, sempre diminuindo a velocidade para espiar sua esposa, como se para se assegurar de que não houvesse cometido um erro terrível ao permitir que ela viesse.

— Duvido de que chegaremos antes do anoitecer nesse ritmo — falou Minerva. — Se pararmos de novo na aldeia à frente, posso ser capaz de gritar.

— Ele está apenas tentando garantir seu conforto — disse Rosamund. — Mulheres em sua condição geralmente aceitam paradas frequentes, assim como as senhoras mais velhas nas carruagens que nos seguem.

— Estou bem ciente da necessidade de uma mulher grávida de fazer visitas frequentes às instalações, mas não a cada meia hora — respondeu Minerva. — Não estou tão adiantada nos meses para exigir esse tipo de coisa, ou nesse ritmo levaremos três vezes o normal para chegarmos ao nosso destino. Se não seguirmos em frente, passaremos mais uma noite em uma hospedaria. Iris, talvez você possa falar com Chase e...

— Tenho certeza de que você pode ser mais persuasiva do que eu — disse Iris.

Rosamund engoliu uma risadinha. Minerva suspirou.

Quando o cavalo de Chase apareceu novamente do lado de fora da janela, ela se esticou, abriu a cortina e acenou para ele. Tudo o que Iris podia ver era Minerva olhando para cima e a perna masculina suspensa na lateral de uma sela.

— Querido, me preocupa que tanto tempo dentro desse coche não seja saudável para ninguém. Talvez possamos aumentar nossa velocidade, o que acha?

— Não quero que você vá sacolejando pela estrada.

— Eu sei, e isso é muito atencioso da sua parte. No entanto, mal estou sofrendo sacolejos, e um pouco mais de velocidade não importaria, eu acho. Prometo avisar se for demais.

— Eu não acho...

— Iris ameaçou interferir com o cocheiro se vir qualquer indicação de que estou sendo incomodada. Você sabe como ela pode ser obstinada, e ela nem achou que eu deveria vir. Como você e ela pensam da mesma forma em relação à minha condição, tenho certeza de que ela permanecerá vigilante em seu nome.

Iris deu um pequeno chute no pé de Minerva. Esta a ignorou. Em vez disso, sorriu para o marido. Chase conseguiu se abaixar o suficiente para que sua cabeça aparecesse ao lado da perna. Ele olhou dentro da carruagem para Iris. Desconfiado, ela pensou. Ela tentou parecer desaprovadora e severa.

— Promete que me alertará imediatamente se Minerva sofrer algum impacto, srta. Barrington? Se eu tiver sua palavra sobre isso, suponho que poderemos desenvolver uma velocidade melhor.

— Vou mandar parar a carruagem imediatamente se perceber uma coisa dessas — prometeu Iris.

O cavalo desapareceu. Um momento depois, o coche acelerou.

Com um sorriso de satisfação, Minerva recostou-se novamente na almofada.

— Então, que aventuras vamos planejar para tornar essa reunião familiar suportável?

Iris observou a criada desfazer sua bagagem, com seu novo guarda-roupa. O baú estava cheio de sedas e rendas, plumas e finos trabalhos manuais. Várias novas tiaras compradas na chapelaria de Rosamund completavam os conjuntos.

Os aposentos eram pequenos, charmosos e perfeitos. Situados na parte dos fundos da casa, suas duas janelas compridas davam para o jardim. Se ela abrisse a janela, poderia olhar para um grande terraço. O sol tardio iluminava as janelas voltadas para o leste.

— Deseja mais alguma coisa, srta. Barrington? — A menina não devia ter mais de quinze anos e estava visivelmente nervosa. Suas mãos tremiam enquanto ela tirava os vestidos dos baús, e seu rosto branco corava até a linha do cabelo loiro sempre que Iris se dirigia a ela. Aquela não era uma das criadas da Capital, ela presumiu. Como a convidada de menor status, ela receberia uma criada ignóbil na mesma medida.

— No momento não, Kathleen.

O rubor tomou conta desta outra vez.

— Então vou deixar a senhorita se refrescar. Há água esperando no quarto de vestir e trarei mais para quando for se preparar para o jantar. Poderei então acordá-la se for necessário e ajudá-la a se vestir, a menos que prefira me chamar quando for conveniente.

— Seu plano parece bom para esta noite.

Depois que Kathleen saiu, Iris fez uso da água morna no quarto de vestir, então rapidamente tirou seu traje de viagem. Vestiu um de seus novos vestidos, um de seda rústica enganosamente simples que tinha um lindo tom rosa profundo. Estava arrumando o cabelo quando uma batida baixa soou na porta. Ela confiava que Kathleen ainda não tivesse retornado. O sol ainda nem havia se posto.

Quando abriu a porta, encontrou o duque do lado de fora.

— Finalmente, todos vocês chegaram — disse ele.

— Está visitando os convidados um por um para lhes dar as boas-vindas? Quanta generosidade da sua parte.

— Eu nunca faria isso. Pode reforçar a ideia de que são meus hóspedes,

quando quero que fique claro que são hóspedes de minhas tias.

— Parece uma linha tênue.

— Uma linha necessária, a menos que eu esteja disposto a bancar o anfitrião por quatro dias sem pausa, o que não estou. — Ele entrou no quarto dela sem ser convidado e olhou em volta. — Parece menor do que eu me lembro. Posso mandar acomodarem você em outro quarto.

— O aposento me agrada, então, por favor, não. A governanta já tem o suficiente para fazer agora. Além disso, onde mais ela pensaria que seria o meu lugar? Eu meio que esperava ser levada para o sótão onde os criados dormem, já que sou pouco mais de uma no momento.

Ele espiou pela janela.

— Isso não é verdade. — Ele se virou e deu a ela um longo olhar, observando-a da cabeça aos pés. — É um vestido adorável. Fica bem em você.

Iris sentiu-se corar mais do que Kathleen.

— Estava indo a algum lugar? — ele perguntou. — Você não parece pronta para descansar.

— Pensou que me encontraria desnuda? — ela disse de repente, soando mais paqueradora do que pretendia.

— Sempre houve a chance de que acontecesse.

— Descansei por horas a fio naquele coche. Pensei em explorar um pouco.

— Não a biblioteca, acredito. Eu disse que devo estar com você para isso.

— E assim você estará, ao que parece. — Ela caminhou até a porta e saiu.

No corredor, Iris olhou em volta. Uma outra porta dava para o patamar ali atrás da escada. Seria difícil ver que o duque a havia visitado e entrado em seu quarto, mas não era impossível.

— O que é aquela porta? — ela perguntou quando o duque se juntou a ela.

— Conduz a uma escada que sobe até o telhado. Levarei você amanhã se o tempo estiver bom. Dá para ver a maior parte do condado lá do alto. Agora mesmo, vou fazer um tour pelos ambientes sociais da casa.

Eles contornaram a escada e desceram para o próximo nível. Ele explicou que os apartamentos ducais ficavam ali. Desceram outra grande escadaria e passaram pela sala de estar e pelo salão de baile. Desceram mais uma vez para o nível da entrada principal. Passaram pelo salão de recepção cheio de artefatos primitivos, e ele a guiou até a biblioteca, que ocupava toda a parte posterior do edifício.

Era uma biblioteca gloriosa, um lugar dos sonhos. Estantes soberbas cobriam todas as paredes. Móveis confortáveis pontilhavam os tapetes. Lâmpadas por toda parte, para serem acesas para leitura noturna. Duas grandes mesas ocupavam a área dos fundos, onde o sol do leste forneceria luz para trabalho compenetrado. Uma enorme lareira ocupava um lugar de destaque em uma parede.

Nem todas as estantes estavam cheias. Havia espaço para mais livros. Ou melhor, a retirada dos livros havia deixado grandes lacunas.

— Deve ter pelo menos o dobro de livros do que na casa da Capital — comentou ela, passeando por aquelas estantes, notando a organização. Ficou tão absorta nas lombadas que quase esqueceu que ele a seguia. Quase. Sua presença e proximidade criavam uma tensão, como um vago puxão, que exigia atenção.

Do lado de fora das portas do leste, uma escada levava ao terraço que ela vira de sua janela. Tinha sido construído naquela extremidade da biblioteca. Ela olhou além do jardim para as colinas.

— O que é aquilo ali? Parece que uma ponte está sendo construída, mas não vejo rio ou córrego.

— Esse é um dos projetos de Kevin. É um aqueduto, como o dos romanos. Começa em um lago alimentado por uma nascente ao norte e depois aponta para esta casa. Ele acredita que pode transportar água para cá dessa maneira.

— Que ambicioso. O que acontece quando a água chega aqui?

— Irá para uma cisterna. Ele acha que pode encontrar uma maneira de levá-la para os aposentos. Está projetando uma bomba para fazer isso, de modo que haja água prontamente disponível em cada piso sempre que for desejado. — Ele encolheu os ombros. — Estou permitindo que ele tente. Acho que está adaptando bombas usadas em motores a vapor ou algo assim.

Ele ficaria feliz em explicar tudo para você. Pergunte a ele se encontrá-lo em um dos jantares a que todos nós seremos submetidos.

Ela se virou e esticou o pescoço para olhar a fachada do prédio.

— É impressionante. Muito mais do que um homem precisa. Talvez seja bom que haja pessoas aqui por alguns dias.

Ele riu e balançou a cabeça.

— Não diga isso em voz alta novamente, ainda mais na presença de qualquer membro da minha família, eu imploro. Venha comigo. Eu tenho algo para lhe mostrar.

Voltaram para casa, passando pelo salão de baile, e subiram ao nível dos aposentos ducais. Lá ele a conduziu até uma porta. Ela se perguntou se ele teria a ousadia de acompanhá-la até seu apartamento. Uma coisa era perceber as possibilidades de intimidade durante a visita, e outra era tentar explorá-las antes mesmo de fazer uma refeição.

Em vez disso, a porta se abriu para um grande escritório. Um tanto bagunçado. Ao contrário de Whiteford House, ali o escritório parecia bem usado. Papéis enchiam o tampo de uma escrivaninha e várias pastas pareciam prestes a cair em uma mesa ao lado de uma poltrona perto da lareira.

Ele foi até um armário, tirou uma caixa de mogno de bom tamanho e a colocou sobre os papéis em cima da mesa.

— Acho que você disse que seu pai era um vendedor de arte. Aprendeu muito com ele?

— Meu interesse eram os livros, mas era difícil não aprender um pouco. Vendi algumas pinturas ao longo dos anos.

— Diga-me o que pensa disso. Achei escondida, provavelmente pelo meu tio. Ele tinha o hábito de esconder coisas. Geralmente moedas de ouro, mas procurando mais moedas, encontrei isso. — Ele abriu a caixa.

Ela se aproximou e olhou para baixo, o que significava que estava junto dele, tão perto que seus corpos quase se tocaram. Ela se entregou à maneira como a atração se intensificava entre eles, então fixou o olhar no que a caixa continha.

Lá dentro, aninhada em uma base espessa de veludo ocre, estava um magnífico vaso de vidro azul-escuro com figuras em relevo branco ao redor da circunferência. A coisa toda parecia um enorme camafeu em forma de vaso, com a luz penetrando no material mesmo aninhado no veludo.

— Meu Deus — ela suspirou.

— Provavelmente é muito valioso, eu imagino.

— Como o falecido duque tinha urnas chinesas de valor inestimável cambaleando sobre pedestais, prontas para serem destruídas por qualquer visitante que passasse, eu presumiria que um objeto que ele escondia fosse muito mais valioso do que aquelas peças.

— Isso me lembra aquela urna romana. O Vaso de Portland. Esse é mais escuro e um pouco maior, mas a arte é semelhante. Pelo menos aos meus olhos. Você concorda?

Ela passou as pontas dos dedos sobre a superfície. As figuras brancas elevadas tinham sido esplendidamente trabalhadas, e a luz criava sombras e destaques em suas formas iridescentes.

— Eu também acho.

— Se for da mesma idade do Vaso de Portland, você diria que é mais valioso do que o *Poliphili*?

— Seria muito mais valioso do que qualquer livro impresso. É único. É extremamente raro. Sua semelhança com o Vaso de Portland aumenta enormemente o valor. E qualquer pessoa pode apreciar sua beleza, embora seja preciso um olho treinado para apreciar o *Poliphili* plenamente.

Ele começou a levantar o vaso, mas ela rapidamente colocou a mão sobre a dele, para detê-lo.

— Você já tirou isso antes?

— Nunca, mas achei que você gostaria de vê-lo na luz.

Ele não moveu a mão e a dela permaneceu com a sua por cima. Ela notou sua força e forma, seu calor e a sensação de sua pele. Como parecia masculino em comparação com a dela, pequena e macia.

— Por favor, não remova agora, eu peço. É muito frágil. Se você o deixasse cair, eu ficaria horrorizada. Apenas deixe-o aí, seguro.

Ele hesitou ainda mais, com a mão ainda no vaso. Se ele se mostrou indeciso ou se estava gostando daquele breve toque, ela não sabia.

Por fim, o duque moveu as mãos e fechou a caixa.

— Você conhece alguém que compraria? Algum de seus colecionadores

também tem preferência por vasos antigos?

Ainda maravilhada com a beleza do vaso e com o delicioso contato breve que ele proporcionara, Iris demorou um pouco para entender a pergunta.

— Talvez haja no máximo um punhado de colecionadores com acervos deste calibre no país, e eu jamais arriscaria transportá-lo para o exterior. Se eu fosse você, começaria com o duque de Devonshire. Você também não precisará de um intermediário com ele.

— De duque para duque, você quer dizer.

— Sim. Coloque um valor muito elevado e veja o que acontece.

— Elevado quanto?

Ela considerou o apelo de tal raridade para um homem que tinha uma das maiores fortunas do mundo.

— Comece com duas mil libras.

Terminada a conferência sobre o vaso, ficaram parados, sem que nenhum dos dois se movesse. Aquele podia não ser o apartamento dele especificamente, embora ela imaginasse que houvesse uma conexão. A privacidade que compartilhavam a pressionava e convidava a reflexões impróprias sobre maneiras agradáveis de passar a hora seguinte.

Pela expressão dele, ela adivinhou que ele especulava sobre a mesma coisa. No entanto, ambos sabiam que algo se interpunha para tornar tal diversão imprudente. Logo teriam que decidir se eram inimigos, ele dissera. Ainda não, no entanto. A hesitação dele dizia isso tão claramente quanto as palavras.

— Acho que vou voltar para a biblioteca — disse ela, e se esgueirou em direção à porta. — Esses papéis sugerem que você tem deveres que clamam pela sua atenção. Prometo não remover nada nem colocar sua família em desvantagem de qualquer forma enquanto eu estiver lá. Espero que você possa confiar na minha palavra.

Ela escapuliu, para não resistir a ter que sair quando chegasse a hora e ela soubesse que não tinha escolha.

O jantar não foi tão horrível quanto Nicholas esperava. Todos os parentes se comportaram bem, e os convidados claramente gostaram de estar de volta a Melton Park. Abundavam as histórias sobre festas na época de seus avós.

Ele não podia deixar de atuar como anfitrião, embora tivesse feito questão de chegar à reunião tarde o suficiente para agir como um mero convidado.

Tia Agnes colocara o tio Quentin à esquerda dele. Quentin tinha sua própria propriedade não muito longe de Melton Park, embora raramente a deixasse para visitar a propriedade ducal. Ele preferia uma vida tranquila fora das fofocas e maquinações da alta sociedade. Homem alto, de cabelos grisalhos e jeito retraído, mantinha relacionamento formal com os filhos Walter e Douglas. Quieto como o último, ele passava a maior parte do tempo observando durante o jantar.

Além de amabilidades, eles falaram pouco até perto do final da refeição.

— Ela é uma mulher bonita — comentou tio Quentin. — A srta. Barrington, quero dizer.

— Ela é.

— Não bonita à maneira de Felicity. Poucas mulheres são tão adoráveis quanto Felicity. Esse é o problema dela.

Nicholas olhou para onde Felicity estava conversando com Lorde Carrington.

— É como se ela tivesse mandado fazer seu retrato pelo melhor artista e depois se tornasse o retrato — continuou Quentin, entre goles de vinho. — Tudo o que você consegue é a beleza da superfície. Por outro lado, a srta. Barrington é franca. Suas profundezas são quase tangíveis. O avô dela era um pouco assim.

A atenção de Nicholas se concentrou no tio.

— O senhor o conheceu?

— Não pessoalmente, mas ouvi a respeito. Havia um escândalo em torno dele. Como também envolvia nossa família, fiquei curioso.

— Estou familiarizado com o escândalo.

Quentin não respondeu a isso. Nicholas se perguntou se teria sido um aviso. Ele começou a voltar sua atenção para Lady Carrington, à sua direita.

— Ele não fez aquilo, é claro — disse Quentin, como se a conversa nunca tivesse terminado.

— Quem não fez?

— Barrington. Por que ele faria? Não é como se ele pudesse vender aquele manuscrito se o guardasse para si. De que adiantaria?

— Talvez ele só quisesse tê-lo.

— O homem negociava essas coisas. Não arriscaria ser chamado de ladrão por cobiçar uma daquelas raridades. Eu não. Nem você. Por que ele faria isso?

Nicholas deixou a pergunta no ar.

— Está dizendo que seu pai mentiu sobre devolver o Saltério a Barrington. Está chamando seu próprio pai de ladrão.

Quentin refletiu.

— Talvez houvesse uma explicação que pouco tivesse a ver com o valor de um manuscrito antigo.

— Tem uma teoria sobre isso?

— Nenhuma, em absoluto. Meu pai, assim como meu irmão, tinha uma grande fortuna pessoal. Se ele quisesse, poderia simplesmente comprá-lo.

— É mais provável que ele tenha devolvido.

— É por isso que você está deixando essa mulher vasculhar as bibliotecas da família? Para provar que não está em uma delas?

— Sim. Ela gostaria de revistar a sua, se o senhor permitir.

— Ela é bem-vinda, mas será um dia perdido. Vendi metade da biblioteca, a melhor metade, há vários anos. Todos os volumes foram examinados e contabilizados na época. Nenhum dos meus filhos se preocupa o suficiente com incunábulos e outras impressões raras para eu deixar esses livros para eles. Eles vão preferir mil vezes o dinheiro que esses livros gerarem.

— Walter certamente preferirá.

Quentin suspirou e balançou a cabeça.

— Está ciente disso? Suponho que toda a família esteja. Walter vive além dos meios que possui. Isso requer um esforço concentrado, já que tem recursos consideráveis. Infelizmente, ele tem uma esposa que pensa que deveria viver como uma duquesa, e ela gasta de acordo. Você viu como todas as mulheres notaram o vestido de jantar dela quando entrou na sala de visitas? Ela vive para isso. Infelizmente, meu filho está obcecado por ela. Sempre esteve. Ela será a ruína dele.

— Duvido que fique tão ruim assim. Walter não é estúpido.

Ele olhou mais adiante na mesa, na direção de seus filhos.

— Felicity é uma das razões pelas quais raramente vou à Capital. Não gosto de estar com ela. Sinto que ela está sempre calculando o estado da minha saúde, na esperança de descobrir que estou ficando debilitado.

Nicholas não gostava muito de Felicity, mas a crítica de seu tio parecia extrema. A esposa de Walter não era pior do que muitas mulheres elegantes da alta sociedade. No entanto, a expressão de seu tio o fez parar.

— E está ficando debilitado?

Um longo suspiro. Um sorriso vacilante.

— Uma doença do coração. Não vai demorar muito para eu encontrar seu pai, Nicholas. Vai ser bom, pelo menos. Tenho sentido muito a falta dele.

A reviravolta na conversa deixou Nicholas sério. Ele olhou fixamente para o tio e viu uma resignação em seus olhos que indicava que a notícia não era exagerada. Agora que prestava muita atenção, notou também um aspecto encovado ao redor dos olhos e da boca que talvez não fosse resultado da idade avançada.

— Walter e Douglas sabem?

— Eu contei no final do ano passado.

Seu tio bebeu um pouco de vinho e fez uma careta. Ele encarou Nicholas completamente.

— Eu disse para ele não fazer isso. Que não valia a pena. O próprio Frederick ordenou que ele se retirasse, mas ele estava determinado a forçar a retratação de um boato estúpido em que ninguém jamais acreditaria.

Nicholas experimentou um estranho calafrio. Agora estavam falando sobre seu pai.

— Que boato?

Seu tio recuou a cadeira e se levantou.

— Não há razão para arrastar isso tudo por muito mais tempo, especialmente porque ele morreu para enterrá-lo. Com licença, agora. Preciso de um pouco de ar.

— Precisa de ajuda, tio?

— Vou ficar bem depois de alguns minutos.

— Quando seria um bom dia para levar a srta. Barrington para ver sua

biblioteca? Podemos abrir mão disso inteiramente se...

— Venham. Mas não amanhã. Concordei em permitir que minhas irmãs usassem minha propriedade para um almoço à beira do rio. As damas podem fofocar enquanto os cavalheiros pescam. No dia seguinte seria melhor.

Seu tio foi embora. Nicholas observou, notando que Quentin parecia muito mais frágil do que ele se lembrava.

Ele voltou sua atenção para Lady Carrington, que o presenteou com uma fofoca a respeito da esposa de um visconde que havia desaparecido com o tutor de seu filho. Mas a maior parte da mente de Nicholas fervilhava de curiosidade sobre o boato que levara à morte de seu pai.

Iris passeava pela sala de visitas, conversando com os convidados. Ela já havia falado com a maioria das senhoras antes do jantar ou depois, quando as mulheres se retiraram para lá e deixaram os homens com seu vinho do Porto. Agora todos haviam se reunido e a noite estava terminando.

Em cada conversa, ela conduzia a discussão para a casa e para o homem que reinara duas gerações atrás. Se esperava a insinuação de mau-caratismo, ou mesmo crueldade, ficou desapontada. Agnes havia escolhido seu grupo para incluir amigos dos duques, e todos eles consideravam os dois últimos os homens mais excelentes. Nenhum deles sequer levantou uma sobrancelha para sugerir outras opiniões que não eram pronunciadas.

O atual duque parecia estar se divertindo, apesar de suas queixas anteriores sobre a festa. Ele agia mais como o anfitrião do que imaginava, e a atenção se voltava para onde quer que ele passasse. As damas sorriam com apreço, e os cavalheiros se insinuavam. Ser recebido por um duque não era pouca coisa, mesmo que a pessoa tivesse um título.

Em dado momento, os caminhos dela e do duque se cruzaram. Ele fez uma pausa para passar o tempo. Qualquer um que assistisse presumiria que eles estavam discutindo os últimos bailes.

— Você tem estado ocupada — disse ele, sorrindo o tempo todo. — Soube de algum ato nefasto de meus ancestrais?

— Nenhum. Claro, esse grupo não é composto pelo tipo de gente que relataria essas coisas para mim.

— Talvez não existam tais histórias para contar.

— Toda família tem pelo menos alguns segredos.

— Se assim for, eu sou tão ignorante de nossos segredos quanto você.

Ela quase acreditava. A verdade era que algumas famílias eram muito boas em guardar seus segredos, até mesmo de seus familiares. Ela acreditava que os Radnor eram uma dessas tribos.

— Você recebeu permissão de seu último tio para eu ver a biblioteca dele? — O tio em questão, Quentin Radnor, tinha sido difícil de puxar para qualquer conversa. Um cavalheiro do campo, ele parecia alguém que preferia atirar e cavalgar a comparecer a eventos como aquele. Claramente considerava enfadonha qualquer conversa sobre amenidades e qualquer assunto feminino.

O duque se virou apenas o suficiente para poder falar bem baixinho.

— Eu conversei com ele. Encontre-me no terraço e revelarei o que ele disse.

Ela olhou ao redor. A festa estava acabando. Vários dos casais mais velhos já haviam partido, e Agnes e Dolores agora se dirigiam para a porta. Logo, escapar não atrairia muita atenção.

— Estarei lá em cinco minutos.

Minerva e Chase estavam saindo, e o duque caminhava junto com eles. O último dos convidados começou a se retirar em definitivo com a saída do duque.

Iris esperou até que a sala de visitas se esvaziasse. Então se dirigiu ao salão de baile, atravessou-o e saiu para o terraço no momento em que o duque subia os degraus da biblioteca abaixo.

— Tivemos pouco tempo para conversar — disse ele ao se aproximar dela. — Eu não tive a chance de dizer como você está bela.

Ela olhou para seu conjunto.

— Não resisti à cor. Como a cerâmica Celadon.

— Achei que tinha reconhecido. É bom que esteja fazendo um agrado a si mesma.

— Eu não poderia voltar ao Continente sem algumas coisas novas. — A verdade é que tinha concedido a si mesma mais do que ela podia pagar no momento. Se algo atrasasse aquele legado por muito tempo, ela estaria em

território ruim, e sempre evitava essa possibilidade. — O que disse seu tio Quentin?

— Ele concordou em abrir a biblioteca para você. Depois de amanhã. No entanto, disse que vendeu a melhor metade e que não resta nenhuma raridade de qualquer tipo.

— É provável que ele saiba disso com certeza?

— Ele não é um bibliófilo, se é isso que você está perguntando. No entanto, ele tem interesses acadêmicos e é um homem que sabe o valor do que possui.

— É uma pena que eu não soubesse que ele tentara se desfazer dos melhores livros. Eu teria gostado de providenciar a venda deles.

— Você provavelmente estava ocupada fascinando homens em Paris, assim como estava fazendo aqui esta noite.

— Isso é uma repreensão?

Ele olhou para ela por um longo momento.

— De jeito nenhum. Foi um elogio. Não há muitas mulheres que poderiam se dar tão bem com tal companhia nessas circunstâncias.

Ela sentiu seu rosto esquentar.

— Tenho alguma prática.

— Suponho que tenha.

De repente, ambos pareciam muito sozinhos, como se toda a casa tivesse bocejado e adormecido. Exceto eles. Dois castiçais ainda ardiam no terraço, mas ela duvidava de que algum criado viesse pegá-los enquanto o duque estivesse ali.

— Seu tio não tinha mais nada a revelar? Você fez parecer que tinha notícias dele.

Nicholas se virou para o jardim, o que o trouxe bem ao lado dela. A lateral de seu corpo roçou o dela, ou pelo menos ela reagiu como se tivesse. Um arrepio maravilhoso percorreu-lhe as costas.

— Ele sabia tudo sobre o escândalo e o Saltério. Aconteceu antes de ele nascer, mas ele tomou conhecimento.

— Como?

— Creio que ele fez perguntas e alguém lhe contou. Ele acha isso um enigma. Dois homens alegando duas coisas, sendo que nenhuma das duas

faz muito sentido. Seu avô não arriscaria todo o seu ofício pegando um manuscrito que não poderia vender sem provar que era um ladrão. Meu avô não pegaria um manuscrito que pudesse comprar facilmente se quisesse.

Isso resumia tudo muito bem.

— Acho que significa que a questão não era realmente o Saltério. Foi apenas uma maneira de arruinar meu avô. Ele me disse que foi deliberado.

— Eu não acho que eles se conheciam bem o suficiente para haver uma razão. Alguns livros foram negociados entre eles, mas não há indicação de que fossem amigos, ou inimigos, ou mesmo que tivessem relações sociais. Um era livreiro e o outro, duque.

Absurdo, em outras palavras. Mesmo essas poucas vendas podiam não tê-los trazido para a companhia um do outro. Tudo poderia ter sido feito por um intermediário, como um secretário.

— Acho que ninguém que serviu seu avô está ainda vivo — disse ela.

— Improvável. — A palavra foi murmurada perto de seu ouvido.

Mais arrepios. Maravilhosos.

— Obrigada por descobrir o que pôde com seu tio. Suponho que, se ele sabia de tudo isso, o falecido duque também poderia saber. Isso explica por que ele sabia meu nome e quem eu provavelmente era. Talvez alguém que o tenha servido pudesse...

As pontas dos dedos dele pousaram nos seus lábios, parando-a.

— Não adianta continuar especulando, já que não quero ouvir mais nada. Minha atenção está completamente em como o céu noturno é semelhante aos seus olhos. As chamas atrás de nós estão criando pequenas estrelas neles.

Não, os fogos que faziam isso estavam dentro dela, subindo das brasas que haviam ardido desde que ela o vira pela primeira vez. Ela adorava o que essas sensações faziam com ela. Excitações baixas e profundas moviam-se e pulsavam, e suas respirações cada vez mais curtas desmentiam a forma como seu peito inchava com uma necessidade dolorosa.

Ainda estavam a centímetros de distância, o pequeno espaço criando um anseio delicioso. Apenas as pontas dos dedos a tocaram, ainda descansando em seus lábios. Ela o olhou nos olhos. Então abriu a boca e mordeu delicadamente um de seus dedos.

Ele apenas a observou, mas ela sabia o que isso fazia com ele. Ela sabia que não poderia. Não deveria. Nada disso mais importava quando ele a pegou em seus braços e a arrastou para as sombras.

Paixão, imediata e forte. Derramou como se uma represa tivesse sido rompida por água corrente. Sua mente recuou e ela só sentiu o prazer em cascata enquanto eles se beijavam, se agarravam e compartilhavam a fome um do outro. Sua mão a pressionou através da seda em carícias destinadas a enlouquecê-la. A euforia foi sua ruína, especialmente quando o abraço a ergueu para que ele pudesse beijar seu decote e encaixar a mão em concha em seu seio.

Se pudessem ter permanecido ali e feito uma cama na calçada do terraço, ou se estivessem a poucos centímetros de um de seus quartos, poderiam ter continuado assim e permitido que o desejo avassalador prevalecesse. Em vez disso, havia apenas o corrimão e uma parede se decidissem seguir aquele caminho. Ela começou a exortá-lo, com seus beijos e carícias, a considerar a segunda opção.

Um som. Pequeno e discreto. Uma porta se abriu e fechou. Ambos congelaram. Ela saiu de seu abraço e deu um passo para o lado.

Iris prendeu a respiração, tentando abrir espaço para o pensamento racional dentro do caos que confundia sua mente.

— Um criado, talvez.

— Provavelmente. — Ele agarrou o corrimão e olhou para a escuridão, então direto para ela. — Isso não vai funcionar.

— Não.

— Decidi que não parecemos ser inimigos. — Um sorriso lento se abriu. — Na verdade, agora eu não dou a mínima se formos. — Aquele sorriso se tornou perigoso. — Eu poderia alcançar sua porta sem que ninguém me visse. Se eu fizer isso, você a abrirá para mim?

Sim, sim. Ela fechou os olhos para que a mera visão dele não a influenciasse. Suas emoções atuais a instavam a encorajá-lo. Convidá-lo. Contudo, um sentido mais profundo advertiu que, se o fizesse, pagaria caro por uma hora de paraíso.

— Eu acho que não.

Ele voltou a atenção para a noite.

— Entre agora, antes que eu também não dê a mínima se você está ou não ao menos meio convencida de que é a escolha certa.

Suas pernas ainda tremiam de tão atordoada que ela estava, mas obedeceu e foi embora.

CAPÍTULO DEZESSEIS

— Ainda bem que me escusei de comparecer ao piquenique. — Minerva deitou-se no manto e olhou para a árvore. — Isto está muito melhor, e depois do jantar de ontem à noite já falei o suficiente para durar uma semana.

Iris mordiscou um pedaço de queijo da cesta que haviam trazido. Rosamund a conseguira com o cozinheiro antes de ele sair para cuidar do piquenique que estava sendo servido aos outros convidados na propriedade de Quentin Radnor.

— Também estou feliz que você tenha decidido não ir, assim nós pudemos nos escusar também, para lhe fazer companhia. Embora eu não queira estar presente se Chase descobrir que você conduziu uma das charretes até aqui.

Estavam desfrutando de um lago ao norte da mansão. De bom tamanho, oferecia margens relvadas em vários pontos e baixios no pequeno recanto que haviam escolhido para seu descanso.

Rosamund tirou a peliça e a deixou de lado.

— Está excepcionalmente quente hoje. Não há ameaça de chuva, então deve ser um almoço de sucesso para Agnes. Todos os cavalheiros também foram pescar?

— Eu vi varas suficientes sendo colocadas em uma carroça para dizer que todos foram — respondeu Iris.

— Espero que isso signifique que teremos peixe fresco no jantar hoje à noite — disse Minerva. — Curiosamente, parece um prato atraente para mim. — Ela se sentou, removeu o *spencer*, então caiu de volta.

Iris observava a plácida superfície do lago. Além de pequenos redemoinhos que lambiam a costa próxima, parecia vidro azul. O sol brilhava alto no céu sem nuvens.

Seus pensamentos se voltaram para a noite anterior e para o maravilhoso prazer dos beijos e carícias do duque. Parar aquilo tinha sido difícil. Ela não se arrependia de sua decisão de fazê-lo, mas não significava que tivesse gostado de negar a si mesma a realização daquele êxtase.

Ele provavelmente ficaria insuportável agora. Talvez não a levasse para a casa de seu tio no dia seguinte. Ele poderia até impedi-la de tomar conhecimento do que quer que ela precisasse saber. Se assim fosse, ficaria desapontada, mas provavelmente aliviada por não ter bagunçado a situação com mais intimidade.

— Algum dos criados ainda é da época do último duque? — ela perguntou a suas companheiras.

— Acho que alguns são, mas não os importantes — respondeu Rosamund. — Kevin disse que o testamento aposentou os criados com os quais o duque tinha contato, como seu criado pessoal, os cozinheiros e alguns outros.

— Melton Park tinha tão poucos criados quanto Whiteford House quando conheci Chase — disse Minerva. — Foi assim que tive acesso à propriedade para observar a família. Fui colocada como criada na casa por alguns dias.

— Você nunca me disse isso — falou Rosamund.

Minerva virou-se de lado e contou a elas sobre seus primeiros dias como herdeira e como ela investigara a morte do falecido duque.

— Eu estava sob suspeita, então achei melhor tentar descobrir o que estava acontecendo com essa família.

— No entanto, você nunca descobriu a verdade sobre como ele morreu — adicionou Iris.

Minerva deu um sorriso peculiar, então deitou de costas novamente.

— O valete dele mora não muito longe daqui. Eu fui vê-lo. Ele não tem idade para se aposentar. O falecido duque foi tão generoso com seu criado leal quanto com estranhas como nós.

Mais para os primos se ressentirem, pensou Iris. O atual duque podia ter deserdado Philip, mas era como se o último tivesse deserdado a todos. O que levaria um homem a fazer tal coisa e dar seu dinheiro a criados e três mulheres que ele mal conhecia? Capricho? Raiva? Houvera alguma discussão familiar que nem os primos sabiam?

O sol havia se movido no céu desde a chegada delas. O cobertor de Minerva ainda estava à sombra, mas aquele em que ela e Rosamund se sentavam agora dava para o sol.

Rosamund enxugou o pescoço com um lenço.

— Esse lago começa a parecer muito atraente. — Ela tirou os sapatos e as meias, então levantou-se e ergueu as saias. Caminhou descalça até a água e entrou. — Não está muito fria, já que é bastante raso aqui. — Ela voltou e começou a se despir. — Eu vou nadar.

— Fica muito fundo lá na frente? — indagou Iris.

Rosamund balançou a cabeça.

— Não até você chegar perto do extremo norte. Kevin estudou este lago para seu projeto de aqueduto e diz que o terreno é inclinado sob a água. Nesta extremidade, nunca chega a mais de um metro e oitenta, na pior das hipóteses, e isso apenas em alguns lugares. Estarei segura se ficar perto da margem. Ela tirou o espartilho com notável agilidade. Apenas de chemise, voltou para o lago e começou a entrar.

— Está uma delícia! — ela exclamou de longe antes de mergulhar para a frente. Logo, tudo o que aparecia era sua cabeça loira.

Minerva sentou-se e observou.

— Tenho tanta inveja, mas não ouso.

— Você se importaria se eu me juntasse a ela? — Iris perguntou.

— De jeito nenhum. Um dia como este não deve ser desperdiçado, e não há ninguém por perto.

— Ainda bem que nos escusamos de comparecer àquele piquenique — disse Chase enquanto ele, Nicholas e Kevin diminuíam a velocidade de seus cavalos para uma caminhada. — Quem pensaria que seria tão difícil escapar de tia Agnes e tia Dolores em uma casa tão grande? A ideia de passar uma tarde inteira sentado à beira do rio ouvindo-as opinar sobre todos os assuntos que há sob o sol era o suficiente para inspirar uma profunda melancolia.

Os três desmontaram e caminharam em direção à ponta leste do lago. Kevin, que havia instigado essa desculpa para evitar o grupo maior, caminhava com propósito.

Nicholas o seguiu, indagando se, comparado a acompanhar Kevin até

o início de seu aqueduto, a pescaria com tio Quentin não seria uma hora de paraíso.

— Vejam aqui. — Kevin apontou para onde a margem havia sido substituída por um muro de pedra. — É bastante raso no verão, mas em outras estações a água sobe à medida que a nascente enche o lago do outro lado. Então, em vez do crescimento lento do lago, como vem acontecendo, vou abrir um caminho através desta parede para acessar o aqueduto. Estamos em terreno mais alto aqui do que na casa e calculei que o ângulo suave correto para o fluxo pode ser alcançado sem necessidade de muitas obras.

Nicholas estudou o que havia sido construído até então. Quando dera permissão para esse experimento, não fazia ideia de que os planos de Kevin fossem extensos a ponto de emparedar aquela ponta do lago. Pelo menos ele não havia suspeitado até que aquela estrutura em forma de ponte que atravessava uma depressão nas colinas começasse a aparecer à vista do terraço da casa.

Chase olhou para o muro construído.

— Impressionante. Espero que não planeje fazer Nicholas pagar por sua própria água depois que tudo estiver pronto.

— Claro que não. — Kevin falava distraidamente enquanto se inclinava sobre a parede e a cutucava debaixo d'água.

— Então como você vai ganhar um xelim com isso? — Chase perguntou.

— Outros vão querer um igual. — A cabeça de Kevin quase desapareceu invertida para baixo enquanto ele examinava seu muro. — Rosamund acha que podemos formar uma corporação para oferecer essas coisas a outras grandes propriedades. Feito isso, todos vão querer que água boa chegue em quantidade ilimitada em suas casas.

— Se Rosamund considera um empreendimento que vale a pena, suponho que valha o risco — disse Chase.

Nicholas se perguntou quanto teria sido o investimento de Kevin naquele projeto até o momento. Chase estava certo ao dizer que Rosamund nunca teria permitido se os números não fizessem sentido para ela, então havia um risco, mas não terrível, ele supôs. Dar a Rosamund metade da empresa de Kevin provavelmente tinha sido uma das decisões mais sábias que tio Frederick tomara naqueles peculiares legados.

Minerva também tinha recebido uma participação em uma empresa e, segundo Chase, gerava uma renda considerável. Apenas os legados ao próprio Nicholas eram problemas. Nem mesmo pensava neles como benefícios, apenas como várias outras pedras em seu sapato. Mais uma vez, a fábrica têxtil rejeitara as tentativas de examinar os livros contábeis da empresa, e a companhia de transportes acabara de fazer um apelo para mais investimentos. Ele, Withers e Sanders marcaram um longo encontro para quando ele voltasse para a cidade. Talvez, até lá, os agentes de Chase tivessem algo a relatar sobre a fábrica. Kevin começou a caminhar pela beira do lago, passando pela curva da parede até onde a água se tornava mais profunda. Uma clareira se abriu onde crescia um pouco de grama e a margem se inclinava até a água.

Chase esticou o pescoço e olhou para cima.

— Nenhuma nuvem à vista, e o sol está quente. Acho que um mergulho seria uma boa ideia. — Ele tirou os casacos e começou a trabalhar em sua gravata.

— É uma ideia esplêndida — respondeu Kevin. — Se fizermos aquela curva, a água ficará mais profunda, o bastante para nadar adequadamente.

Nicholas juntou-se a eles e se despiu. Deixando suas roupas para secar ao sol, todos entraram no lago.

Kevin foi o primeiro a se lançar. Logo, eles usavam o lago como faziam quando meninos, jogando chuvas de gotas frias um no outro e lutando para ver quem afundava quem sob a superfície. Chase partiu para contornar a curva em busca de águas mais profundas.

Nicholas o seguiu e estava apenas encontrando sua braçada quando colidiu com Chase, que havia parado de nadar e apenas se encontrava imóvel ali, com a água na altura da cintura. Nicholas limpou a água de seus olhos e viu o que Chase viu.

A sessenta metros de distância, perto da costa, duas cabeças balançavam. Outra figura estava reclinada sob uma árvore. As cabeças se moveram e um guinchado chegou aos seus ouvidos.

A água rompeu ao lado dele e um Kevin muito encharcado emergiu de onde estava nadando submerso. Ele tinha a perna de Chase nas mãos e um sorriso diabólico no rosto, mas, quando viu que a diversão havia acabado, levantou-se e se juntou a eles em suas observações.

— Rosamund disse que ela e a srta. Barrington pretendiam fazer companhia a Minerva enquanto ela descansava — contou Kevin. — Eu pensei que ela queria dizer na casa.

— Não pensamos todos? — Chase murmurou.

— Eu, não — respondeu Nicholas. — Presumi que elas estivessem com os outros. — Ele presumiu isso porque deliberadamente evitara ver Iris naquela manhã. Depois da noite anterior, o mero pensamento de fazê-lo era suficiente para causar prazer e dor, ambos resultado de uma excitação quase instantânea, como naquele momento, apesar da água fria. — Embora Minerva esteja de fato descansando e elas estejam lhe fazendo companhia de certa forma — ele se sentiu obrigado a apontar.

A cabeça de Chase girou lentamente até que encarou Nicholas com um *daqueles* olhares.

— Você está decidindo me culpar novamente, e eu não vou permitir — retrucou Nicholas. — Nada disso é obra minha.

Kevin não tinha falado, mas nesse momento ele sorriu.

— Que divertido. — Então abaixou o corpo até que apenas a cabeça apareceu e começou a se mover para a frente. No meio do caminho até as mulheres desavisadas, sua cabeça baixou e ele desapareceu.

Chase colocou a mão sobre os olhos e examinou a margem.

— Uma charrete. Quem será que veio conduzindo?

— Acho que qualquer uma delas poderia ter feito isso. Assim como qualquer uma delas poderia ter tido essa ideia.

— Exceto que nós dois sabemos quem arquitetou, não é?

— Mas, veja. Não há razão para supor que...

Um grito alto o interrompeu. Corpos apareceram e água espirrou. Rosamund saiu da água, mal coberta por sua roupa encharcada, depois voou de volta e caiu com um grande espirrar de água. A risada de Kevin ecoou no lago.

Iris viu, então imediatamente olhou para onde ele e Chase estavam. Ela afundou mais na água. Minerva se sentou e seu olhar também se voltou para eles.

— Agora ele conseguiu — disse Chase.

Kevin e Rosamund estavam se divertindo muito, espirrando água, agarrando-se e agindo como espíritos da água. Iris continuou olhando para ele, depois para a margem, e de volta.

Um cavalheiro deveria virar as costas. Um cavalheiro não a deixaria ali, sentindo frio, imaginando como fazer uma saída decente.

Ele não se mexeu.

Minerva se levantou. Chase acenou com o braço.

— Vou voltar e trazer meu cavalo e levá-la de volta à charrete — ele gritou.

Se ela concordava ou não, isso não foi possível ver, mas Chase se virou para refazer seu caminho.

Kevin tinha outras ideias, nenhuma das quais a de dar a mínima para o que os outros pensavam. Ele saiu do lago, nu, caminhou até um manto e pegou algumas roupas. Voltou para o lago com a trouxa bem acima da cabeça. Ele e Rosamund partiram na direção de Nicholas.

— Vou trazê-la de volta no meu cavalo — Kevin anunciou quando eles estavam perto. — Trarei o seu quando sairmos.

Nicholas desviou o olhar quando eles passaram para não constranger Rosamund. Suas risadas sugeriam que ela não se importaria muito com seja lá o que ele decidisse fazer. Ele suspeitava de que poderia demorar um pouco até que seu cavalo voltasse.

Isso deixou a srta. Barrington ainda na água.

O lago absorvia o riso de Rosamund, e ela e Kevin brincavam para dar a volta em uma ponta de terra firme que obscurecia o fim do lago. Atrás de Iris, Minerva chamou para perguntar se ela queria que a charrete lhe fosse enviada de volta.

— Vou levá-la para a casa — Nicholas respondeu em um tom que não admitia discussão.

Minerva hesitou, então embrulhou seu manto e caminhou até onde Chase estava amarrando seu cavalo na parte de trás da charrete. Minerva alcançou a sela e voltou para a árvore. Ela colocou uma pilha de roupas no manto que sobrou.

Então se foram.

Iris encarou Nicholas do outro lado da água. Mesmo àquela distância, ela podia ler seus olhos, e sabia que os problemas estavam se formando. Ele não gostara da interrupção na noite anterior no terraço, e ela duvidava de que fosse ser fácil rejeitá-lo naquela tarde.

Não que realmente quisesse. Uma coisa era reunir suas razões para se conter enquanto se beijavam em um terraço, e outra era fazê-lo isolada em um lago, nua.

Ele definitivamente estava nu. A luz do sol refletia em seu torso e esculpia seu corpo com sombras vagas que revelavam os músculos. Cabelos escuros e úmidos desgrenhados faziam-no parecer um sedutor. Ele e seus primos podiam ter tido vidas privilegiadas, mas claramente usavam seus corpos no esporte, se não no trabalho, e a força esguia do duque, brilhando tão de perto, causou um aperto em seu âmago.

— Você e seus primos parecem determinados a arruinar nossa diversão — disse ela.

— Não esperávamos encontrá-las aqui. Você deveria estar em um almoço, entediada ao lado de Lady Carrington.

— Assim como você.

Apenas seus ombros apareciam acima da água, porque ela quase se ajoelhara no fundo do lago de águas rasas. A fina cambraia de sua chemise flutuava ao redor dela na superfície, movendo-se em torno do corpo, criando luxuosas carícias.

— Fique à vontade para continuar nadando — falou ele. — É melhor aqui, onde o lago se aprofunda. Vou vigiar para garantir que não se afogue.

Se ela nadasse mais longe — se eles chegassem mais perto um do outro... Seus dentes se cerraram contra a excitação que a percorria só de pensar no que poderia acontecer. No que aconteceria. Ela mal havia encontrado sua voz na noite anterior. Ela sabia que nunca mais conseguiria.

Imprudente. Errado. Problemas. Condenados. Os argumentos tentaram entrar em sua mente, mas as memórias os bloquearam. O potencial de prazer incalculável acenava para ela.

Nicholas permaneceu onde estava. Não viria até ela, Iris sabia. Ele a estava deixando decidir. De novo.

Talvez serem amantes por um curto período valesse qualquer tristeza que isso trouxesse. Talvez ele não a abandonasse quando ela provasse a verdade. Possivelmente poderiam conhecer algo doce por pelo menos um curto tempo.

O desejo cresceu dentro dela até que tudo que conhecia era seu olhar, a beleza e a atração de quanto eles se desejavam.

Ela não tomou nenhuma decisão. Foi além disso. Seu corpo se moveu na água em direção a ele. Ele a deixou flutuar para a frente. A expressão de Nicholas se firmou. Seus olhos ardiam. Quando ela estava na metade do caminho, ele avançou, nadando submerso, emergindo à medida que o lago ficava mais raso até alcançá-la. Um estender do braço, um aperto, e ele a ergueu em seu abraço e beijo feroz.

Seu corpo a esquentou, banindo o frio da água, aquecendo-a até o âmago. Beijos profundos, invasivos e possessivos desencadearam uma torrente de desejo dentro dela. Ela envolveu-lhe o pescoço com um braço e seus ombros com o outro e se juntou a ele em um duelo de beijos, uma batalha de desejo mútuo e conquista.

Com as mãos espalmadas nas costas e no traseiro dela, Nicholas a ergueu, até que a cabeça dela ficasse acima da dele. Ela olhou para baixo enquanto os dentes dele se fechavam gentilmente em seu mamilo através da cambraia transparente. Um prazer agudo a percorreu, e ela suspirou, profundamente maravilhada com o poder do ato. Mais, então. Ela agarrou-lhe os ombros enquanto ele a cobria de prazer à beira da insanidade. De olhos fechados, cambaleando com a intensidade das reações de seu corpo, ela abandonou o controle de seus sentidos.

Ele a moveu até carregá-la em seus braços. A água espirrando e se dividindo, ele caminhou até a margem, deitou-a sobre o cobertor e se juntou a ela em um abraço completo. Ele a acariciou e beijou até que ela gemeu de impaciência e desejo. Então tirou-lhe a chemise molhada para que ambos ficassem nus sob o sol.

Ele a desejara por tanto tempo que seu corpo o incitava a arrebatá-la imediatamente. Em vez disso, restringiu seu desejo a algo administrável para que pudesse saborear o anseio que pulsava dentro dele e se deleitasse com o abraço dela.

Os olhos dela se mostraram ainda mais escuros de paixão, e as luzes, mais brilhantes. Os lábios dela, inchados pelos beijos, se partiram ligeiramente de uma forma que o enlouqueceu. A chemise havia escondido pouco, mas nua ela era linda, toda branca, morena e visivelmente excitada. Ele moveu a boca ao descer pelo seu corpo, pela longa linha que corria de seu pescoço, entre seus seios, sobre o abdômen e para os pelos escuros abaixo. Ele acariciou seu seio com uma mão e suas coxas com a outra, separando-as para que pudesse beijar a suavidade no seu ápice e arriscar outro beijo entre eles. Ele passou a língua pela pele rosada ali e todo o corpo dela respondeu com uma flexão longa, profunda e sinuosa.

— Então você planeja me deixar louca primeiro? — Sua voz calma fluiu até ele.

— Sim.

Ela abriu mais as pernas, em convite.

Surpreso, mas não muito, ele se moveu para poder usar a boca e os dedos para explorar os limites do prazer. Ela se entregou, oscilando com a entrega crescente, sua respiração cada vez mais curta e seus gritos baixos cada vez mais intensos, em um arco de necessidade. Quase cego pela fúria da paixão, ele se moveu sobre ela, ergueu-se com os braços tensos e olhou para baixo enquanto a penetrava lentamente.

Perfeição. Prazer inacreditável. Seu aperto de veludo o envolveu e seus suspiros de alívio se encontraram no espaço entre eles. Ele ficou parado um instante, sem se mover, absorvendo a impressionante sensação de plenitude enquanto virava os ombros e baixava a cabeça para excitar os seios dela. Ela flexionou os quadris, pedindo mais, porém ele ainda não havia começado. Seus dedos o agarraram e seus gritos ficaram mais altos e insistentes enquanto a excitação dele aumentava. Quando ela cambaleou à beira do clímax, ele se retirou quase inteiramente, então penetrou fundo. Ela ofegou bruscamente e dobrou os joelhos, abrindo-se mais. *Sim*, ela suspirava com cada estocada. *Sim*. Com permissão concedida, ele não se conteve, e empurrou com mais força, sendo invadido pela tempestade de paixão. Ouviu seus próprios gritos de prazer logo antes de um raio atravessar sua mente e

alma e um prazer vibrante encharcar sua essência.

Não se falaram depois. Sentia-se grata por isso. Ela não queria arruinar a paz de estar em seus braços.

Ele a abraçava de forma protetora, o que ela achou comovente. Depois de um tempo, quando a paixão esfriou, ele estendeu a mão, tirou as roupas do manto e cobriu-a com a ponta, como se adivinhasse que o sol poente significava que ela estaria sentindo frio.

Eles ficaram entrelaçados em silêncio pelo que pareceu um longo tempo. Finalmente, ele falou:

— Acho que temos de voltar.

Ela se ressentia da obrigação. Iris olhou para as pilhas de roupas. Enquanto eles deitavam ali nus, poderiam ser duas pessoas quaisquer, mas uma vez que vestissem aquelas roupas e voltassem para a casa, também assumiriam seus respectivos papéis. Ele, o duque; ela, a herdeira livreira. Ele, o homem de dever para com o país e a família; ela, a arrivista que se intrometera em seu mundo.

Ele, o homem que jurara proteger o título e seu legado; ela, a mulher determinada a provar que parte disso era mentira.

Ele pegou as roupas e, juntos, começaram a se vestir. Ele a ajudou com o espartilho e as fitas. Ser vestida por ele era quase tão íntimo quanto ser despida.

Ele a ergueu sobre a sela do seu cavalo e logo se posicionou atrás dela. Com os braços em volta dela, ele tomou as rédeas.

— Acho que o grupo do almoço já deve ter voltado — disse ela. — Não podemos chegar assim.

— Quando estivermos perto, vamos andando. Direi que estava cavalgando e encontrei você vagando perdida na propriedade.

— Então você será o cavaleiro cavalheiresco e eu serei a dama estúpida.

— Não podemos dizer que você me encontrou vagando perdido. É a minha casa.

Ela teve que rir. Recostou-se contra ele e sentiu-o lhe dar um beijo na cabeça, depois no pescoço.

— Ainda assim iremos para a casa do seu tio Quentin amanhã?

— Se você quiser.

— Minerva disse que o valete de seu falecido tio mora perto. Eu gostaria de visitá-lo também, desde que estejamos perto dele.

— Chase já descobriu o pouco que pode ser obtido com ele.

— Eu ainda gostaria de lhe falar.

Ele riu baixinho.

— De repente, entendo por que Chase e Kevin continuam se distraindo com suas esposas. Estou inclinado a permitir que você faça o que quiser agora, mesmo que meu bom senso diga que não.

— Então está decidido. Vou visitar o criado.

— *Nós* vamos visitá-lo.

— Seu tio vai querer que você pesque com ele por um tempo.

— Minha querida srta. Barrington, saiba disto: vou acompanhar você quando visitar esse valete.

Pelo visto, o sucesso dela em distraí-lo para além da razão se mostrava questionável.

CAPÍTULO DEZESSETE

O jantar naquela noite foi pura tortura. Nicholas ficou sentado ali, tentando não devorar Iris com o olhar, evitando que seus olhos se encontrassem na mesa. Em vez disso, ele conversou com Lady Kelmsly sobre algo, balançando a cabeça e sorrindo enquanto sua mente revivia aquela hora e contava os minutos até que pudesse repetir a performance.

— Hollinburgh. — A voz baixa de sua tia Dolores penetrou no barulho ao redor da mesa para chamar sua atenção. Ele voltou-se para ela.

— Achei que deveria saber que amanhã à noite, no jantar, teremos mais duas convidadas. A srta. Paget e a mãe dela virão de Stevening, onde estão visitando um primo doente.

Ele conseguiu conter seu aborrecimento e dizer algo aceitável. Quando enfim tinha visto a lista de convidados, ficara aliviado por nenhuma jovem apropriada ter sido convidada. Agnes sabia que, em uma festa com pessoas a várias gerações de distância das debutantes, ter uma ou duas presentes criaria expectativas e fofocas. Parecia que Dolores se recusara a ser dissuadida, e assim havia providenciado para que sua jovem preferida aparecesse. A sra. Paget devia ter vasculhado toda a sua árvore genealógica para encontrar um parente que residisse num raio de duas horas de Melton Park.

Ele não queria dançar com essa garota. Não estava com disposição para ser recatado e apropriado. Pretendia gastar todo o tempo que pudesse com coisas mundanas e arrebatadoras. Não tinha nenhuma intenção de se casar com a srta. Paget ou com alguém como ela, e o dever para com o título que fosse para os diabos.

O grupo retirou-se depois de um tempo interminável jogando cartas na sala de visitas. Ele sutilmente conseguiu caminhar alguns passos com Iris enquanto os convidados se moviam para as escadas.

— Posso visitá-la mais tarde?

— Só se prometer não me cansar tanto que eu não esteja apta para nosso compromisso amanhã — ela murmurou enquanto sorria na direção de um dos convidados idosos.

— Melhor não demorar muito, então.

— A menos que você queira me encontrar dormindo.

— Eu poderia acordá-la, lentamente.

O olhar que ela lhe lançou foi tão pecaminoso que ele quase tropeçou.

— Talvez eu faça questão de dormir, então.

Ele se afastou para não se transformar no pior asno ali mesmo. Desejou boa-noite aos convidados e os encorajou a subir a escadaria.

Iris se endireitou e se ergueu sobre ele. Ela se mexeu e se contorceu até que ele a preencheu completamente. A maneira como a fazia estremecer no seu íntimo a embalava em um prazer feliz.

— Venha aqui. — Ele a colocou sobre ele e tomou seu seio na boca. As novas sensações vibraram para se juntar às de baixo, intensificando-as para que ela ganhasse vida ali, e ficasse muito consciente da sensação dele alargando-a com o membro. Sentia-se frenética de prazer e ansiosa pelo desfecho retumbante que conhecera à tarde.

Com a boca ainda ocupada, Nicholas deslizou a mão entre eles e tocou e pressionou a protuberância que gritava de sensibilidade. Ela perdeu o controle em meros momentos, e ele a lançou ao limite onde o prazer se dividia e fluía por seu sangue.

Iris desabou sobre ele, esgotada. Uma carícia em suas costas. Um beijo em sua bochecha. Então ele agarrou-lhe os quadris e começou a se mover dentro dela. Ela engasgou devido à rapidez com que sua própria excitação retornava e com a tremenda intensidade que ela assumia agora, renovada. Só que, desta vez, se concentrava no ponto pelo qual estavam unidos, e os tremores se tornaram dores exigentes e ecos surpreendentes de orgasmo, como chamados silenciosos para experimentá-lo novamente.

Ela o fez. Completa e totalmente, com mais poder do que tinha conhecido antes. E, ainda assim, ele estocou, segurando-a em um arrebatamento que a deixou sem fôlego.

Ela se deitou sobre ele enquanto seus sentidos se recuperavam e ela

se recompunha. Seu abraço os tornava um só, de corpo e alma na brasa resultante da paixão.

— Que ideia excelente minha tia teve com essa reunião em casa — disse ele.

— Obrigada.

Ele levantou seus ombros e olhou em seus olhos.

— Você está dizendo que a encorajou para que pudéssemos ficar juntos assim?

— Não por isso, embora as possibilidades não me escapassem.

— Confesso que a ideia não me incomodou tanto quanto normalmente teria, uma vez que também percebi as possibilidades. Claro, você poderia ter ficado depois de seu tempo na biblioteca, e poderíamos ter nosso prazer sem o incômodo de todos esses convidados.

— Foi por isso que você me pediu para fazer a avaliação? Porque viu possibilidades lá também?

Ele esboçou um meio-sorriso.

— Passou pela minha cabeça.

Ela rolou de cima dele e se aninhou contra o lado de seu corpo com o braço dele ao redor. Tanta doçura ela experimentava assim. Reconfortada, pacífica e segura. Ela entendia a maneira como saciar o desejo criava vínculos, mas isso era diferente. Não ousava contemplar como ou por quê. A pungência a assustou um pouco.

Iris inclinou a cabeça para poder observar o perfil dele. Uma sensação boa e ao mesmo tempo melancólica apunhalou seu coração.

— Significa que você decidiu que não somos inimigos? — ela perguntou.

— Eu nunca vi você como uma inimiga. Uma fonte de irritação, sim. Bagagem cheia de problemas. Imprudente e muito desejável. Mas não uma inimiga. — Ele virou de lado para que se encarassem. — No entanto...

Ela esperou pelo complemento. Ele não seria Hollinburgh se não tentasse.

— Suponha que você esteja certa sobre tudo isso e encontremos o Saltério. O que acontecerá, então? O tempo passou, e os homens envolvidos também se foram. Como pensa em reparar o dano causado? Você colocaria um anúncio no *Times*? — Ele disse isso como uma piada, mas ela não riu.

— Informarei qualquer um que depreciar meu nome ou o do meu avô sobre qual é a verdade. E os encaminharei a você, para confirmação.

Não houve riso agora. Nem mesmo um sorriso.

— Se é verdade como você diz, qual poderia ser a razão? Não consigo pensar em nenhuma.

— Nem eu. No entanto, seu tio acreditou em mim. Daí o legado.

— Se ele viu isso como uma compensação, não é o suficiente?

Era isso? Poderia ser? Ela havia embarcado nessa pequena cruzada pela justiça. A herança embotara muito sua indignação. Como, ela suspeitava, era a intenção.

— Eu não quero que nossa situação seja manchada pelo passado — ele falou, baixinho, antes de beijar sua bochecha. — Vamos acabar com isso.

Ela ouviu a oferta em suas palavras suaves. Uma de mais intimidade, e sem barreiras. Seu coração se contorceu de desejo. Ela o beijou, porque não havia nada a dizer.

— Acho que é melhor você ir agora — disse ela, um pouco mais tarde. — Devemos sair cedo amanhã, já que a srta. Paget chegará à tarde, e você deverá estar aqui.

Ela ouviu um suspiro ao seu lado.

— Você ouviu falar sobre isso, não é?

— Sua tia Dolores garantiu que eu o ouvisse. Acho que ela está desconfiada de nós.

— Se alguma tia estivesse, seria Dolores quem teria notado. — Ele se sentou e pegou seu *banyan*.

Ela não esperava que ele negasse qualquer interesse pela srta. Paget, então não ficou desapontada. Ele tinha que se casar com uma mulher assim.

Ele se virou novamente para abraçá-la e dar um beijo de despedida. Ela sorriu em seus lábios fechados.

— Você pensou em me seduzir em um momento de fraqueza e me convencer a interromper minha pequena missão?

— Maldição. Funciona de outra maneira, me disseram. As mulheres convencem os homens de todo tipo de coisa nesses momentos. — Com isso, ele caminhou até a porta. — Vamos sair às nove, se puder estar pronta nesse horário. Encontro você no salão de recepção.

Ela riu para si mesma. Nunca trairia outras mulheres revelando a verdade. Os homens perdiam o poder no ato do amor. As mulheres ganhavam.

— Chegaremos em breve, Vossa Graça. — A voz abafada do cocheiro interrompeu um beijo caloroso.

Nicholas soltou Iris com pesar e a ajudou a arrumar suas roupas. Ele abriu as cortinas da carruagem para que o ar que passava pudesse refrescar os dois.

— Eu devo estar medonha. — Ela colocou mechas de cabelo no lugar e prendeu o chapéu com alfinetes. — Você é muito dissimulado. Eu deveria ter adivinhado suas intenções quando vi a carruagem. Não se pode dizer que é necessária para uma viagem tão curta.

— Eu teria enlouquecido andando em uma carruagem aberta. Perdoe-me por ser tão governado pelo desejo.

— Eu não me importo. — Ela se inclinou para a frente e o beijou nos lábios, tentando-o a ordenar ao cocheiro um desvio de pelo menos meia hora.

Ela olhou pela janela para o rio ao longo do qual seguiam. Ao longe, a mansão assomava.

— É uma bela propriedade — elogiou ela.

— Ele a recebeu porque gosta de caçar e pescar, e aqui há boas matas e um rio. Meu avô foi criterioso em seus legados.

— O último duque não deveria ter recebido esta propriedade?

— Nem todas as famílias vinculam as propriedades ao título. A nossa só envolveu as principais. Cada duque é livre para deixar as outras terras para quem quiser. Ou até mesmo vendê-las, não que algum dos meus ancestrais fosse fazer isso. Por alguma razão, meu avô decidiu dar uma propriedade a cada filho. Foi provavelmente por isso que meu tio Frederick se voltou para a indústria, a fim de garantir sua própria fortuna. As terras deixadas não produziam renda suficiente para suas necessidades e preferências.

— Ele também deu propriedades a outros?

— Tudo o que ele recebeu veio para mim. Ele apenas doou o dinheiro e a maioria das sociedades industriais. — Nicholas sorriu tristemente. — Você pode dizer que ele deu o futuro para os outros e me deixou com o passado.

Ela franziu a testa.

— Gostaria de saber por quê.

— Podemos ficar loucos tentando explicar os caprichos de meu tio. Ele era um homem muito incomum, com algumas ideias estranhas. Aqui estamos. Vamos ver o que há nessa biblioteca.

Assim que desceram da carruagem, um criado se aproximou e pediu para falar com Nicholas. Ele deu um passo para o lado com o jovem.

— Vossa Graça, lamento dizer que o senhor da casa está indisposto e não poderá acompanhá-lo. Ele nos disse para lhe falar que faça o que quiser em relação à biblioteca.

— Indisposto quanto?

— Um médico veio esta manhã e ficou muito tempo. Não sei o que foi dito.

— Acompanharei a srta. Barrington à biblioteca e logo irei vê-lo.

— Ele pediu que não fizesse isso, Vossa Graça.

— Eu o verei.

Nicholas virou-se para Iris.

— Venha. Vou instalar você na biblioteca. E, em seguida, precisarei ver meu tio.

Ela não fez nenhuma pergunta, pelo que ele sentiu-se grato. O lacaio os levou para a biblioteca e Nicholas deixou Iris lá, dizendo ao lacaio para ajudá-la no que fosse necessário. Então subiu para o apartamento de seu tio.

O mordomo aguardava perto da porta, parecendo preocupado. Dentro do quarto, Nicholas encontrou o valete de Quentin tentando deixar o quarto do doente mais fresco. Mesmo com as janelas abertas, o cheiro de vômito persistia. Seu tio estava deitado na cama, exausto e esgotado.

Nicholas se inclinou sobre a cama.

— É a doença de que falamos, tio?

Seu tio balançou a cabeça.

— Eu comi algo que não me fez bem, foi o que me disseram. Essa foi a conclusão do médico a partir dos efeitos que observou em mim.

— Algo no piquenique? Ninguém na casa ficou doente.

Seu tio fechou os olhos.

— Talvez tenham sido as tortas de limão. Estavam com um gosto

estranho. Acabei colocando-as no barril para os porcos.

— Antes de o almoço ser servido?

— Depois. Eu as vi antes. Gosto muito das tortas. O cozinheiro disse que eram para você, pois são suas favoritas e que não havia limão suficiente para fazer para todos do grupo. Voltei cedo e as tortas ainda estavam na cozinha, então peguei uma. Eu não deveria. Muito sol e eu já estava me sentindo mal, mas me entreguei, para meu próprio pesar. — Ele suspirou profundamente. — Acho que vou dormir agora.

Nicholas esperou alguns momentos enquanto seu tio cochilava. Isso o lembrou muito de estar ao lado de outra cama, anos atrás, observando um homem enfraquecido antes do tempo, agarrando-se à força que aludia a ele. A geração dos Radnor da qual Quentin fazia parte não tivera muita sorte em viver vidas longas.

Ao sair do apartamento, Nicholas encurralou o mordomo.

— Alguma notícia foi enviada aos filhos dele?

— Ele nos instruiu a não fazer isso, Vossa Graça.

— Agora eu instruo você a enviar um cavaleiro imediatamente. Eles estão a menos de uma hora de distância e devem vir vê-lo. Diga ao mensageiro que também comunique ao cozinheiro para perguntar discretamente aos criados se algum dos convidados passou mal ontem à noite.

— Sim, Vossa Graça.

Nicholas então desceu para a cozinha. O cozinheiro de Quentin estava perto da lareira, mexendo um grande caldeirão. Ao ver Nicholas entrar, deu um salto para trás e rapidamente enxugou as mãos no avental.

— Vossa Graça!

— Fale-me sobre essas tortas de limão.

— Não eram minhas, eu juro. Seu cozinheiro, o de Londres, trouxe-as já prontas. Havia apenas seis, em um belo pratinho. Aquele ali. — Ele apontou para um pequeno prato de porcelana na bancada de trabalho. — Ele disse que eram só para o senhor, já que não havia limões suficientes no pomar para o resto dos convidados. Só para o senhor e para a senhora que gosta de doces vienenses. Uma receita especial, disse ele.

— No entanto, ainda estavam aqui depois do almoço, de acordo com meu tio.

— Eles deveriam voltar depois, quando souberam que Vossa Graça não viria, nem a senhora. Quando retornamos para guardar o que tinha vindo de Melton Park, as tortas já tinham ido embora. No lixo para os porcos.

Então as tortas tinham sido feitas em sua própria casa, provavelmente no início do dia. Ficaram na cozinha lá e ali, sabia-se por quanto tempo. Talvez tivessem apenas sido contaminadas com algum ingrediente estragado. Ou talvez alguém tivesse interferido com elas.

Para ele e para a senhora. Ou seja, Iris. Ele a imaginou devorando aqueles bolinhos vienenses em seu terraço em Londres. Se ela tivesse provado essas tortas, poderia ter ficado muito doente. Ou pior.

O sabor forte do limão mascararia o pior do veneno, caso alguém decidisse averiguar e causar problemas. Ele queria dizer a si mesmo que estava enxergando mais do que era lógico, mas seus instintos continuavam indicando alerta.

Ele se virou para ir encontrar Iris.

— Mande alguém para o quintal onde os animais são mantidos. Veja o que aconteceu com os porcos.

— Nada — Iris anunciou quando viu Nicholas entrar na biblioteca. — Ele disse a verdade. Ele vendeu o que havia de melhor.

Nicholas olhou em volta pela biblioteca, de maneira distraída e indiferente. Iris tirou as luvas de algodão e foi até ele.

— Como vai seu tio?

— Não muito bem, mas parece que vai se recuperar. Mandei uma mensagem para Walter e Douglas.

— Ele não havia mandado?

O duque balançou a cabeça em negativa. Quando olhou para ela novamente, sua distração havia desaparecido.

— Você verificou os armários?

— Eu pedi àquele lacaio que você deixou comigo para rastejar nos compartimentos inferiores. A maioria está vazia. Não há tesouros secretos aqui.

— Acho que se houvesse, tio Quentin já os teria encontrado há muito tempo.

— Se houvesse, ele os teria vendido, junto com as outras raridades, você não acha?

— Possivelmente. Só que ele não encontrou o que você procura. Ele teria dito se tivesse. É um homem honesto.

— Claro que é. — Só que ela não tinha como saber disso, na realidade. Nicholas podia presumir, sendo um sobrinho leal, assim como tomava como fato que o avô não havia feito nada ignóbil sobre o Saltério todos aqueles anos atrás. A própria visão de Iris da natureza humana não era tão generosa, especialmente no que dizia respeito àquela família.

Por enquanto, ela teria que aceitar o que sua própria busca havia revelado, no entanto. Quentin Radnor não estava de posse do Saltério e provavelmente nunca estivera.

— Você está pronta? — Nicholas perguntou. — Ainda podemos fazer uma visita ao valete do tio Frederick.

Ela temia que o mal-estar mencionado acabasse com aquele plano, então ficou encantada em acompanhá-lo de volta à carruagem. No caminho, o mordomo pediu uma palavra e falou baixinho no ouvido de Nicholas.

— Acho que, quando o encontrarmos, você deveria me permitir falar com ele a sós — disse ela, assim que se sentaram na carruagem.

— Discordo.

— Ele nunca revelará nada se você estiver lá.

— Ele provavelmente revelará mais se alguma pergunta vier de mim.

— Por causa da autoridade do seu título? Porque o duque exige uma resposta?

Nenhuma resposta para isso, mas sua expressão dizia: *Exatamente*.

— Você pode ser cativante nas suas suposições — falou ela. — Ele nunca nos dirá o que preciso saber se você estiver presente, justamente por você ser quem é.

— Se um duque manda um criado falar, o criado tende a falar.

— Ele não é mais um criado e nunca foi criado seu; era o criado do seu tio. Seu tio fez questão de que o criado não falasse com você nem com ninguém. Por que mais dar a um homem tão jovem essa pensão de aposentadoria?

— Porque meu tio era, por natureza, um homem muito generoso.

— Não para a família dele. Essas pensões recompensaram os criados por seu silêncio. O dinheiro também garantiu que eles não estivessem disponíveis para muitas perguntas.

— Tal cinismo não combina com você.

— Eu conheço os criados muito melhor do que Vossa Graça. Devo pedir que me dê alguns minutos com ele, a sós. — Nicholas fez uma careta para ela. Iris sorriu para ele. A expressão fechada desapareceu.

Ele olhou para os céus.

— Alguns minutos. Não mais. Também vou ficar alguns minutos a sós com ele. O que é justo é justo.

— Promete me contar o que descobrir, não importa o que seja? — ela perguntou.

— Você promete o mesmo?

Não era uma promessa que ela achava sensata fazer. O olhar dele ficou um pouco presunçoso.

— Um outro assunto, diga-me, Iris. Você tem preferência por tortas de limão?

Uma pergunta estranha.

— Estão entre as minhas favoritas.

— Entre as minhas também. Parece que isso é comum, junto com muito mais.

Seus olhares fixos falavam de "muito mais" de um jeito caloroso.

— Você já mencionou o quanto gosta de tortas de limão, na companhia de alguém da casa?

Uma pergunta ainda mais estranha.

— Eu acredito que posso ter comentado. Na primeira tarde. Estávamos no terraço e foram servidas tortas de morango. Eu mencionei como eram boas, mas que prefiro limão.

— Quem estava lá?

— Por que pergunta?

— Por favor, responda. Quem estava com você quando mencionou isso?

Ela imaginou aquele terraço em sua mente.

— A maioria das senhoras, e também seu tio Felix e tio Quentin. Ambos tinham acabado de chegar. Os refrescos eram realmente para eles, mas é claro que todas as senhoras também queriam. Seu cozinheiro da Capital assumiu o comando da cozinha e as guloseimas eram extremamente boas.

Ele pareceu ponderar sobre isso.

— Mais uma vez, por que você pergunta? — ela pressionou.

— Eu não tenho certeza. No entanto, pode ser uma boa ideia não comer nada preparado especialmente para você durante o resto dos nossos dias em Melton Park. Tenho motivos para pensar que Quentin foi acidentalmente envenenado com tortas de limão destinadas a nós.

CAPÍTULO DEZOITO

Demorou uma boa hora para chegar ao destino. Nada foi dito sobre o horário, mas Iris aproximou-se da casa do criado sabendo que o sol se movia no horizonte. Teriam que ser rápidos para voltar a tempo de o duque estar presente quando a srta. Paget chegasse.

Ele parecia alheio a esse compromisso, no entanto. Talvez pretendesse não estar presente para aquela recepção. Se ele não favorecesse aquela garota, poderia esperar para vê-la no jantar, deixando claro seu desinteresse.

Ela sabia que não deveria esperar por isso. Nada disso, aliás, da srta. Paget ou da garota que a substituísse, era da sua conta. Os casamentos e alianças entre a aristocracia existiam em outro mundo, um que tinha um portão que nunca se abria para gente como ela. Ah, essa herança poderia permitir que comparecesse a festas ou jantares, permitir até mesmo visitas e fofocas, e certamente por prazer e até amor, mas os casamentos aristocráticos tinham regras e requisitos que não a incluíam.

Nicholas havia escrito para o criado no dia anterior, dizendo que viria, então o sr. Edkins estava esperando por eles na porta de sua bela casa de enxaimel quando se aproximaram. Era um homem de talvez cinquenta e cinco anos, com cabelo castanho curto e óculos. Ele fingia vestir-se como um fidalgo rural e usava botas de cano alto e uma sobrecasaca bastante decente de tweed rústico. Ele os conduziu a uma sala de estar bem-decorada e os convidou a sentar. Ele próprio permaneceu de pé, um hábito, talvez, de seus anos de criado.

Nicholas a apresentou. Era apenas imaginação que o olhar do sr. Edkins fixara-se nela por um segundo? Fora isso, sua expressão permanecia no comportamento sereno que os criados aprendiam a usar.

— Talvez o senhor tenha ouvido falar do meu avô? — ela disse antes que o duque pudesse comandar a discussão. — Ele era um livreiro e tinha negócios com o pai de seu senhor.

— Não me lembro de tê-lo conhecido.

Iris lançou ao duque um olhar penetrante, então olhou para a janela. Ele quase suspirou, mas se conteve.

— Edkins, vou dar uma volta rápida naquele lindo jardim que você tem aí. A srta. Barrington gostaria de lhe falar em particular sobre um assunto que a preocupa, se você puder fazer a gentileza.

— Há um lago a não mais de setenta metros além da porta, Vossa Graça. Lá é muito agradável, com boa pescaria.

— Não há tempo para pescar, infelizmente, mas vou caminhar até lá.

Depois que o duque se foi, Iris se dirigiu ao sr. Edkins.

— Espero que possa me ajudar. Acho que o senhor reconheceu meu nome. Peço-lhe que me diga se é verdade.

Ainda sereno. Ainda reservado. Não tão respeitoso agora, no entanto.

— O nome pode ter me lembrado de alguma coisa, por assim dizer.

— Consegue se lembrar por quê?

Ele fez uma pausa e franziu a testa em pensamento.

— A senhorita escreveu para meu lorde, por acaso?

— Escrevi. No inverno antes de ele falecer.

— Lembro-me de ele ter recebido a carta.

— Por que seria notável? Ele deve ter recebido centenas de cartas. Por favor, eu sei que o senhor é obrigado a manter discrição, mas isso é muito importante para mim. Ele me deixou uma herança muito grande, sabe, e ninguém consegue entender por quê.

A notícia da herança não o surpreendeu, ou pelo menos ele não demonstrou tal emoção.

— Que sorte para a senhorita. Receio também não entender por quê.

— No entanto, o senhor se lembra de ele ter recebido minha carta.

— Sim. Ele pareceu surpreso com ela. Presumo que seja porque veio do continente e a senhorita era desconhecida para ele.

— Foi isso que ele disse?

— Ele não disse absolutamente nada. Recebeu a correspondência enquanto se vestia, abriu, leu e colocou de lado com o restante das cartas para que eu pudesse barbeá-lo. Pude ver que ele ficou surpreso quando leu, no entanto. Isso é tudo.

Ela ouviu o tom de conclusão na fala do criado.

— Tenho mais uma pergunta, por favor. O senhor já viu um manuscrito decorado com iluminuras na posse dele? Ou em qualquer lugar da casa? Um livro de Salmos, com pinturas. Pergaminho, não papel. Pequeno, talvez um quarto de fólio de tamanho.

Ele virou aquele rosto sereno para ela.

— Eu nunca vi, tenho certeza. Eu teria me lembrado.

O coração dela afundou. Não sabia se acreditava nele ou não. Ele nunca poderia dizer se tivesse visto. Por que deveria fazê-lo?

Ela se levantou.

— Agradeço o seu tempo. Acredito que o duque quer falar com o senhor agora.

Ela saiu da casa. Nicholas esperava do lado de fora.

— Ele se lembra da minha carta, mas nada mais útil — disse ela.

Ele mal assentiu e passou por ela.

— Você está perdendo seu tempo. Devemos voltar para casa — ela acrescentou às costas dele.

Ele a ignorou.

Edkins era todo deferência. Até a maneira como se posicionava em sua própria casa assumia uma postura servil. Nicholas acomodou-se.

— Preciso de algumas informações, Edkins. Meu primo Chase sugeriu que você poderia tê-las.

— Espero que ele esteja bem.

— Sim. Ele e a esposa estão aguardando ansiosos o nascimento de seu primeiro filho.

— Que notícia feliz. Por favor, transmita minhas felicitações.

— Farei isso. Agora, sobre a srta. Barrington. Acho que você reconheceu o nome dela.

— Como eu disse à senhorita, eu reconheci.

— Você também a reconheceu? Foi ela a mulher que visitou meu tio no dia em que ele morreu?

A expressão de Edkins se quebrou. Seu olhar se tornou cauteloso.

— Como disse no ano passado, não vi aquela senhora. Apenas o chapéu dela, de longe.

— Meu tio indicou a você de alguma forma quem poderia ser essa senhora?

— Ele não o fez.

— A srta. Barrington visitou algum outro dia, na cidade ou aqui no campo?

— Se assim foi, eu não a vi.

— Por que você se lembrou da carta dela? Isso é estranho.

Edkins lambeu os lábios.

— A carta o perturbou. Pelo menos assim me pareceu. Ele não me disse nada, mas é claro que eu o conhecia bem. Ele ficou inquieto o dia todo, de mau humor. Não tenho explicação para nada disso, mas acho que a carta foi o motivo.

— Isso é tudo o que sabe? Você deve me dizer se há mais. Entendo sua lealdade a ele, mas não é um assunto insignificante o que pergunto.

— Eu realmente não sei mais nada, Vossa Graça.

Nicholas hesitou antes de continuar. As perguntas que se aglomeravam em sua língua eram aquelas que ele nunca pensara em fazer a ninguém, muito menos a um criado. Ele nem tinha certeza se queria saber as respostas.

— Agora devo perguntar sobre algo mais pessoal para mim, Edkins. O duelo que meu pai lutou. Disseram-me que era uma questão de honra familiar e que meu tio ordenou que ele renunciasse. Você sabe do que se tratava aquele duelo?

A expressão de Edkins esmoreceu. Ele desviou o olhar.

— Foi uma época triste, Vossa Graça. Eu nunca tinha visto o duque daquele jeito. Nem mesmo a morte prematura da esposa o afetou tanto. Nada depois também o afetou daquela maneira. Mesmo quando seu próprio pai morreu, ele não sofreu tanto impacto. Mas, claro, isso foi diferente em muitos aspectos.

— Como assim?

— Eles não eram próximos. O antigo duque e seu pai. Ele amava seu pai, no entanto, e lamentou a perda profundamente.

As emoções no recinto eram tantas que nenhum dos dois falou por alguns momentos.

— Sempre pesou em mim tê-lo perdido e nem saber por quê — confidenciou Nicholas.

Edkins olhou para ele com compaixão genuína. Não mais duque e criado naquele momento, mas apenas dois homens.

— Quando o duque soube que o ferimento o havia matado, ficou muito zangado. Furioso. Ele disse... nunca vou esquecer, porque ele não falou aquilo, ele gritou... *Que desperdício chocante e terrível. Eu disse a ele que não importava para mim. Que eu poderia viver com isso.*

— Está dizendo que a questão da honra da família tinha a ver com meu tio?

— Eu não sei, Vossa Graça. Só sei o que ouvi.

Qualquer que fosse a barreira que os separava, havia sido rompida nos últimos minutos. Nicholas decidiu ver se talvez conseguiria saber de algo mais pelo bem de Iris.

— Meu tio tinha o hábito de esconder as coisas — disse ele. — Coisas valiosas. Acho que encontrei a maior parte do ouro. E o vaso romano. E pelo menos um livro muito valioso. Se você fosse me aconselhar a procurar mais coisas assim, onde seria?

— Ele gostava de esconder coisas. Essas gavetas e baús de fundo falso. Encontrou o esconderijo atrás do painel em Melton Park?

— Encontrei. Por acidente. Fomos pendurar uma das pinturas lá, e o prego não encontrou nenhuma parede atrás do painel.

— Acho que o senhor pode procurar no sótão em Melton Park. Está cheio dos caprichos passageiros dele.

— Sabe de alguma coisa em particular que eu deveria procurar? Algo de especial valor para ele?

Edkins hesitou. Seus lábios se dobraram sobre si mesmos.

— Quando o pai estava morrendo, ele foi chamado ao lado da cama. Ele esteve lá por algum tempo. Quando voltou, trazia uma caixa de ébano. Como ficou muito distraído com a reunião, deixou aquela caixa no sofá de seu quarto de vestir por dias. Uma semana, pelo menos. Então um dia, havia desaparecido.

— O que havia nela?

— Não sei. Ele nunca me mostrou. Nunca nem falou disso. Era pesada, no entanto, mas uma caixa de ébano seria pesada. Ele a carregava em dois braços quando voltou com ela.

— Acho que devo procurar uma caixa de ébano. Algo entregue tão tarde na vida seria uma peça de importância.

— Espero que sim, Vossa Graça.

Nicholas se levantou.

— Agradeço por concordar em se encontrar comigo e por responder às minhas perguntas da melhor maneira possível. Eu sei que foi difícil. Espero não ter feito você sentir que traiu a confiança que ele tinha em você.

— Claro que não, Vossa Graça. E, por favor, envie meus melhores cumprimentos à srta. Barrington.

Nicholas se despediu. Encontrou Iris andando ao lado da carruagem.

— O que ele falou? — ela questionou assim que o viu.

— Nada que faça referência à sua busca. A maior parte do que descobri tinha a ver com a minha família.

Ela bateu o pé.

— Eu me recuso a acreditar que um criado que conhecia seu tio tão bem, que provavelmente conhecia seu avô, seja tão ignorante.

— Ele pode não ser, mas há coisas que ele nunca revelará. Ele finalmente me contou sobre uma caixa que meu tio recebeu do pai no leito de morte. Uma caixa de ébano. Nunca a vi, então imagino que esteja em algum lugar de uma das casas.

— O que havia nela?

— Ele não sabia, mas o objeto ficou no quarto de vestir por uma semana, fechado.

— Uma semana inteira?

— Foi o que ele disse.

— Ah, duvido. Ele abriu. — Ela deu meia-volta e retornou para a casa.

— Iris, você não deve acusar o homem de se intrometer nos assuntos do meu tio.

— Claro que ele bisbilhotou. O que mais os criados têm para ocupar seu tempo?

Então ela se foi, pela porta, nem mesmo se preocupando em esperar para ser recebida.

Iris correu pela porta. Ela encontrou um chocado sr. Edkins ainda na sala de estar.

— O que havia naquela caixa? — ela exigiu.

— Srta. Barrington, a senhorita me surpreende. Não faço ideia...

— Ficou no quarto de vestir por uma semana. O senhor passou por ela dezenas de vezes. Tinha que ter despertado sua curiosidade em algum momento.

— Eu nunca...

— Claro que sim. Eu poderia ter olhado. Atrevo-me a dizer que o duque teria. Especialmente quando estava prestes a herdar o título e se tornar duque. Algo entregue em um leito de morte seria suficiente para deixar qualquer pessoa louca de curiosidade. — Ela avançou sobre ele. — O que havia na caixa?

Edkins se afastou. Ele se mexeu com nervosismo, seus dedos se entrelaçando.

— Devo insistir que...

— Ninguém jamais saberá que o senhor espiou. Pode ser algo significativo para o título. Sua Graça provavelmente o teria recebido no lugar, se o último duque tivesse morrido da maneira normal.

Ele fez uma pausa quando ela mencionou o título. E olhou para ela, por cima do ombro.

— Passou pela minha cabeça que a caixa deveria ficar com ele. Que ele deveria encontrá-la. Considerando as circunstâncias de como meu senhor a obteve. O momento. A reação dele.

— Então o senhor espiou dentro.

Ele olhou pela janela para onde o duque esperava.

— Não consegui admitir para ele que havia traído a confiança de meu mestre assim.

— O senhor fez isso porque estava preocupado, tenho certeza.

Ele assentiu.

— Não foi muito interessante, no final. Algumas cartas que não ousei ler. O anel de sinete.

O coração dela afundou.

— Isso é tudo?

— Não inteiramente. — Ele a encarou. — Também havia um livro dentro. Um livro muito antigo. Acho que pode ter sido aquele sobre o qual a senhorita estava perguntando.

— Ele sabia que o senhor o tinha visto?

— Acho que não, mas talvez soubesse. Ele era esperto assim. Foi no dia seguinte que a caixa desapareceu, então ele deve ter se perguntado pelo menos se eu tinha bisbilhotado um pouco.

Ela foi até ele.

— Sr. Edkins, agradeço por me confiar essa informação. Estou mais grata do que o senhor pode imaginar.

Ele olhou para o duque novamente.

— Espero que conte a ele agora. Ele saberá.

Ela olhou para fora também. O duque se recostava na porta da carruagem, os braços cruzados, o olhar baixo e a testa franzida.

— Eu provavelmente falarei. No entanto, o que quer que tenha sido dito durante essa visita, suspeito de que as informações sobre meu livro serão o que menos chamará a atenção dele.

CAPÍTULO DEZENOVE

Nicholas tentou ser gentil. Ele forçou a atenção para a jovem Hermione Paget, embora a maior parte de sua mente girasse em torno do que ele havia aprendido naquele dia sobre seu pai e tio. Ela, por sua vez, sorria docemente e fingia que seu vestido de jantar não custava metade da renda da colheita de Melton Park.

Ele não tinha certeza se recatada era a palavra certa para ela naquela noite. Todos os seus modos pareciam mais maduros. Até mesmo ousados, por vezes. Ela entrou na sala de visitas ao lado da mãe e esperou, no centro, que ele se aproximasse. As mulheres no recinto praticamente ficaram em silêncio ante a imagem perfeita de beleza jovem e elegante que ela apresentava.

Mesmo agora, seu vestido era assunto de discussão entre as senhoras mais velhas, para grande aborrecimento de Felicity, que usava um de seus novos trajes parisienses. Uma espécie de batalha estava se desenrolando. Felicity havia se juntado à conversa com a srta. Paget e rapidamente mudara o assunto para Paris e suas lojas. As duas damas estavam envolvidas em uma competição sobre quais lojas eram as melhores e quais das melhores elas frequentavam. A srta. Paget parecia ganhar a competição.

Ele sorriu e sorriu e tentou parecer interessado enquanto avaliava a srta. Paget. Ela conhecia seu próprio valor, isso era certo. Ele tinha a impressão de que se fosse um pouco menos alto ou um pouco menos bonito, ela decidiria que ele não serviria.

Ele odiava o nome Hermione. Todas aquelas vogais e sílabas. Também não achara muito bonito seu resmungo quando finalmente a cumprimentara, no terraço, uma hora depois que ela chegara. Ele e Iris haviam demorado demais no passeio, e depois ele precisou se vestir, então o atraso não poderia ser evitado a menos que ele tivesse escolhido esperar a chegada dela o dia todo, o que ela provavelmente presumiu que ele faria.

Dever, dever. Trinta mil por ano. Era um canto infernal ao qual recorrer a fim de permanecer civilizado.

Ele conseguiu manter o olhar longe de Iris. Por muito pouco. Como se para enfatizar que não era uma srta. Paget, ela havia recorrido a seu vestido de seda azul naquela noite, o que trouxera de suas viagens para Londres. Nas raras ocasiões em que seus olhares se encontraram, ele viu impaciência nela. No caminho de volta, ele mencionou que o sr. Edkins havia recomendado uma busca minuciosa nos sótãos, e era o que ela queria fazer, não ouvir a opinião de tia Agnes sobre como o exército deveria ser chamado à cidade para fuzilar todos os ingratos manifestantes.

Com Felicity e a srta. Paget devidamente ocupadas uma com a outra, ele pediu licença e se afastou. Só então, Iris também se foi. Ela caminhou até as portas do terraço e, abanando-se, saiu. Ele podia ver outras pessoas lá fora, então não se preocupou em se juntar a ela. Era apenas um anfitrião conversando com uma convidada.

— Espero que desçamos para jantar logo — Iris disse quando ele se aproximava na balaustrada do terraço.

— Você está com fome, presumo. Ficamos muito tempo fora.

— Estou impaciente pelo início da refeição para que possa terminar rápido. Pretendo alegar dor de cabeça e me retirar logo depois, e então procurar a entrada do sótão.

— Não faria mais sentido esperar até que eu pudesse levá-la até lá? Está entulhado até as vigas e você não conseguirá afastar móveis e baús sozinha.

— Duvido que você vá ficar disponível ainda por um bom tempo. A sra. Paget conseguiu um convite para que as duas ficassem esta noite, então, além disso, você deve noivar pela manhã.

— Ousadia da mãe.

Ela deslizou um olhar de soslaio para ele.

— Ela espera que você fique tão deslumbrado a ponto de propor casamento se houver tempo suficiente. Ela é realmente uma jovem muito bonita e, embora sua fortuna tenha sido mencionada apenas à boca pequena, ouvi dizer que é impressionante. É mesmo?

— Maior que a maioria.

— Maior do que a maioria das moças que esperam se casar com

duques? Isso é realmente impressionante.

Ele odiava falar sobre isso. Não havia gostado do comentário malicioso de Iris sobre sua situação conjugal e como isso implicava que ela não se importava. E não se importava mesmo, claro. A alegre aceitação dela lhe parecia muito fria, e até um pouco cruel.

Ele fechou os olhos. Estava sendo um idiota outra vez. O que ele esperava? Que ela chorasse ali no terraço porque ele estava destinado a uma certa srta. Paget?

Ele examinou seu perfil à luz das tochas que se espalhavam pelo terraço. Olhos brilhantes e sorriso conhecedor da verdadeira sofisticação experiente. No entanto, ele também viu algo mais, sob as estrelas. Fortaleza?

— Pretendo acelerar a partida delas amanhã de manhã, agora que sei que ainda estarão aqui. Anunciarei que tenho compromissos a partir das dez horas. Em vez disso, você e eu vasculharemos o sótão — disse ele.

— Vou me levantar cedo e mandar trazer o desjejum para o meu quarto.

— Não. Coma na sala matinal, da mesma comida preparada para os convidados.

— Você ainda não acredita que aquelas tortas foram envenenadas, acredita?

Ela zombava da ideia, mas ele é quem visitara o quarto do doente.

— Estou apenas sendo cauteloso.

— Se você insiste. Imagino que os outros estejam de pé logo cedo, já que também viajarão amanhã.

Menos convidados agora pontilhavam o terraço. Ele arriscou um passo mais perto.

— Você ainda pretende se retirar depois do jantar? Posso encontrar uma desculpa para fazer isso também.

Ela riu baixinho.

— Acho que seria muito óbvio, não?

— Eu arriscarei se você quiser.

Ela voltou aqueles olhos para ele.

— Se conseguir, a porta não permanecerá trancada.

Ele estava prestes a roubar um beijo rápido quando as portas francesas se abriram, e a srta. Paget e sua mãe saíram para tomar um pouco de ar. Elas

caminharam até o outro lado da balaustrada, sem olhar uma única vez na direção dele.

— Vá agora — Iris mencionou. — Sua ausência foi notada.

Ele não dava a mínima. Queria agarrá-la e beijá-la com força, bem na frente das duas mulheres e fazendo questão de não olhar para elas.

— Vá — ela ordenou novamente em um sussurro.

Dever. Dever. Maldição. Ele deu meia-volta e retornou para a sala de visitas.

— Acho que estão pedindo para descermos.

A voz jovem soou bem em seu ouvido. Iris virou-se para ver a srta. Paget ao lado dele. A mãe ainda examinava os jardins do outro lado do terraço.

— Vai demorar alguns minutos ainda, no entanto — acrescentou ela.

Iris se perguntou se a garota sentia necessidade de alertá-la sobre o modo como as coisas eram feitas entre a nobreza. *Já jantei com príncipes e reis, criança*. Ela olhou para o vestido sob aquele rosto claro e cabelo loiro. As pérolas pareciam ser verdadeiras, não enfeites típicos de costureiras. O bordado era sem dúvida da seda mais fina. O tecido do vestido anunciava seu alto custo e cada plissado na manga provavelmente custava dez libras.

Ela era bonita. Verdadeiramente linda, não apenas alguém vestida na moda. Iris se perguntou como seria olhar para um espelho durante toda a vida e ver tal perfeição olhando de volta.

Ela não queria falar com essa garota. Foi necessário reunir toda a sua compostura para representar seu papel naquela noite. Todas as suas forças para não ver o duque com a srta. Paget e imaginá-los juntos nos anos vindouros. Eles formavam uma visão e tanto, com ele tão bonito e a srta. Paget tão primorosamente encantadora. Nicholas teria de ser feito de pedra para não se surpreender com ela. Com pouca dificuldade, ele provavelmente poderia amá-la, se fosse isso que ele quisesse.

Ela desejou não ter vindo àquela casa com as demais pessoas. Não esperava ter que ver os dois juntos, sentar em um banco contra a parede enquanto seu amante dançava com uma garota de beleza etérea adequada para ele em todos os sentidos.

Mesmo agora, ao lado da garota, Iris se sentia comum, sem graça e sem jeito. Não sentia tanto ciúmes quanto sentia inveja. Se ela se parecesse com a srta. Paget, se tivesse o nascimento e o pedigree da garota, a riqueza e a família, ela e Nicholas poderiam... Ela nem se atreveu a terminar o pensamento, mas a intrusão abrupta em sua cabeça fez seu coração doer.

— A senhorita fez bons amigos em Hollinburgh e na família, ao que parece — disse a beldade perfeita.

— Eles têm sido gentis comigo.

— Sua Graça, o duque, parece gostar de sua companhia.

— Provavelmente porque não sou muito inglesa, então sou uma novidade.

— Parece que a senhorita é mais uma amiga do que uma novidade.

— Como eu disse, a família tem sido gentil comigo e me incluiu em algumas festas como esta.

— Eu não vi a senhorita em nenhuma outra. Nenhum baile, por exemplo.

— Não fui convidada para nenhum.

— Talvez na próxima Temporada, assim que sua herança chegar.

— Talvez, se eu ainda estiver na Inglaterra.

— Isso mesmo. Eu esqueci. A senhorita é italiana.

— Minha mãe era italiana, assim como minha avó. Meu avô era inglês.

Elas não se encaravam enquanto falavam, mas observavam a escuridão do jardim. As duas podiam muito bem estar ouvindo os pensamentos uma da outra, em vez de conversando.

— É bom que os duques tenham amigos — falou a garota. — Minha mãe me explicou que todos têm. É lugar-comum. Meu pai também teve bons amigos.

— Amigos fazem bem a todo mundo.

— Só estou dizendo que entendo tudo isso e não me importarei se a senhorita for amiga dele.

— Que bondade a sua. E que prático.

— É a única maneira de agirmos nessas questões.

Iris de repente se sentiu mal pela garota. Ela não poderia ter mais de dezessete anos, se tanto. Que visão triste da vida para alguém tão jovem.

— Na verdade, não é a única maneira de agir. Pode-se esperar mais de uma aliança vitalícia. Amor, para começar. Uma grande paixão, se tiver sorte. A senhorita pode ter a vida que quiser, ao contrário da maioria das mulheres. Não precisa concordar com esse plano prático que sua mãe elaborou.

Como se soubesse que estava sendo discutida, a mãe olhou para elas do terraço.

— Mas devo me casar com um duque — disse a srta. Paget. — Esse é jovem e muito bonito, e a maioria dos outros são velhos.

Nenhuma hesitação soou em sua voz. Ela havia concordado claramente que o plano fazia extremo sentido.

— Bem, se é necessário se submeter a um homem para propósitos dinásticos, tanto melhor se for um homem bonito — comentou Iris.

A srta. Paget enrijeceu visivelmente. Ela olhou para Iris, horrorizada.

— Não é apropriado falar dessas coisas.

— Essas coisas são a essência do casamento, srta. Paget. Se a senhorita se esquecer disso, será por sua conta e risco. Agora, temo que estejamos atrasando a procissão para a sala de jantar. Vamos nos juntar aos outros.

— Tio Quentin mostrou bons sinais de recuperação — disse Chase, sentando-se ao lado de Nicholas enquanto os cavalheiros tomavam seu Porto depois do jantar.

— É o que suponho, porque os filhos dele voltaram para cá. Ele parecia estar às portas da morte quando o vi.

— Tortas estragadas, eles disseram.

— Estragadas o suficiente para matar um porco jovem e adoecer outros dois.

Chase se inclinou mais para perto ao ouvir.

— Eu estava me perguntando o que, em tortas de limão, poderia estragar e quase matar com apenas um pedaço.

— Nada destinado a estar nelas, eu suspeito.

— Você deveria ter vindo até mim de imediato se pensou que o tio havia sido ferido deliberadamente.

— O que você poderia ter feito? As tortas foram para os porcos, e o médico atribuiu a gravidade do mal-estar à idade do tio. Fiquei sabendo de tudo o que você conseguiu descobrir. — Ele contara a Chase sobre o cozinheiro ter feito aquelas tortas e tê-las mantido separadas para Nicholas e Iris. — Eu não acho que ele realmente as tenha feito para mim, mas para ela. Ela o encantou porque aprecia os esforços mais criativos dele e sempre lhe envia mensagens de elogios. Ele estava se exibindo por causa dela. Dizer que eram para mim apenas garantiu que ninguém pensasse duas vezes sobre haver tão poucas e estarem reservadas para o duque. — Chase olhou ao redor, para o grupo de homens reunidos.

— Quem? Por quê?

— Um de nós, suponho, se a srta. Barrington fosse a vítima pretendida.

— Só que pode ter sido você também.

— Então alguém que não se importa com o que aconteça comigo. — O olhar de Chase pousou na mesa, onde tio Felix ria alto com Lorde Carrington.

— Talvez Felix, em um ataque de ressentimento sobre o legado da srta. Barrington causar o empobrecimento de seu filho, e suas próprias ações em relação a Philip, tivesse decidido...

— É uma boa teoria, mas, de alguma forma, não acho que ele seria capaz disso.

— Bem, todos eles partem amanhã, então espero que não haja mais esse tipo de brincadeira de mau gosto. Até lá, vocês dois devem comer e beber apenas coisas preparadas para todo o grupo.

Nicholas teve que sorrir para seu primo.

— Eu já a avisei sobre isso.

— Bom. Agora, amanhã, depois que os convidados partirem, preciso falar com você sobre a investigação daquele negócio têxtil. Jeremy chegou aqui no final da tarde, a caminho da Capital. Ele acredita ter descoberto o que está acontecendo lá.

A sra. Paget e sua filha retiraram-se logo depois que os cavalheiros se juntaram às damas. Graças a Deus por isso. Nicholas estava todo aborrecido e só queria que a noite acabasse. Então, pela manhã, ele poderia despachar a garota e sua mãe para onde quer que elas estivessem indo.

O grupo saiu da sala de visitas bem uma hora depois, mas não rápido o suficiente para ele. Por fim, apenas tio Felix permaneceu, muito embriagado.

Ele deu um grande sorriso para Nicholas e apontou para a cadeira perto dele.

— Sente-se e converse. Normalmente, a última noite em festas como esta dura até tarde, mas essas velhinhas não têm muita resistência.

— Nem eu, infelizmente, tio. Foi um longo dia.

A testa de Felix franziu.

— Maldição, visitar Quentin e encontrá-lo assim. Deve ter sido um choque.

— O senhor foi com Walter e Douglas para vê-lo?

— O quê? Eu? Não, não. Estou numa idade em que ver um leito de morte traz melancolia. Quentin e eu não éramos próximos nem quando éramos meninos. Sempre me dei melhor com seu pai e com o de Chase. É triste perder os dois. — Ele engoliu uma boa quantidade de álcool em seu copo.

Nicholas quase aproveitou para escapar, mas hesitou.

— Sabe qual foi o motivo? Do duelo do meu pai?

— Honra de família.

— Foi o que ele mesmo disse. — Uma lembrança invadiu sua mente, de implorar por uma explicação de um homem no delírio febril provocado por uma ferida infectada. — O senhor sabe mais, eu acho.

Felix olhou para ele por cima da borda da taça, que novamente havia viajado até a boca. Ele a pousou.

— Eu sei muito pouco. Algo foi dito na presença dele. Uma mentira grosseira sobre a família, algo que ele não pôde deixar passar. Ele desafiou o ladino e eles se encontraram, e... você sabe o resto. Quando seu pai ficou doente devido ao ferimento, o outro homem fugiu para praias distantes. América, eu acho. Ele sabia que o cadafalso o esperava se ele não fugisse. Não se pode matar o filho de um duque em um duelo, mesmo que não seja intencional. Quase um acidente, na verdade. Seu pai atirou para longe do alvo, assim como o adversário, mas o outro foi um disparo tão ruim que a bala realmente acertou... bem, você sabe de tudo isso. Coisa infernal.

As memórias de Felix pareciam absorvê-lo. Sua cabeça se acalmou e seu olhar vago apontou para o chão.

— A mentira era sobre o vovô? Ele o chamou de ladrão?

A cabeça de Felix ergueu-se. Ele olhou para Nicholas, surpreso.

— Sobre meu pai? De jeito nenhum. Pelo menos do pouco que fiquei sabendo. Era sobre meu irmão Frederick.

Nicholas finalmente deixou Felix com seu uísque, meio aliviado, mas principalmente perplexo. Ele subiu as escadas, mas não entrou em seu apartamento. Em vez disso, voltou para a escada que levava ao telhado e finalmente saiu para a passarela que corria atrás do parapeito.

Deu a volta até o local de onde tio Frederick havia caído, depois seguiu em frente até passar bastante do ponto. Parou e olhou para o céu noturno. Compreendia por que seu tio preferia aquele lugar à noite, no alto sob as estrelas. Em uma noite clara como aquela, era como estar sob um manto de pequenas luzes. Nunca se via um céu assim em Londres, nem mesmo nos parques. Parado ali, olhando para o alto, era como ter um gostinho da eternidade.

A confusão diminuiu e o alívio surgiu. Ele havia se perguntado se — não, já quase havia chegado a uma conclusão — a questão da honra da família tinha a ver com aquele Saltério. Pesava sobre ele a ideia de que seu pai houvesse morrido porque um boato — ou pior — sobre aquele lamentável episódio com Barrington havia surgido anos depois. Se tivesse sido isso, e Iris provasse que seu avô mentira e realmente mantivera a posse daquele manuscrito, isso significaria que um bom homem havia morrido em vão.

Não, não em vão. A verdade não teria importado. Não funcionava assim. Honra era honra. Se um homem chamasse você de canalha e você fosse, de fato, um canalha, ainda não poderia deixar isso passar.

Mesmo assim, a busca e a determinação de Iris haviam tocado naquelas lembranças sobre seu pai. E ele queria saber.

Agora Felix tinha acalmado essa preocupação, se é que fosse possível acreditar nele. Não era uma questão de honra em relação ao avô, mas ao tio Frederick. Ele tentou imaginar o que alguém poderia ter dito para lançar calúnias sobre a honra de Frederick.

Ele nunca se casara novamente. Nunca tinha gerado um filho homem. Era possível que alguém houvesse sugerido que ele preferia rapazes. Só que Frederick não teria se importado com um boato tão estúpido. Além disso, era frequentador assíduo dos melhores bordéis de Londres, e todos sabiam.

Ele não conseguia pensar em nenhum insulto que Frederick tivesse levado a sério. Claro, não tinha sido Frederick quem desafiara um homem para um duelo, mas seu irmão. O pai de Nicholas.

Iris pediu à garota que a preparasse para dormir e depois a mandou embora. Uma vez sozinha, ela fez alguns ajustes. Tirou a camisola, deixou-a cair no chão e a substituiu por outra muito menos recatada. Ela moveu a lamparina para o lado de seu quarto para lançar uma luz mais distante. Soltou o cabelo da touca branca que havia sido colocada após a escovação. Logo, se deitou na cama.

Ele disse que viria naquela noite. Se não... bem, então a srta. Paget o impressionara mais do que ele admitia.

Ela riu de si mesma, mas a risada ficou presa na garganta. Mesmo assim, ele viria. Era um homem. Era um duque. Ela era uma "amiga". Mesmo que ele pretendesse pedir aquela garota em casamento pela manhã, não se negaria aquela noite. Era um pensamento cínico e indigno dela. Nicholas não tinha feito nada para merecer sua suposição de que ele apenas flertava com ela quando, na realidade, cortejava outras. Só que ele não tinha escolha a não ser tratar seu arranjo — tratar a *ela* — como apenas isso. Um caso.

Suas memórias voltaram para sua primeira incursão na venda de livros. Alguns bons permaneceram na casa depois que seu pai morrera, os restos mortais do ofício de seu avô. Quando sua mãe faleceu, a casa estremeceu vazia e a despensa ficou ainda mais vazia, e ela se voltou para aqueles livros e outros destroços da carreira arruinada de um homem. Havia encontrado os nomes de antigos colegas e colecionadores entre os papéis dele.

Então havia levado um livro raro a um livreiro em Florença. Era uma loja nas sombras de Santa Maria Novella. Talvez ele tivesse tido pena dela, porque pagou bem pelo livro, depois a sentou e lhe deu conselhos. Não use o nome Barrington, ele tinha dito. Compre um vestido decente. Não seja orgulhosa demais para flertar um pouco, porque os homens adoram ficar tolos por uma mulher bonita. Faça amigos para os quais possa servir como intermediária, o que poupará o alto custo do estoque.

Ela havia seguido o conselho dele, em sua maior parte. Reformara o melhor vestido de sua mãe. Fizera planos para ir a Milão com os livros

que haviam sobrado. Ela se forçou a deixar a dor de lado e reencontrar sua própria alma. O único conselho que não seguiu foi a mudança de nome. Seu pai tinha feito isso para ser aceito no mundo do comércio de arte. Quando ela imprimiu seus cartões, no entanto, usou o nome Barrington.

Talvez o orgulho perverso a tivesse levado a isso. Principalmente, era uma raiva interior por sua família ter sido arruinada por causa de uma mentira. Usar outro nome significava aceitar que a mentira era a verdade. Significava concordar com uma injustiça.

O resto do conselho provou ser valioso. Ela também não acreditava que seu nome a tivesse atrapalhado muito. O tempo havia passado. Poucos se lembravam dessa história importada da Grã-Bretanha. Dos poucos que se lembravam, alguns ficaram curiosos o suficiente para recebê-la quando, de outra forma, não o teriam feito.

Melton Park adormecia do jeito que só acontecia com as casas antigas. Os sons mais sentidos do que ouvidos cessaram. Um silêncio soprava na brisa.

De repente, ele estava ali, perto da porta do quarto dela, ainda vestido com as roupas do jantar. Ele soltou o nó da gravata enquanto caminhava em sua direção. Tirou os casacos quando chegou ao pé da cama dela.

Ela se sentou e o observou se despir. Luz suficiente vinha da lamparina para ela ver sua expressão. Ele parecia assombrado. Distraído.

— Você foi discreto? — ela perguntou.

— Ninguém me viu. Desci do telhado.

— Estava pensando no seu tio? Isso o entristeceu?

— Porque ele caiu daquele telhado? Não. Também não é um lugar triste por causa disso. Não dá para ficar triste por muito tempo sob esse céu. Gera pensamentos, não tristeza.

Não triste, talvez, mas, ainda assim, perdido em pensamentos. Para onde quer que sua mente tivesse viajado, ainda não havia retornado. Ela também não acreditava que a tristeza não o afetasse de alguma forma.

Iris desabotoou a camisola e encolheu os ombros. Rastejou na cama até ele e se ajoelhou para ajudá-lo a terminar com suas roupas. Quando ele estava nu, ela saiu da cama e o abraçou. Permitiu um beijo profundo e longo, então moveu a boca para baixo em seu pescoço e ombro, seu peito e torso.

Baixou mais um pouco, ajoelhando-se até que pudesse tomá-lo em suas mãos e acariciá-lo. Ele prendeu a respiração quando ela arriscou um beijo na ponta do pênis. Ela beijou mais completamente enquanto o acariciava. Um gemido alcançou seus ouvidos. Ela se aventurou mais.

Demorou algum tempo para que a respiração normal de Nicholas voltasse. Ele a segurou contra seu corpo enquanto se recuperava. Ela o surpreendera. Ele não tinha percebido que ela era uma mulher que conhecia o mundo.

Enquanto sua mente se orientava, ele considerou o que havia acontecido. Havia pouca experiência em sua ousadia. Não que isso lhe importasse nem um pouco. Ela quase o tinha feito implorar com o primeiro beijo. Ainda assim, ele não achava que fosse comum com ela.

— Obrigado.

Ela se virou em seus braços e o beijou, então se aninhou no canto sob seu braço.

— Seus pensamentos não pareciam estar comigo. Pensei em reivindicá-los para mim.

— Você conseguiu.

— Isso provavelmente significa que fiz certo.

Nada comum, ao que parecia.

— Você quase me matou.

— Ah, que bom.

Ele deslizou o braço e se apoiou no cotovelo para olhá-la. As ondas de seu cabelo escuro se espalhavam no travesseiro e caíam sobre seus ombros. Mesmo com as pálpebras semicerradas, ele podia ver os lampejos brilhantes em seus olhos escuros.

— Você, no entanto, foi mal servida.

Seu olhar deslizou para ele.

— Só se você pretender sair agora.

— Deus me livre. Eu sou um cavalheiro. — Ele afastou o cabelo dela para que nada escondesse seu corpo. Seus seios ainda mostravam sinais de excitação. — No interlúdio necessário, contarei sobre os planos de amanhã enquanto admiro sua beleza.

Ele estendeu a mão e gentilmente tocou um seio. O mamilo imediatamente enrijeceu. Ela fechou os olhos por um momento e sorriu devagar.

— Planos? Além de dizer adeus à srta. Paget, que planos existem?

Ele preferia não falar sobre aquela garota, mas achava que deveriam.

— Nossa despedida será breve. Eu não fiquei favoravelmente impressionado. Ela conhece seu valor muito bem.

— Quando uma garota vale trinta mil por ano, é claro que ela sabe o seu valor. Quando também é bonita, suas expectativas são altas.

— Quem lhe disse quanto ela vale?

— Pelo menos duas das senhoras. A mãe nunca se recuperou do casamento com o segundo filho de um conde e preparou Hermione desde o nascimento para se casar com o título mais alto possível. Ela tem visitado sua tia Dolores há anos em antecipação a esta Temporada.

— Isso foi clarividência dela, já que só me tornei duque recentemente, e por acidente.

— Você não era o duque em que a mãe dela estava de olho.

— Tio Frederick? Acho que me sinto insultado por ser tratado como um mero substituto. Tampouco meu tio demonstrou interesse em se casar novamente depois que a esposa morreu. Ele achava os bordéis de Londres preferíveis e menos complicados.

— Talvez aquele primeiro casamento tenha sido por amor e ele nunca tenha abandonado o luto.

— Não sei. Ele pode ser incomum em suas decisões, como você bem sabe. O mais provável é que ele soubesse que teria muitos herdeiros em potencial se negligenciasse esse dever. Meu pai se preparou para ocupar seu lugar com os lordes, se necessário fosse. Educou-se.

— Você também?

— Eu, não. Mesmo depois que meu pai faleceu, ignorei o dever iminente. Meu tio estava na casa dos cinquenta então, por isso havia muito tempo, pensei.

O olhar curioso dela penetrou em seus olhos.

— Você não gosta de ser um duque? Disse que se conformou, mas não gosta de ter que fazer isso?

Ele gostava? Estava se acostumando com o dever. O peso tornara-se mais suportável e ele se pegava pensando como o duque que deveria ser. Ele havia preenchido totalmente o último ano com deveres de sua própria educação para que pudesse se sair pelo menos de forma aceitável.

— Só um tolo não gostaria. Poucos homens têm mais status e poder. Há momentos em que ainda acho tudo complicado. Além disso, a forma como aconteceu nunca está muito longe da minha mente.

Ela estendeu a mão e lhe acariciou o rosto. Ele beijou-lhe a mão, então o ombro.

— Sob esta luz, sua metade italiana é muito aparente.

— Mais da metade. Meu avô se casou com uma mulher de Milão. Meu pai se casou com uma florentina.

— No entanto, seu inglês é perfeito.

— Isso foi obra do meu avô. Ele insistia que falássemos em casa e corrigia qualquer erro de pronúncia ou sotaque. Ele disse ao meu pai que precisávamos falar bem, pois, se voltássemos para cá, não seríamos marcados como estrangeiros assim que abríssemos a boca. No entanto, em muitos aspectos, minha família era muito italiana. Eu era até conhecida pelo sobrenome Borelli quando mais nova.

— Não Barrington?

— Meu pai adotou o nome de solteira da mãe dele quando atingiu a maioridade. Foi uma mudança informal. Todo mundo sabia sobre o nome Barrington naquelas paragens. As memórias duram um longo tempo por lá.

— Foi por causa do escândalo?

— Não foi só o escândalo. Ele vendia quadros e me disse que era mais fácil vender quadros italianos para estrangeiros se pensassem que estavam comprando de um italiano. Além disso, durante os anos de guerra, era mais seguro ser Borelli.

— Aqueles anos foram difíceis para sua família?

— Foi cheio de mudanças e confuso em alguns momentos, mas não sofremos muito. Todos nós sobrevivemos. Então, depois que acabou, as febres vinham e vinham. Isso era muito mais perigoso. Ainda não havia quinino para ajudar com as febres como há agora. Mais alguns anos e talvez meus pais ainda estivessem vivos.

— Lamento que você tenha sofrido essa perda. — Ele a imaginou, quase uma garota ainda, vendo escapar tudo o que ela conhecia.

— Você também.

— Eu tinha uma família. Meus tios e meus primos. Não enfrentei isso sozinho.

— A vizinhança estava lá para me ajudar.

Mas ela realmente enfrentara tudo sozinha. Não era de admirar que ela se apegasse às memórias de todos eles, incluindo o avô que ela reverenciava.

— Por que começou a usar o nome Barrington de novo?

— É meu nome legal.

Ela ficou em silêncio. Ele se ocupou em acariciar levemente seus seios, passando as pontas dos dedos pelos bicos, provocando-os até que se enchessem e inchassem em resposta.

— Você falou de planos — ela disse, ofegante. Seu corpo flexionava lindamente em excitação.

— Tenho uma reunião com um dos agentes de Chase depois que todos os convidados forem embora. Antes disso, porém, vamos atacar os sótãos.

— Você já não os procurou?

— Não completamente. Quando vir o que está lá, você entenderá. Há gerações de acumulação. Mal consegui passar pelos depósitos mais próximos quando parecia que tinha acabado com as coisas do meu tio. No entanto, acho que precisamos examinar tudo isso.

Ela se contorceu um pouco enquanto ele continuava as lentas carícias e beliscões.

— Pode levar uma semana.

— Se trabalhássemos sozinhos. No entanto, traremos um exército. — Ele baixou a cabeça e passou a língua em um mamilo enquanto rolava a palma da mão sobre o outro.

Ela reprimiu um gemido.

— Exército?

— Chase e Kevin vão ficar para ajudar — disse ele, entre lambidas e beliscões. — Vamos colocar os criados para procurar. Esvaziaremos essas câmaras, se necessário.

Ele usou a boca e a mão de forma mais agressiva. A respiração dela

encurtou e seus quadris se mexeram involuntariamente. Ela estendeu as mãos para ele, mas ele as segurou. Então, juntou-as sobre a cabeça dela e continuou, desfrutando de seu abandono crescente.

— O interlúdio ainda não acabou, Vossa Graça? — ela sussurrou com uma respiração irregular.

— Acredito que sim, mas estou gostando disso. Estou totalmente ciente de cada reação que você tem. Cada grito engolido. Cada arrepio de sensação. Você fica ainda mais linda em sua paixão, e eu estou encantado. — Ele acariciou seu corpo. — Quero ver você alcançar a plenitude. Seu pico de desejo. — Tocou-lhe a parte interna da coxa, então acariciou a carne macia e úmida de seu sexo. Ela arqueou as costas, seus seios subiram e ela soltou um gemido baixo. Ele a acariciou mais deliberadamente, provocando uma melodia de gritos frenéticos. Eles subiram junto com a loucura de Iris, crescente, até que, com um grito, ela caiu ao atingir o ápice.

Ele soltou suas mãos e se ajoelhou entre suas pernas. Ergueu-lhe os quadris e a penetrou, segurando-lhe as pernas ao lado dos quadris, observando ainda ao trazê-la com ele mais uma vez até que seu próprio gozo o cegou.

CAPÍTULO VINTE

O exército baixou acampamento. Nicholas serviu como marechal de campo, com Chase e Kevin como seus generais.

— Vamos vasculhar metodicamente esses sótãos — anunciou ele às tropas.

Oito lacaios estavam diante dele. Eles e os cavalheiros estavam com as mangas arregaçadas, seus casacos empilhados em um dos quartos dos criados que flanqueavam o corredor do depósito do sótão, que ocupava uma extremidade do telhado. Iris e Minerva estavam sentadas em um velho sofá no outro extremo do corredor. Rosamund levantou-se, diário e lápis na mão.

— Retiraremos todos os móveis e os depositaremos em um dos aposentos dos empregados depois que um de nós três fizer uma busca minuciosa — continuou Nicholas. — Vocês devem me trazer qualquer coisa que acharem que pareça ser de valor. Se eu decidir que sim, vocês o levarão à srta. Barrington para um julgamento mais aprofundado. Em particular, esperamos encontrar uma caixa preta de tamanho médio. Se virem tal coisa, me avisem imediatamente.

Ordens emitidas, eles começaram. A câmara do sótão estava tão cheia de destroços dos duques de Hollinburgh anteriores que apenas dois deles conseguiam entrar.

— Então foi para cá que os animais vieram — disse Chase, quando abriram a porta. — Pelo menos você livrou a casa disso.

Nicholas quase gemeu quando viu toda a taxidermia que havia ali. As peças costumavam ser exibidas no patamar principal da casa, rosnando e caminhando em gestos congelados. Eles estavam entre as escolhas de decoração mais excêntricas do tio. Nicholas gesticulou para o lacaio colocar tudo do lado de fora.

Chase requisitou três outros lacaios para abrir mais espaço. Em seguida, começaram a remover os móveis para criar um corredor no centro.

Nicholas observou uma escrivaninha grande e pesada ser trazida para fora. Os criados a colocaram no corredor e ele começou a trabalhar no móvel. Já a havia examinado oito meses antes e encontrara algumas moedas de ouro enfiadas no fundo de uma das gavetas. Agora verificava cada centímetro e começava a procurar por fundos falsos.

— Use isto. — Kevin entregou-lhe uma longa fita métrica. — Fora e depois dentro. Você saberá imediatamente se há um espaço abaixo do que parece ser o fundo.

— Eu sabia que você seria útil.

— Foi ideia da Rosamund.

No meio do corredor, Rosamund estava anotando algo em seu diário.

Um criado passou apertado por Chase e carregou uma pequena estátua.

— Parece ouro, Vossa Graça.

Não de ouro maciço, mas banhado. Ainda assim, a estatueta parecia ser um item de qualidade.

— Leve-a para a srta. Barrington.

E assim foi. Logo que chegaram ao corredor, as coisas progrediram mais rapidamente. Uma série de objetos cercava os pés de Iris enquanto ela e Minerva embrulhavam outros em lençóis velhos. Aqueles deviam ser os itens valiosos, presumiu Nicholas. Pareciam duas criadas, cobertas com aventais e toucas para proteger suas roupas da poeira que aumentava no ar. Ele ordenou que mais janelas fossem abertas e voltou ao trabalho.

Sua atenção permanecia no sótão, mas seus pensamentos mais profundos se concentravam na noite anterior e naquela manhã. Despedir-se da srta. Paget fora uma provação, especialmente depois da profunda intimidade compartilhada com Iris. Sua educada despedida tinha sido recebida com sorrisos de conhecimento da menina, de sua mãe e de sua tia Dolores. Todas as três provavelmente sabiam muito bem a situação financeira daquela propriedade e esperavam que ele se valesse da beleza e da fortuna da jovem dama. Só um tolo pensaria duas vezes.

Ele não apenas estava pensando duas vezes, como também praguejara silenciosamente durante todo o caminho de volta para a casa. Tal casamento poderia ser tolerável se Iris concordasse em continuar como estavam. Ela disse que nunca tinha sido uma amante, mas eles poderiam ser amantes. Só que ele sabia, ele simplesmente *sabia*, que ela não concordaria.

Nem ele realmente queria que ela o fizesse. Tais arranjos eram comuns e geralmente bem aceitos. Mas mesmo que a sociedade soubesse, mesmo que Iris fosse abertamente reconhecida como sua amante, mesmo que ela fosse recebida quando participasse de jantares em seus braços e ninguém sequer sussurrasse quando ele dançasse com ela em bailes, ainda assim seria... impróprio. Uma palavra estranha, mas lá estava. Um insulto a ela, e uma enorme mentira da parte dele.

Ele vasculhou cada armário três vezes, meio que esperando encontrar um enorme tesouro daquelas malditas moedas de ouro, para que trinta mil por ano não o insultassem.

— Vossa graça. — A voz jovem falou alto de dentro do sótão.

Nicholas deixou sua posição naquele momento e caminhou pelo corredor. Um jovem lacaio estava parado diante de uma mesa. Em cima, havia uma caixa preta. O coração de Nicholas subiu à garganta ao vê-la. Era pequena o suficiente para um homem carregar, mas grande o bastante para ter muito conteúdo.

Abriu-a com força e olhou o que havia dentro. O tempo congelou por um momento. Então ele riu. Bonecas. A caixa estava cheia de bonecas velhas. Olhou para a madeira. Não era ébano. A caixa havia sido pintada de preto e era de baixa qualidade.

Ele voltou para o corredor e para a sua busca. Tentou ignorar qual fora sua reação ao ver aquela caixa pela primeira vez. Tanto o horror quanto a euforia o haviam atravessado, o primeiro pelas implicações para sua família, e a segunda pelo que significava para a dela.

A parte estranha foi qual delas se mostrou a emoção mais forte.

— Isso é um grande conjunto de coisas — disse Minerva, enquanto envolvia uma deusa de marfim em uma toalha velha.

— Os duques não economizam em suas condecorações.

— Quanto você acha que tudo isso vale?

Iris vinha mantendo uma contagem contínua o máximo que podia, mas tanto havia sido arrastado para fora daquele grande sótão que ela perdera a conta.

— Vou saber melhor quando vir o inventário de Rosamund. Eu diria que com pouco esforço tudo sairia por talvez dez mil.

— Nenhuma caixa preta, no entanto.

Iris olhou para Minerva. Ela estava mostrando mais a gravidez agora, e Chase só concordara em se juntar a eles se ela se sentasse ali, longe do pior da poeira, e se duas janelas nas câmaras laterais estivessem abertas para permitir uma brisa cruzada. Mesmo assim, Iris achou que Minerva deveria se recolher logo e descansar.

— Sem caixa preta. — Seu ânimo estava elevado quando haviam começado. Em parte, era um pouco da euforia que restava de sua noite com Nicholas. Até mesmo vê-lo se despedir da srta. Paget não o tinha diminuído muito, embora espiá-lo de uma janela alta tivesse dito mais sobre seus sentimentos do que ela queria admitir.

O passar das horas foi acompanhado por uma crescente decepção. Tinham avançado bem naquele sótão agora. Ela achava improvável que o último duque, ao receber aquela caixa de seu pai, tivesse percorrido todo o caminho até o fundo, através de móveis, baús e tapetes, para escondê-la.

Minerva se mexeu no sofá. Ela colocou a trouxa no chão e esticou as costas.

— Você está ficando desconfortável — disse Iris. — Deveria descer e descansar.

— Não é a minha condição, mas esse estofado. Os duques podem não economizar, mas um deles economizou com este assento. Não há estofamento suficiente abaixo de mim.

Iris não disse que sua almofada estava ótima e que Minerva não queria admitir a derrota.

— Parece que estão quase terminando. Quatro horas de trabalho duro para todos eles. Tempo demais para você ser torturada por uma almofada desconfortável.

Parecia mesmo que estavam terminando. Chase caminhou em direção a eles.

— Acabamos. Venha comigo, querida. Você não é mais necessária aqui.

Minerva pegou sua mão e se levantou com certa dificuldade. Ela se curvou e beijou Iris.

— Posso ver, pela sua expressão, que isso não terminou como você esperava. Venha me ver se quiser. Acho que Chase e Nicholas ficarão isolados na sala matinal, tratando de outros assuntos depois disso.

Rosamund entregou seu diário a Nicholas.

— Parece-me que os móveis bons do depósito podem permanecer nos aposentos dos criados, e que os antigos deles podem ser postos fora de vista. Se você concordar, pode simplesmente dar a todos uma hora ou mais para decidir onde colocar o quê.

Ela e Kevin seguiram Chase e Minerva até as escadas. Os criados passaram em fila. Finalmente, Nicholas aproximou-se de Iris.

Esta ficou de pé e sacudiu o avental, levantando uma nuvem de poeira. Ela apontou para os embrulhos.

— Há muitos itens bons aqui. Não há razão para guardá-los de volta. Você deve removê-los para uma câmara abaixo, onde podem ser levados para Londres e colocados em um dos bons leilões. Tenho certeza de que vão conseguir...

— Iris.

Ela voltou a atenção direcionada aos embrulhos para Nicholas.

— Você fez o que podia. Eu que agradeço. Suponho que preciso aceitar que toda essa busca pode não resultar no que procuro. O sr. Edkins deve ter cometido um erro.

— Iris, eu lamento.

— Você lamenta? A honra da família é muito importante para gente do seu tipo. Seu próprio pai morreu protegendo a honra. Talvez seu tio tenha queimado aquele livro, se fosse prova de que seu pai havia feito algo ignóbil. Por que não? Não era como se ele ligasse para sua importância ou valor. Talvez...

Ele a puxou em seus braços e passou a palma da mão sobre sua bochecha.

— Silêncio agora. Você está desapontada e eu entendo. Eu estava mais do que esperando que o encontrássemos, e você teria sua prova. Vou continuar procurando para você até que não haja mais lugar para procurar.

Ela descansou a testa contra o peito dele e lutou para conter sua desolação. Seu coração pediu desculpas ao avô por ter falhado.

— Venha — disse ele. — Está empoeirado e sujo aqui em cima.

Ela tocou a mão que ele oferecia, mas retirou a sua.

— Descerei logo. Quero assimilar essa ideia primeiro.

— Vou procurá-la depois que terminar com Chase. — Ele a beijou e saiu.

Lágrimas rolaram assim que os passos dele desapareceram na escada. Os criados voltariam logo para limpar, tirar o pó e tornar seus aposentos habitáveis novamente. Ela seria uma intrusa.

Iris se sentou no sofá e se permitiu afundar na decepção. Ela se mexeu, porque o sofá não parecia mais tão confortável quanto antes. Percebeu que estava sentada onde Minerva havia se sentado por todas aquelas horas. Mais curiosa do que triste agora, ela olhou para as almofadas.

Então se levantou e olhou para tudo. Todas as almofadas pareciam iguais. Ela pressionou aquela onde havia se sentado durante a busca e parecia um estofamento típico, todo volumoso com penugem. Porém, pressionou onde tinha acabado de se sentar, e parecia muito diferente.

Colocou as duas mãos na almofada e depositou seu peso nela. Em vez de ceder, a almofada atingiu algo duro. Os fabricantes de móveis tinham vendido a um duque um item seriamente defeituoso.

Curiosa, ela tateou todo o estofamento. Para sua surpresa, o tecido no espaldar estava solto. Ela o puxou para cima em um canto e o tecido caiu para trás, como se nunca tivesse sido pregado. Puxou com mais força e ele se dobrou.

Ela olhou para o que havia descoberto.

Ali, aninhada no fundo da almofada, coberta com uma fina camada de penugem branca, ela viu uma caixa preta.

Afastou a penugem que a cobria e a ergueu. Era menor do que ela esperava, retangular, com não mais do que trinta centímetros de largura e no máximo quinze centímetros de altura. Colocou-a no outro estofado. Com as mãos trêmulas, abriu-a. Prendeu a respiração.

Dentro havia um velho livro encadernado em couro antigo. Não ousando ter esperanças, ela levantou a frente e folheou. Um manuscrito. Um Saltério. Parou quando viu a iluminura de Davi como rei, sentado como Cristo em Majestade. Ergueu-o para examiná-lo melhor e viu que havia um papel dobrado embaixo dele. Seu coração batia forte. Talvez fosse a correspondência de seu avô, organizando a venda para o duque.

Ela o abriu, mas imediatamente o dobrou de novo. Correspondência com certeza, mas não o que ela procurava. Vislumbrara uma caligrafia feminina. Desapontada, colocou-a de volta na caixa. Não desejava se intrometer nas cartas pessoais da família Radnor.

Voltando sua atenção para o Saltério, ela notou a carta novamente com o canto do olho. Podia ver o endereço do destinatário, já que a carta havia sido posta com esse lado para cima. Seu coração começou a bater com tanta força que ela sentiu a cabeça doer. *Reginald Barrington... Firenze...*

O nome de seu avô.

Sua mão tremia quando ela ergueu a carta novamente. Então, ela leu.

Pela primeira vez na vida, pensou que ia desmaiar.

— Eu disse a Jeremy para fazer uma parada aqui, já que estava regressando a Londres. Vai economizar tempo — disse Chase. — Sua esposa, Elise, contribuiu para o que lhe será dito, mas ela está lá em cima, descansando.

Nicholas examinou o jovem sentado à mesa da sala matinal. Os restos de uma refeição estavam sendo retirados por dois lacaios. Chase e Minerva flanqueavam Jeremy e todos estavam de frente para o duque, seu cliente.

Ele sabia o suficiente sobre a profissão de Chase para lembrar que esse jovem havia começado a trabalhar para Minerva muito antes de ela e Chase formarem uma aliança de casamento e negócios. Ele era um sujeito alto, com feições esculpidas e cabelos compridos. Atualmente usava as roupas de um trabalhador, mas Nicholas o tinha visto antes vestido como um cavalheiro. Um dos talentos de Jeremy era a capacidade de parecer integrar qualquer grupo do qual fosse parte.

Minerva empurrou um documento de pergaminho sobre a mesa.

— Pedi a Sanders o contrato de sociedade referente àquela usina, caso precisemos consultá-lo.

Nicholas passou os dedos pela borda do pergaminho.

— Suponho que as notícias não sejam boas, se estão todos aqui.

— Não, não são — disse Chase. — Temo que possa ser pior do que você espera. Conte o que descobriu, Jeremy.

— Cheguei a Manchester e encontrei trabalho na fábrica com facilidade — iniciou Jeremy. — Tenho experiência nas máquinas, então entre isso e a carta de recomendação do sr. Withers, o supervisor da fábrica ficou feliz em me contratar. Algumas cervejas depois do expediente com os outros rapazes e comecei a conhecer os segredos.

— Atkinson está roubando?

— Está, mas não do jeito que possam pensar. Não simplesmente desfalcando o caixa, da maneira típica. Ele está usando as máquinas à noite, para um negócio totalmente separado. Funcionários diferentes, clientes diferentes, tudo diferente.

— Exceto que nem tudo pode ser separado — adicionou Minerva. — O prédio e seus custos não são, nem as máquinas e sua manutenção, nem o depósito...

— Foi por esse motivo que ele resistiu em fazer uma contabilidade completa do negócio. Isso levaria a perguntas sobre os custos excessivos — concluiu Nicholas. — Atkinson é muito mais inteligente do que eu pensava.

Jeremy olhou para Chase, então pigarreou.

— O verdadeiro problema é esse outro negócio. Não é tecelagem de lã. É algodão.

Nicholas pegou aquele pergaminho, abriu o grande documento e o leu rapidamente para assegurar-se de que sua memória estava correta.

— Essa fábrica é muito parecida com a que o tio deixou para Minerva — disse Chase. — O tio tinha condições que ele insistia que fossem incluídas nos contratos antes de dar qualquer dinheiro. No nosso caso, havia um dispositivo que indicava o menor salário que poderia ser pago. No seu...

— Era a exigência de que só produzissem lã, de ovelhas nativas. O tio podia ser estranho às vezes.

— Não é que ele quisesse encorajar tanto a criação de ovelhas, como ouvi dizer — falou Jeremy. — Era que ele especificamente não queria tecer algodão.

— Claro. — Nicholas conhecia seu tio bem o suficiente para saber por quê. — Ele sempre falava com sarcasmo sobre as fábricas que importavam todo aquele algodão da América. Algodão colhido por escravos em seus estados do sul. Nós proibimos a escravidão aqui. Nossa marinha detém navios negreiros em alto-mar, mas nossas fábricas compram todo aquele algodão que faz a escravidão dar lucro do outro lado do oceano. Não suponho que Atkinson esteja obtendo algodão da Índia ou de outro lugar.

Jeremy balançou a cabeça.

— Vi o algodão cru ser trazido. Vi onde é armazenado e onde o fio é fiado. Consegui entrar no depósito para poder ver as marcações nas caixas e ter certeza.

— Você não pode invadir a propriedade de um homem para quem está prestando um serviço — declarou Minerva. — Você mostrou iniciativa, como de costume.

— E eu agradeço por isso — respondeu Nicholas. — Agora sei como lidar com Atkinson e com essa sociedade em particular.

A mesa foi retirada e o café, servido. Havia um prato de bolos no centro. Pareciam ser o tipo de iguaria que Iris apreciaria. Talvez ele os levasse até ela. Nicholas empurrou a cadeira para trás e se levantou para ir procurá-la.

Ninguém mais se mexeu.

— Há mais — revelou Chase.

Nicholas sentou-se novamente.

— Mais iniciativa?

— Sim, e você deveria ouvir. — Chase acenou com a cabeça para Jeremy.

— Eu sabia que nosso escritório estava dando uma olhada nos parceiros de negócios do último duque. Sócios e coisas assim. Relacionado ao acidente — disse Jeremy. — Então fiz os rapazes falarem sobre Atkinson. Elise fez o mesmo com as mulheres. Ele tem gerentes que fazem a maior parte da observação e tal. Ele visita às vezes, mas não com frequência. Eu só o vi uma vez enquanto estava lá. Ele próprio mora longe da fábrica agora. E viaja muito.

— Para onde?

— Não a Paris nem nada. Não à América. Não há necessidade de ir lá quando o algodão chega aqui. Principalmente, até onde pude averiguar, ele visita Londres. Não são visitas familiares. A patroa não vai com ele; ele vai sozinho. Tive uma longa noite com um dos cocheiros do gerente na

companhia de uma garrafa, e ele tinha ficado sabendo a partir do cocheiro de Atkinson. — Jeremy enfiou a mão no colete gasto e retirou um pedaço de papel. — Pelo melhor que pude descobrir, essas são as datas aproximadas em que ele estava na Capital.

Nicholas estudou a pequena lista. Houvera algumas datas no ano anterior, depois uma temporada muito recentemente. No entanto, uma viagem no topo da lista chamou sua atenção.

— O que é isso aqui, com a data inicial, mas uma estrela ao lado?

— Não Londres. Eles visitaram o interior naquela época. Este condado aqui, o melhor que pude descobrir.

Nicholas olhou as datas. Se Jeremy estava certo, Atkinson estava no condado no dia em que tio Frederick morrera.

— Isso vai precisar ser investigado — ele declarou a Chase.

— Já estamos descobrindo o que podemos sobre o tempo dele aqui. O cocheiro pode ser comprado, tenho certeza — falou Minerva. — No entanto, acho que você está deixando de notar o que nos preocupa muito mais do que isso. — Ela estendeu a mão e bateu o dedo na última linha do papel. — Ele esteve em Londres recentemente, mas não visitou você, não requisitou nada do seu tempo. A presença dele na Capital era desconhecida para você.

— Suas perguntas persistentes sobre a fábrica eram um perigo para ele e sua riqueza — prosseguiu Chase. — Eu não li esse contrato de sociedade. Só chegou pelo mensageiro esta manhã. No entanto, o tio podia ser implacável em seus negócios, e Sanders é um advogado muito bom. Meu palpite é que as penalidades por não aderir às condições do tio na administração da fábrica não eram as que Atkinson gostaria de enfrentar.

As implicações disso foram assimiladas.

— Eu li várias vezes. Ele estaria arruinado.

— Daí a nossa preocupação. — Minerva bateu na lista novamente. — Toda vez que a srta. Barrington estava em perigo, você estava com ela — disse Chase. — Talvez alguém estivesse tentando ferir você, não ela.

O que fazer? *O que fazer?*

Iris andava de um lado para o outro pela biblioteca enquanto aquela

pergunta se repetia em sua cabeça. Uma pergunta estúpida. Uma pergunta desnecessária. Só havia uma coisa a fazer, mesmo que partisse seu coração.

Pela terceira vez na última hora, ela saiu da biblioteca e foi para a sala matinal. As portas permaneciam fechadas. Aquela reunião estava demorando muito.

Ela se aproximou do lacaio que cuidava da porta.

— Por favor, diga ao duque que eu apreciaria a companhia dele na biblioteca assim que ele terminar.

De volta à biblioteca, ela tentou se distrair lendo o Saltério. Tentou apreciar sua execução refinada, mas aquele manuscrito, tão procurado por tanto tempo, agora parecia zombar dela. Até a expressão do rei Davi parecia um sorriso de escárnio indelicado. *Não é o que você pensou. Não é o que você esperava. Que pena.*

Ela fechou os olhos e cavou profundamente em seu coração em busca de coragem. Coisas demais interfeririam nessa descoberta. O amor a incentivava a encontrar outro caminho. A covardia a tentava a fingir que permanecia ignorante. Se escondesse a caixa ou a queimasse, quem poderia saber?

Ela saberia. Ela levaria o homem que amava a viver uma mentira. Experimentou uma dor real com esse pensamento. Ter esperado tanto tempo para amar, presumir que nunca amaria, e chegar a isso...

— Trouxe uma guloseima para você.

A voz dele a assustou. O braço dele a envolveu por trás do sofá e colocou um prato com doces na mesinha ao lado do braço do assento.

— O chef se superou. Acho que ele não percebeu que você não estaria no almoço conosco. Acredito que você fez a refeição com Rosamund.

Os olhos dela estavam embaçados com as lágrimas. Que consideração da parte dele carregar aquele prato para ela, por toda a casa, como se fosse um criado. Como era típico dele notar os doces durante aquela reunião e pensar que ela poderia gostar.

— Eu não estava com fome. — Ela se levantou e contornou o sofá para abraçá-lo. Saboreou a maneira como ele a envolvia, fazendo o momento durar enquanto ela se concentrava em cada toque e calor, cada centímetro. Então se desvencilhou, pegou a mão dele e o conduziu até uma mesa perto de uma das janelas. — Encontrei algo depois que todos vocês se foram.

Estava no estofamento do sofá em que estávamos sentadas. Olhe aqui.

Ele ficou imóvel enquanto a fitava. Então colocou as pontas dos dedos levemente no topo da caixa.

— Zeus — ele murmurou. — É...

— Sim. — Ela abriu a caixa para revelar o Saltério. Nada mais jazia dentro.

Ele ergueu o manuscrito e virou algumas páginas.

— É impressionante.

Ela falou para preencher o silêncio pesado enquanto ele examinava o Saltério.

— Talvez o sofá estivesse inclusive dentro do quarto de vestir do antigo duque e fosse aquele em que o criado viu a caixa, tantos anos atrás. De qualquer forma, aqui está.

— Sim, aqui está. — Ele colocou o Saltério de volta na caixa. — Você estava certa. Uma grave injustiça foi cometida. Meu avô roubou esse manuscrito e arruinou sua família ao fazê-lo.

— Ele pode ter se esquecido disso. Ele era um duque e estava ocupado com muitas coisas. A venda de um livro dificilmente teria grande significado.

— Sou um duque e não o teria esquecido.

— Não agora, mas, em dez anos, quando sua vida estiver cheia de deveres e do destino do reino, quando tudo o que é ser um duque recair sobre seus ombros e o tempo colocar camadas de responsabilidades sobre seus ombros, você provavelmente pode esquecer coisas como estas.

Um vago sorriso se formou lentamente. Um de quem compreendia.

— Você está sendo gentil. No entanto, é o que é, e não vou fingir o contrário. — Ele fechou a caixa e lhe entregou. — Pegue. Faça o que quiser com o manuscrito. Venda. É uma pequena recompensa pelo modo como foi usado contra sua família.

Ela não aceitou a caixa.

— Talvez seja melhor devolvê-lo ao homem a quem pertence. Não foi roubado do meu avô como tal. Ele era apenas um intermediário.

— Sim. Claro.

— Acho que você deveria incluir uma carta. Poderia apenas relatar o que é verdade: que isso foi encontrado na limpeza do sótão. Você ficou sabendo que pertencia a ele e está devolvendo com desculpas por sua longa ausência.

— Duvido que isso limpe o nome de seu avô. Ou o seu.

— O seu mundo é pequeno, e o meu é ainda menor. Com o tempo, o extravio acidental se tornará conhecido por aqueles que importam.

Ele a puxou para seus braços e descansou a testa contra a dela para que seus olhares se tornassem próximos e intensos.

— Você é muito generosa.

— Eu acho que não importa tanto quanto pensei que importaria. — Tampouco importava naquele momento, abraçados e vigiando a alma um do outro. O Saltério e a longa busca, a missão e seus sobrenomes desapareceram naqueles poucos minutos. Permaneceram apenas eles juntos.

— E agora? — A pergunta veio baixa, pouco antes de ele beijá-la.

— Agora voltarei para Londres, para minha pequena livraria e para meus leilões. E você fará coisas de duque.

Uma sombra adentrou os olhos dele, pois ambos sabiam o que eram algumas dessas coisas.

— Rosamund e Kevin vão começar a viagem de volta em breve. Eu perguntei se posso ir com eles — acrescentou ela.

— Eu preferiria que você ficasse aqui pelo menos até amanhã.

— Não acho que isso seria sábio. A fofoca do condado se espalha rapidamente. — Ela esboçou um grande sorriso e o abraçou. — Agora me beije direito, para que eu tenha algo em que pensar na viagem de volta.

Seu beijo não foi apropriado. Era quente, impaciente e imprudente. Era o tipo de beijo que poderia deixar uma mulher fraca, mole e desmaiada de desejo. Ela não ofereceu defesa e sentiu-se eufórica com a paixão.

Quando terminou, Iris deu um pequeno beijo em seus lábios antes de se afastar.

CAPÍTULO VINTE E UM

Iris o estava evitando. Nicholas não podia mais negar. Seus convites foram recusados. Suas cartas receberam respostas doces e agradáveis que incendiaram sua impaciência. Finalmente, ele a localizou no leilão de uma casa, mas ela não se sentou com ele.

Ele imaginou que fosse por causa da srta. Paget. Graças à tia Dolores, a fofoca estava se espalhando. Sua tia tivera a ousadia de escrever e insinuar que ele deveria se declarar logo para que a reputação da moça não fosse prejudicada.

— Não fiz nada para merecer isso — queixou-se a Kevin enquanto cavalgavam no Hyde Park, longe de onde pudessem ser vistos por qualquer dama que os esperasse. — Eu nem a convidei para aquele jantar, muito menos para passar a noite sob meu teto. Foi tudo obra das tias. Eu nem visitei a garota, o que é quase considerado grosseria, mas há todos esses boatos criando algo onde não havia nada.

— Disseram-me que você dançou com ela em um baile duas noites atrás.

— Uma vez. Dancei com outras três moças também. Uma vez com cada. — Isso deixou apenas mais três mães conspirando, infelizmente. — Não é justo. Ninguém queria que sua filha se casasse comigo há dois anos.

— Agora você tem que se casar com alguém. Poderia muito bem ser ela. Você não vai se sair melhor financeiramente.

Como era típico de Kevin simplesmente dizer isso, como se fosse a única coisa importante.

— Não me olhe assim. Você precisa do dinheiro. Foi por isso que o tio se casou. E o avô, presumo. Os Radnor têm o péssimo hábito de deixar aos herdeiros muitas propriedades, mas não dinheiro suficiente.

Maldição, como isso era verdade...

— O que você tem contra a srta. Paget? Ela é adorável e também rica.

— Não se esqueça de que ela tem muitos talentos. Naquele baile, tia

Dolores e a sra. Paget me encurralaram... e não estou usando uma metáfora, pois, na verdade, elas me encurralaram em um canto para que eu não pudesse escapar... e exaltaram seus muitos talentos ao cantar, tocar piano, escrever poemas, suas habilidades equestres e muitas outras virtudes impressionantes.

— Parece a perfeição. Você deveria pedir a mão dela de uma vez. — Kevin moveu seu cavalo para poder olhar nos olhos de Nicholas. — O problema não é quem ela é, mas quem ela não é, certo?

Nicholas examinou a paisagem atrás da cabeça de Kevin.

— Pensei que você tivesse acabado com isso — falou Kevin. — Dizem que vocês dois não se veem desde que voltaram de Melton Park.

— Dizem, não é?

— É o que dizem.

Se Rosamund havia contado isso a ele, significava que as outras herdeiras ainda estavam se encontrando com Iris. Ela não tinha simplesmente desaparecido.

— A srta. Barrington não precisa mais de nossa amizade. Ela encontrou o que procurava. — Não ele, claramente.

— Se você se importa com isso, lamento saber.

Maldição, sim, ele se importava. Muito mais do que deveria. Ela o assombrava.

— Você já decidiu o que fazer com Atkinson e aquela fábrica?

— Mandei Jeremy de volta com um grande saco de dinheiro para subornar os criados do homem e obter informações a respeito de suas visitas aqui e em Sussex. Quanto à fábrica, vou me encontrar com Sanders em uma hora para discutir a estratégia.

Kevin se inclinou um pouco. Sua expressão mudou.

— Se você tem um compromisso, eu aconselho que não se vire.

— Por que não?

— Só não vire. Você diz que a srta. Paget é uma excelente amazona? Ela sabe do seu hábito de cavalgar de manhã aqui no parque?

Será que sabia? Ele podia ter mencionado isso em algum momento. Se não, tia Dolores poderia ter falado.

— Pergunto porque duas mulheres estão trotando a cavalo em nossa

direção. Foi por isso que avisei para não se virar. Depois de vê-la, você nunca escapará, a menos que queira excluí-la de seu círculo de vez. Assim que cair na armadilha, não conseguirá cumprir mais nenhum compromisso hoje.

Maldição.

— Sinto de repente a necessidade de exercitar meu cavalo a todo galope. Deixo para você dizer algo educado quando elas passarem por aqui.

— Fico feliz em ser útil.

Nicholas moveu seu cavalo com força e incitou-lhe a pleno galope.

— Está se sentindo bem? — Bridget fez a pergunta depois de colocar lençóis na cama de Iris.

— Estou bem. Por que pergunta?

— Porque você fica muito tempo sentada naquela cadeira, olhando para uma lareira sem fogo.

— Estou pensando.

— E porque Rei Arthur está no seu colo, e você não parece se importar, nem notar.

Iris piscou e olhou para a grande juba laranja em seu colo. O gato estava dormindo esparramado, com as patas traseiras dependuradas para um lado.

Ela nem notou que ele pulara.

Quanta estupidez a sua sofrer tamanha melancolia. Era típico de uma mulher sucumbir àquele sofrimento do coração. Não era como se a ligação com o duque realmente significasse alguma coisa. Tinha sido apenas um dos vários casos momentâneos de que ela desfrutara em sua vida. Provavelmente haveria outros. Não havia futuro em tais relações com homens da posição dele. Apreciava-se o momento, depois olhava-se para o futuro quando terminava.

— Tenho pensado que voltarei ao Continente em breve. — Ela fez uma longa carícia no pelo do gato.

— Tão cedo?

— Não imediatamente. Ainda serei sócia desta loja. Gosto de ter uma casa para a qual voltar.

— Você é sempre bem-vinda aqui, mesmo que não seja sócia.

Iris olhou para cima, para a expressão preocupada de Bridget.

— Estou bem. De verdade.

— Não parece. Não está agindo como se estivesse. Você tinha afeto por ele, não é? Ele a dispensou? Esses homens não são cuidadosos com os sentimentos de outras pessoas, imagino.

— Eu tinha sentimentos por ele. Muito mais do que eu esperava. Muito mais do que era sábio. Ele não me dispensou, no entanto. Também não foi cruel com meus sentimentos. Era hora de acabar, isso é tudo.

— Por quê?

Porque ela descobrira um segredo que mudara tudo. E explicava tudo.

— Simplesmente foi assim.

— Se você diz. Tenho peixe para o jantar. Eu chamo quando estiver pronto.

Como se entendesse as palavras de Bridget, Rei Arthur ficou instantaneamente acordado e alerta. Ele pulou do colo de Iris e saiu atrás de sua senhora.

Iris levantou-se e caminhou até sua pequena escrivaninha e os livros empilhados ali. Ela tentou se ocupar em prepará-los para venda. Seu olhar se desviava para um livro simples e prático no canto de trás da escrivaninha. Uma carta estava escondida nele. Uma carta antiga.

Realmente não era hora de terminar as coisas com o duque, mas era necessário.

Nicholas considerou tudo o que Sanders havia explicado. O advogado havia, com sua calma e competência, listado as várias maneiras pelas quais Nicholas poderia confrontar Atkinson sobre a quebra de contrato referente à fábrica. Sendo um advogado muito bom, ele não tornou os fatos mais bonitos do que seriam. O tempo e os custos de levar aquilo ao tribunal se mostraram enormes durante a pequena palestra.

— Se ele estivesse apenas usando os equipamentos e as instalações para conduzir um negócio completamente separado, isso seria uma coisa, como eu disse — concluiu Sanders. — Basta processar essa empresa pelos custos devidos. No entanto, parece que o sr. Atkinson não foi inteligente o bastante para fazer dessa maneira. Em vez disso, ele levou o negócio do qual

o senhor é sócio por esse caminho, porém, apenas escondeu a atividade e os lucros do senhor. Foi por isso que ele nunca pôde fornecer uma contabilidade completa. Tomar medidas legais será um esforço muito demorado.

Nicholas teve visões de anos de intermináveis complicações legais, durante as quais Atkinson reteria quaisquer distribuições de renda em retaliação.

— Farei, é claro, o que o senhor escolher — disse Sanders. O advogado conhecia a condição das finanças da propriedade melhor do que ninguém. Nicholas tinha ouvido advertências no conselho, embora Sanders nunca dissesse para desviar o olhar e fingir ignorância.

— O que eu escolho fazer é enforcar o homem — falou Nicholas. — Tenho outra ideia, no entanto.

— O senhor é que sabe.

— Em vez de processá-lo, vou deixá-lo me processar, se ele quiser.

Sanders inclinou a cabeça de lado.

— Mesmo?

— Sou sócio pleno. Onde está escrito que Atkinson controla a fábrica e eu permaneço em segundo plano? Enviarei um novo gerente e simplesmente substituirei o dele pelo meu. Ele será impedido de entrar no local. Também enviarei contadores para fazer uma contabilidade completa. Deixe Atkinson reclamar nos tribunais, se ele ousar.

Sanders sorriu lentamente.

— Ousado, mas possivelmente eficaz. Posso sugerir que, se o senhor pretende essa insurreição, faça tudo de uma vez, em um dia, e envie alguns brutamontes para garantir que se desenrole em paz?

— Tenho certeza de que Chase conhece alguns homens que podem servir a esse propósito.

— Sem dúvida. Conheço um homem que seria excelente com a contabilidade, se precisar.

— Então vou planejar a campanha e colocá-la em prática. Agora, um outro assunto. O que descobriu sobre a srta. Barrington? — Ele meio que esperava que Sanders revelasse algo sobre o que ela estava fazendo ultimamente, agora que não vinha mais à sua casa para conduzir avaliações e buscas.

Sanders deslizou alguns papéis para o lado em sua mesa e pegou um.

— Interessante que o senhor pergunte. Acabei de receber uma comunicação do meu representante em Florença. Acho que não estou exagerando ao dizer que o assunto deve ser resolvido logo. Como ela me disse, o pai dela adotou outro nome, o que complicou as coisas.

— Borelli.

Ele recebeu um olhar penetrante de Sanders.

— Como resultado, ela era conhecida em sua vizinhança por esse sobrenome e só voltou a usar Barrington ao assumir seu ofício após a morte dele. No entanto, agora recebi a confirmação de que Iris Borelli e Iris Barrington são a mesma pessoa. Podemos então nos assegurar de que a mulher que agora reivindica o legado é a mesma Iris Barrington, uma vez que uma pequena questão seja resolvida.

— Qual questão?

— O médico que cuidou da mãe dela, e dela, diz que a Iris Borelli, nascida Barrington, que ele conhecia tinha uma pequena marca de nascença na parte de trás do ombro esquerdo. Assim que ela concordar em ser examinada, essa marca, se presente, provará que esta mulher em Londres é a mesma que viveu em Florença.

— Essa marca de nascença tem vagamente a forma de um coração?

Sanders olhou para ele.

— Sim.

— Examine se quiser, mas ela tem uma marca de nascença.

Sendo não apenas um advogado muito bom, mas extremamente discreto, Sanders apenas assentiu.

— Entendo. Bem, então encontramos nossa terceira herdeira.

CAPÍTULO VINTE E DOIS

A carta veio por mensageiro. Iris reconheceu o selo. Ela largou os livros que estava recolocando na estante e ignorou a curiosidade de Bridget. Voltou para a cozinha e a abriu.

Por favor, visite Whiteford House esta tarde para discutir um assunto de extrema importância.

Hollinburgh

Ele sabia. Esse foi o primeiro pensamento que surgiu na mente dela. A frase concisa. A referência à extrema importância. A ordem. A assinatura. Ele sabia.

Ela debateu se deveria obedecer. Não o via desde que se afastara de Melton Park. Suas emoções daquele dia ainda não haviam se acalmado. Ela deveria apenas deixar o dia passar sem obedecer àquela convocação. Isso era o que uma mulher inteligente faria.

Só que não se sentia mais muito esperta. Sentia-se fraca e confusa, e seu coração ansiava por vê-lo novamente, mesmo que tivessem brigado. Sabendo que não deveria, vestiu-se para tal visita e alugou um cabriolé para levá-la a Park Lane às três.

O mordomo cuidava da porta naquele dia. Ele a acompanhou até a biblioteca, onde o duque a esperava. O mordomo fechou as portas quando se retirou.

Nicholas apenas olhou para ela, por tempo suficiente para que ela começasse a se preocupar com coisas femininas, como se ele não a achasse mais atraente ou se seu rosto parecesse corado e desagradável. Ele estava maravilhoso, como sempre. Alto, bonito e muito perfeito. Ela imaginou seu retrato sendo pintado com ele vestido exatamente daquela maneira, em seus casacos escuros, gravata engomada e cabelo cortado na moda, parado ao lado da lareira com um braço inclinado e apoiado no console.

Ele se virou e a encarou diretamente.

— Eu estava começando a pensar que você não viria.

— São apenas três horas.

— Você tende a chegar antes da hora ou ser pontual.

— Eu não queria parecer ansiosa.

— E você estava? Ansiosa?

Ela se sentou em uma cadeira de madeira.

— Eu estava curiosa. Então aqui estou, embora um pedido em vez de uma ordem fosse mais educado.

— Você teria vindo a um pedido?

Provavelmente não.

— Qual é esse assunto de extrema importância?

Ele se sentou o mais próximo possível dela, na ponta de um sofá.

— Seu legado. Sanders a notificará em um ou dois dias, mas está resolvido. Estou informando-a primeiro, antes de dar a notícia à família. Você pode começar a planejar o que fazer com a herança.

— É bom saber.

— Não parece muito feliz com isso.

— Esse legado recuou em meus pensamentos. Tornou-se algo que pode acontecer em algum momento, mas talvez não. Nunca me permiti acreditar ou contar com ele. — Mesmo agora, com aquela notícia, ela não conseguia sentir muita emoção. Talvez fosse porque a maioria de suas emoções envolvia o homem a apenas um braço de distância.

Sua mera presença a estimulava. Ela precisava construir paredes mentais contra memórias. Lutou para silenciar o sussurro em seu coração. *Quem saberá? Quem se importará? É uma pequena mentira.*

— Também gostaria de informar que o Saltério voltará para a família a que pertence. Enviei uma carta contendo uma desculpa esfarrapada sobre a perda do livro por todos esses anos. Mencionei que um livreiro chamado Barrington foi prejudicado pelo descuido de meu avô. Talvez, como você disse, a notícia se espalhe para aqueles que importam.

A garganta dela queimava de lágrimas que queriam fluir. Finalmente,

finalmente. Imaginou seu avô chamando-a para seu lado para que ele pudesse mostrar-lhe um frontispício florido e gravado.

— Obrigada. Foi muito generoso de sua parte. Estou grata.

— Não fiz isso por sua gratidão.

— Então por quê? Poderia tê-lo enviado sem explicação, sem atribuir o desaparecimento a seu avô.

Ele apenas olhou para ela. Tanto calor em seus olhos. Iris não podia mais bloquear as memórias, porque o olhar dele continha todas elas.

— Fiz porque era a coisa mais honrosa a se fazer.

Ela não teve resposta, pois fitar os olhos dele a deixou sem voz e sem defesas.

Para sua surpresa e desapontamento, ele se levantou e se afastou.

— Tenho outra coisa para falar. Uma proposta de negócio.

Ela teve que sorrir, embora um canto de seu coração desejasse que fosse uma proposta do tipo escandaloso que ela nunca aceitara. Ou não tinha aceitado no passado.

— Quero que você venda o *Poliphili*. Isso pressupõe que continue seu ofício pelo menos por um curto período de tempo, apesar do legado que vem logo.

Talvez fosse a única coisa que poderia desviar a atenção das especulações eróticas que serpenteavam em sua mente.

— Você quer? Tem certeza de que quer vendê-lo?

— Estou certo. Também quero que sirva de intermediária naquele vaso romano. Eu lhe darei cartas de apresentação para o duque de Devonshire e quaisquer outras pessoas que você desejar. Eu preferiria que fosse você, em vez de um procurador ou agente.

Essas cartas abririam as portas para os melhores colecionadores do reino. A euforia por seu ofício se transformou em uma decepção entorpecente. Ele estava garantindo o futuro dela, mesmo além do legado. Ele estava lhe dando um presente de despedida.

O que esperava? Era ela quem tinha se afastado. Era ela quem não respondera às duas cartas dele. Ela havia encerrado o caso e ele havia aceitado, mas ainda era um duque. Um cavalheiro.

— Eu provavelmente deveria fazer um esboço do vaso e tomar notas

detalhadas sobre as medidas.

Ele caminhou até a mesa na janela norte. As luvas e o avental dela ainda esperavam lá, e seus cadernos.

— Como parece que você não terminará a avaliação, podemos usar seus instrumentos. — Pegou o caderno, o lápis e a fita métrica. — Eu sabia que havia sido encerrado quando você não voltou para completar seu exame desta biblioteca. Eu verifiquei todas as manhãs. Sua ausência disse tudo que eu precisava saber.

Ela se levantou e caminhou até ele.

— O que precisava saber?

— Se estava correta minha sensação de que você foi embora para sempre naquele dia. — Sua expressão endureceu. — Se tudo isso... — ele apontou para a mesa e para as luvas — ... foi apenas um meio para atingir um fim. Tendo alcançado seu objetivo, você não precisava mais de nada disso.

Seu coração partiu ao meio. Ele não estava falando sobre as avaliações, mas sobre ele mesmo.

— Isso não é verdade. Não assumi as avaliações, ou qualquer outra coisa, apenas como um meio para um fim.

Ele olhou para ela e sua expressão suavizou ligeiramente.

— É bom saber. Agora, o vaso está lá em cima, escondido com segurança em meus aposentos. Venha comigo, e poderá fazer seu exame.

Ela o acompanhou escada acima, até o nível do apartamento ducal.

— A luz do norte está batendo no quarto de vestir. Vou levar o vaso para você lá.

Ele abriu uma porta e gesticulou para que ela entrasse na câmara.

O quarto de vestir tinha mais espaço do que toda a casa que ela possuía em Florença. Era grande o suficiente para acomodar quatro grandes cadeiras estofadas azuis dispostas em círculo, também continha outra colocada em um canto perto de uma janela. Ao lado daquela cadeira, ela notou uma pilha de livros, junto com outra pilha de livros. Jornais estavam espalhados em uma mesa próxima.

A janela do norte dava para a famosa área selvagem do grande jardim. Alguém havia colocado uma mesinha contra ela e uma cadeira de frente para a janela.

Ele entrou, trazendo a caixa que continha o vaso. Colocou sobre a mesa, junto com a fita e o caderno. Ela estendeu a mão para o caderno, mas os dedos abertos dele chegaram primeiro, pressionando para que ela não pudesse levantar o objeto. O corpo dele aqueceu o ombro e as costas de Iris.

— Foi feito de um jeito ruim, Iris. O que compartilhamos merecia mais.

Ela prendeu a respiração. Fechou os olhos. Seu corpo, tão perto dela, sua voz, perto de seu ouvido. Sua mão, tão bonita e firme...

— Sim — ela disse. — Feito de um jeito ruim.

— Foi a fofoca sobre aquela garota e eu? É tudo um monte de bobagens inventadas pela mãe dela e pela minha tia.

Ela balançou a cabeça.

— Na verdade, a srta. Paget me deu permissão para continuar sendo sua amante. Ela se acha muito sofisticada nessas coisas, embora eu duvide de que ela tenha alguma ideia do que fala.

— Como você é compreensiva em relação a ela.

— Essa é uma palavra para toda essa situação. — Ela se preparou e se virou para encará-lo. — Eu não pertenço a esse lugar. Eu não pertenço a você. Provavelmente voltarei ao Continente. Herança ou não, vou continuar como livreira. É o que faço. Eu gosto do meu ofício. A Inglaterra não é minha casa, especialmente por isso. — Parecia lógico, ela esperava. Certamente soava muito melhor do que o verdadeiro motivo.

— Poderia ser. Depois que vender esse livro, será, se você quiser.

— É essa a razão para me apresentar ao duque de Devonshire e a outros? Para vincular meus interesses à Inglaterra?

— É apenas um amigo ajudando outro amigo. Também acho que você obterá um preço mais alto por esse livro do que qualquer outra pessoa, portanto, o interesse próprio desempenha um papel. — Ele se aproximou mais, se é que isso era possível. Perigosamente perto. Ela poderia escapar. Ela deveria. A questão era que cada parte dela, coração, alma e corpo, não queria e se recusava a permitir.

Ele ergueu o queixo dela com um dedo curvado.

— Está determinada a romper comigo?

De alguma forma, ela conseguiu assentir.

Ele acariciou os lábios dela com o polegar.

— Tem certeza?

Desta vez, ela não conseguiu acenar com a cabeça.

— Um cavalheiro não exige explicações ou qualquer outra coisa, mas se retira com graça em tais situações — disse ele. — Hoje estou me sentindo mais um ladino do que um cavalheiro e estou inclinado a defender minha causa.

Ela viu o beijo chegando. Ela poderia ter impedido. *Quem saberá? Quem se importará? É uma pequena mentira.*

Poderia muito bem ser a última vez, mas pelo menos seria mais uma vez. Ele não se importava por tê-la seduzido para algo que ela afirmava não querer. Ele não pensou duas vezes quando a guiou para seu quarto e a despiu, então se juntou a ela na cama.

A luz fluía pelas janelas, e ele estava feliz por isso. Queria vê-la enquanto lhe dava prazer, enquanto usava seu corpo para elogiar a Iris que conhecia, toda ela. Ele se deleitava com o prazer e as emoções pungentes que fluíam entre eles, tocando o corpo e a alma dela como nunca havia feito antes, mas deveria ter feito desde o início. Ele despiu toda a sua própria armadura, e o resultado o surpreendeu.

Certificou-se de dar a ela o melhor prazer, lentamente, conduzindo-a junto até que a loucura a reclamasse. Ele a beijou toda, cada centímetro, marcando-a com a boca, assim como ela marcava sua mente com a memória. Podia ser a última vez, mas ele também queria que fosse a melhor.

Depois, enquanto jaziam entrelaçados na brisa do final da tarde, silenciosos em seu contentamento, ele a beijou na têmpora e provou o sabor salgado de uma lágrima.

— O que foi? — Uma pontada de culpa invadiu sua paz. — Eu a deixei infeliz.

— Não. — Ela enxugou os olhos com a mão. — Estou sendo uma mulher típica, isso é tudo. Às vezes nossas lágrimas são de felicidade, não de infelicidade.

Isso o aliviou.

— Você tem um vestido de baile?

— Eu tenho algo que pode servir como um. Por que pergunta?

— Haverá um baile daqui a dois dias. Eu gostaria que você viesse. A anfitriã a convidará se eu solicitar.

Um largo sorriso se abriu.

— É bom ser um duque.

— Às vezes é. — Ele a puxou para mais perto de seu corpo. — Eu gostaria de dançar com você.

Ela ficou imóvel. Ele esperou.

— Isso é sábio? Ser visto dançando comigo em público assim? Exigir que eu seja convidada já é ruim o suficiente, mas se você me der muita atenção e dançar comigo, isso será notado.

— Eu não ligo.

— Talvez devesse. — Ela se virou em seus braços para que eles se encarassem. — Você não está pensando com clareza no momento. É doce, mas...

— Estou pensando com total clareza.

Ela franziu a testa.

— Então não estamos unificados em nosso pensamento. Se você fizer isso, vão presumir que nossa ligação está em andamento, e mais do que nunca. Eu lhe disse que não seria uma amante.

— Eu não estou pedindo para você ser conhecida como minha amante. — Ele beijou o pequeno franzido em sua testa. — Gostaria de saber se você consideraria ser minha esposa.

Uma mulher normal desmaiaria de felicidade com a proposta de um duque. Não Iris Barrington. Ela se desvencilhou de seu abraço e se apoiou em um braço para olhá-lo fixamente.

— Você está louco.

— Eu sou um homem apaixonado, Iris. É justo dar o nome que o sentimento tem, amor, e fazer o que isso deveria significar.

— Você não pode. Você sabe. Meu legado é uma fortuna para mim, mas não para você. Conheço os problemas financeiros da propriedade. Minerva me contou. Você precisa da srta. Paget ou de alguém como ela.

— Vou conseguir sobreviver. A situação está melhorando. Você não será uma duquesa pobre.

Ela correu para a beirada da cama e pegou suas roupas.

— Sinto-me honrada com a oferta, mas um de nós deve pensar com sensatez. Você não pode fazer isso.

Ele se esticou para ela, agarrou seu braço e a persuadiu a voltar para a cama.

— Posso fazer o que eu quiser. Eu a choquei com o pedido. Apenas considere por alguns dias.

Os olhos dela brilharam. Mais lágrimas. Não de felicidade.

— Não posso. Eu simplesmente não posso.

Ele não discutiu. Não expressou desapontamento, muito menos a confusão que ela criou em seu coração. Ele a abraçou até que ela se recompusesse, então a ajudou a se vestir.

— Eu não irei, mas Rosamund estará lá, então você não ficará sozinha. — Minerva falava enquanto sua criada exibia dois vestidos em seu quarto de vestir. — Rosamund e eu preferimos o cinza. — O movimento da seda faz com que pareça prateado e, sob a luz das velas, ficará com um tom muito parecido com champanhe. — Acho que vai servir bem em você, e minha criada pode ajustá-lo rapidamente.

O vestido de baile cinza-prateado era adorável e com linhas simples em seu desenho. Rosamund ergueu um adereço de cabeça.

— Eu trouxe isso da loja. Achei que valorizaria o traje como um todo.

Contas peroladas minúsculas decoravam a peça, e três discretas plumas brancas erguiam-se do lado direito.

Ao ouvir que Hollinburgh a persuadira a comparecer a um baile, suas duas herdeiras-irmãs haviam resolvido a questão. Depois de um rápido olhar, Minerva declarou que o vestido que ela achou que serviria não seria bom de forma alguma e ofereceu-lhe a possibilidade de escolher qualquer vestido em seu guarda-roupa.

— Eu disse a ele que é imprudente — disse Iris. — Ele não quis me ouvir.

— Por que imprudente? — perguntou Rosamund. — Você nem vai chegar com ele, mas comigo e com Kevin. Só é imprudente se ele lhe der tanta atenção que isso fosse visto como uma declaração, e mesmo isso não seria incomum.

— Ele não vai agir assim — respondeu Iris. — Não vou permitir. Tal declaração será vista como algo que não aceito. Também seria um insulto para a srta. Paget.

Minerva fez um ruído indelicado com os lábios.

— A mãe da srta. Paget pode agir como se eles estivessem quase noivos, mas nada aconteceu para dar credibilidade a essa fofoca. Ele tem sido muito cuidadoso e muito correto. Extremamente, até. Faria bem à sra. Paget ver que ele ainda não aceita ser marcado por ela.

Rosamund, sendo muito mais prática do que Minerva, ergueu as sobrancelhas apenas o suficiente para indicar que achava que essa marca iria estampar o flanco de Hollinburgh mais cedo ou mais tarde.

— Por mais discreto que ele seja, não vai enganar as tias — acrescentou Minerva. — Não é a reação da sra. Paget que vai chamar a atenção, nem a da sociedade, mas a delas. Tia Dolores já está sentindo o gostinho da vitória ao empurrar sua favorita para o primeiro plano e não aceitará bem a evidência de que Nicholas está distraído por você.

— Haverá apenas uma dança — disse Iris. — Decerto isso pode ser desculpado como polidez.

— Elas não são ignorantes — retrucou Rosamund. — Agnes estava reclamando outro dia sobre a quantidade de tempo que ele passou com você e se arrepende de tê-la convidado para aquela festa em casa. Ela teme que você tenha virado a cabeça dele. E agora o legado chegou, o que dificilmente torna você querida por qualquer um dos familiares.

Virado a cabeça dele. Teria sido esse o motivo daquele impulsivo pedido de casamento? Talvez tivesse sido apenas o resultado de seu ato de amor, mas a levara às lágrimas. Talvez ele também houvesse sido tocado de maneiras especiais e tivesse dado voz ao sentimento.

Amor. Essa era a palavra que ele usara, como se nem precisasse refletir. Ele a havia chocado tanto com aquela palavra quanto com a proposta em si. Como aquele momento tinha sido tentador. Em sua confusão, ela quase se convencera de que poderia enganá-lo para sempre e que, se descoberta, ele não usaria a informação contra ela.

Impossível, claro. Não se poderia viver em tal intimidade por muito tempo antes que não houvesse segredos. Ele não iria agradecê-la quando seu maior problema viesse à tona. Seria o suficiente para matar tudo, até mesmo o amor.

— Acho que o cinza é a melhor escolha — falou ela, para forçar sua mente a pensar em outras coisas antes de ficar melancólica com o que, em breve, perderia. — Tenho uma echarpe de seda em cores de penas de pavão que vai combinar muito bem com esse vestido. No entanto, não tenho nenhuma joia de qualidade suficiente. Ainda assim, acho que o vestido servirá ao propósito.

— Eu poderia lhe emprestar algumas joias — disse Minerva.

— Acho que não. Talvez eu compre uma bela peça com esse legado. Vocês duas podem me ajudar quando me acompanharem na compra de um guarda-roupa novo.

Elas começaram a discutir o que ela precisaria no guarda-roupa e quais modistas visitar. Iris gostou do planejamento. Se nada mais, ao menos retornaria ao continente em grande estilo.

CAPÍTULO VINTE E TRÊS

Nicholas tentou se unir ao grupo de Kevin na noite do baile. Kevin recusou-se resolutamente a permitir que ele os acompanhasse em sua carruagem.

— É muito tarde para informar a srta. Barrington sobre a mudança, e ela não apreciará que você seja incluído sem aviso prévio.

— Se todos entrarmos juntos, não há nada a ser dito sobre isso — argumentou Nicholas.

— Deixe-me colocar do modo mais claro possível. Recebi ordens de Rosamund para não permitir tal coisa, pois ela suspeitava de que você tentaria agir assim. Você terá que fazer o seu próprio caminho.

Fazer seu próprio caminho, foi o que ele fez. Entrou no baile sozinho, não muito depois do grupo de Kevin. Seu olhar pousou em Iris imediatamente.

Ela estava encantadora em um vestido prateado que brilhava quase tanto quanto seus olhos. Ele a avistou rindo com Rosamund, assim que um homem se aproximou de ambas. Viu também as apresentações sendo feitas e o homem conduzindo Iris para uma dança.

Ela dançava muito bem. Claro que sim. Aqueles anos no Continente a haviam ensinado muito, e um baile como aquele não representava realmente um desafio. Ela conversava durante a dança, sorria e se divertia.

Ele mesmo dançou. Uma vez com a srta. Paget, depois com várias outras moças, para alegria de suas respectivas mães. Passou então um tempo conversando com alguns lordes sobre um projeto de lei que estava sendo apresentado no Parlamento. Encurralou Kevin por um período. O tempo todo, ele manteve um olho em Iris.

Outros homens se aproximaram dela. Outros homens dançaram com ela. Com sua herança agora estabelecida, ela seria um atrativo para muitos deles. Não possuía uma fortuna como a da srta. Paget, mas tinha mais do que suficiente para um filho mais novo ou alguém de título menor. Nicholas se perguntou se algum deles permitiria que ela continuasse como livreira.

Provavelmente não. Alguns até perderiam o interesse quando soubessem que ela tinha um negócio próprio. Muitos mais decidiriam que ela valia o risco, já que era linda e rica.

Por fim, com o baile já avançado, ele se aproximou. Ela estava em pé com Rosamund novamente, e ambas o receberam em seu pequeno círculo. Depois de algumas palavras, pediu uma dança a Iris.

Uma dança, ela dissera. Um baile. Um momento final, em sua mente.

— Você é linda — ele disse enquanto a acompanhava para seus lugares, antes da dança.

— Rosamund e Minerva me ajudaram.

— Eu não disse que você estava linda esta noite. Eu disse que você é linda. Poderia estar vestindo um avental e trajes de trabalho e, ainda assim, ficar igualmente adorável.

Ela olhou para ele calorosamente, sua expressão suave e reveladora. A música começou.

Os corpos se moviam ao redor deles, trocavam de lugar com eles e os separavam momentaneamente. Ele nunca a perdia de vista. Nem ela a ele. Era como se estivessem sozinhos naquela dança. Poderiam estar se abraçando, não seguindo passos de dança que os separavam. Seu peito se encheu de uma nostalgia carregada. Ele havia sido descuidado ao permitir que um encontro casual se tornasse tão importante.

Quando a dança terminou, pegou-a pela mão e a conduziu para longe da área de dança, em direção à Rosamund.

— Obrigado — falou ele. — Foi a melhor dança da minha vida.

— E da minha — ela sussurrou.

— Vamos repetir?

— Se vai dançar duas vezes com alguém, não deveria ser eu.

— Eu preferiria não dançar com ninguém, exceto você. Como sou um duque, posso fazer o que quiser.

— Não — objetou ela. — Você não pode.

Eles haviam chegado a Rosamund, cuja expressão era ilegível.

— Acho que vocês dois atraíram alguma atenção — alertou ela. — Dolores está vindo para cá.

— Então, permita-me recuar — ele disse. — Tenho certeza de que ela

quer parabenizar a srta. Barrington por sua herança.

Nicholas se afastou, tentando não pensar em como essa despedida poderia ser ignóbil, se de fato fosse a definitiva.

— Hollinburgh.

A voz baixa, mas feminina, soou atrás dele. Ele se virou para encontrar tia Dolores avançando sobre ele a toda velocidade. Não teve escolha a não ser parar e cumprimentá-la.

— Uma palavra, por favor — ela exaltou-se.

Ela não parecia feliz. Sua expressão era mais perturbada do que zangada, mas seus olhos escuros pareciam cheios de pequenas adagas. Ambas as tias eram forças a serem enfrentadas quando irritadas, mas Dolores em particular era letal e não fazia prisioneiros.

Ela continuou avançando, tanto que Nicholas teve que recuar. Então de novo. Continuaram assim até que ele bateu as costas em uma das paredes. Seu humor era tão óbvio que os corpos perto deles fluíam para longe, como se para evitar o perigo.

— Como. Você. Ousa. — Ela sussurrou cada palavra enfaticamente, mas saíram como três cusparadas.

— Ousei muito pouco recentemente, então a senhora está exaltada por nada.

— Nada? Você trouxe aquela mulher aqui...

— Cheguei sozinho, caso não tenha notado.

— Você a convidou então, apenas para dançar com ela de uma forma que criasse um espetáculo.

— A senhora é quem está criando um espetáculo. Por favor, recomponha-se, tia, ou retire-se antes que as línguas falem mal.

A repreensão a pegou de surpresa. Ela fechou os olhos e, depois de um momento, seus ombros caíram. Quando o olhou novamente, ele podia ver que ela estava chorando.

— Todos notaram como vocês se olharam durante aquela dança — ela explicou com tristeza. — A sra. Paget, com toda certeza. A filha provavelmente. Elas deixaram o baile, esperamos que só por um momento, mas você praticamente anunciou que aquela mulher é sua amante. Ela não servirá, eu lhe digo. Você deve romper com ela imediatamente.

— Por "aquela mulher" a senhora quer dizer a srta. Barrington, presumo.

— Sim. — Ela cerrou os dentes ao dizer isso, como se reconhecer o nome de Iris lhe doesse.

— Tia Dolores, devo insistir para que não interfira na minha vida com tanta ousadia, especialmente a ponto de me encurralar em um baile público e tentar me repreender em um...

— Ela o conhecia — ela deixou escapar. Suas palavras pareceram chocar a si mesma, e sua boca se abriu.

A mulher estava fora de si por causa de alguma coisa.

— Quem conhecia quem? — ele perguntou, enquanto pegava o braço dela e a guiava para longe, então virava os dois para bloquear a visão dela com seu corpo.

Ela hesitou.

— O nome havia chamado minha atenção desde que ela chegara. Eu não conseguia entender o porquê. Estava no testamento e não tinha nenhum efeito sobre mim, mas, quando ela apareceu, algo irritante começou a me corroer. Deve ter sido a história dela, sobre morar em Florença. Sim, provavelmente foi isso. Barrington e Florença devem ter despertado a memória.

Ele apenas esperou enquanto ela tirava um lenço de renda de sua retícula e enxugava os olhos.

— Quando vi você dançando com ela, de repente me lembrei por que isso aconteceu. Barrington e Florença. — Ela olhou para ele. — Minha mãe o conhecia. Barrington.

— Imagino que ela soubesse o nome dele, já que ele vendia livros antigos.

Ela balançou a cabeça, irritada, como se ele fosse estúpido demais para entendê-la.

— Não o nome. Ela conhecia o *homem*. Quando ela estava doente e fraca, eu me sentava com ela. Agnes evitava esse dever, mas Agnes sempre foi fraca assim. Então eu sentava com ela. Um dia, ela disse que tinha um favor especial para me pedir. Deu-me quatro cartas que havia escrito e pediu que eu as postasse para ela. Eu mesma. Ela me deu o dinheiro para enviá-las com postagem paga. Uma delas era destinada a Barrington, em Florença. Achei estranho que ela estivesse escrevendo para alguém no Continente, mas isso não significava muito. No entanto, agora que estou me lembrando, posso ver aquele endereço como se fosse ontem.

Muito provavelmente sua avó havia escrito para se desculpar pelo negócio do Saltério.

— A senhora as enviou?

Dolores corou.

— Confesso que as entreguei ao mordomo. Uma amiga me visitou e queria ir às compras, então pedi ao mordomo para cuidar da correspondência. Imagino que ele tenha cuidado.

— Acho que está se preocupando mais do que deveria. A senhora prometeu fazer um serviço para ela e não o fez sozinha, mas, no final, o resultado foi o mesmo.

— Não é isso. Eu só tenho a sensação de que a família dela e a nossa têm negócios escusos entre si, de alguma forma. Não posso explicar. Decerto, você não deve arriscar perder um futuro que garantirá o patrimônio devido a ela, de todas as mulheres.

— Houve realmente negócios escusos entre as duas famílias, e explicarei isso mais tarde, quando metade da sociedade não estiver observando. No entanto, essa velha história foi enterrada, eu garanto. Não é algo para afligi-la. Quanto ao resto, lembro-lhe que é de fato o meu futuro que discutimos, e vou vivê-lo como bem entender. Agora, vou acompanhá-la até sua irmã e sugiro que tire alguns instantes até se sentir mais controlada.

Ele a levou até Agnes e teve uma breve conversa com sua outra tia. Depois se retirou para o terraço.

As revelações de Dolores eram insignificantes e não deveriam ocupar sua mente. No entanto, ocuparam. Giravam em sua cabeça, junto com outras coisas ditas e lembradas, esbarrando em perguntas ainda sem resposta.

Foi deliberado. Era o que Iris afirmava que seu avô dissera sobre o Saltério perdido.

O baile foi glorioso, mas também incitou sentimentos contraditórios. Ela esperava que Nicholas viesse conversar mais tarde naquela noite, mas ele havia desaparecido. Agora estava sentada na carruagem com Rosamund e Kevin, falando sobre o evento como as pessoas costumam fazer, fingindo não ter ficado desapontada com a falta de atenção do amante.

O que esperava? Tinha sido ela quem terminara as coisas, não ele. Havia prometido uma dança e nada mais. Era estúpido pensar que ele encontraria maneiras de estender aquela dança para algo mais, pelo menos por aquela noite.

— Aqui estamos nós — anunciou Kevin. A carruagem parou em frente à livraria. Um lacaio abriu a porta e baixou os degraus.

— Eu ajudarei a dama. — Um homem saiu das sombras e estendeu a mão. Iris olhou para Rosamund, que deu de ombros de um jeito que dizia que aquilo não havia sido planejado.

Iris não teve escolha a não ser aceitar a mão do duque. Ela desceu. A porta se fechou. A carruagem se afastou.

— Quanta ousadia de sua parte — disse ela, enquanto abria a porta da livraria.

— Eu precisava vê-la, e esta era uma maneira de conseguir.

— Você poderia ter me visitado amanhã.

— Eu escolhi não o fazer.

— E a minha escolha?

— Eu exijo esta reunião esta noite. Não se preocupe. Não espero mais do que o seu tempo.

Ele estava falando em seu tom ducal e usando suas palavras ducais. *Eu escolhi, eu exijo, eu espero*. Era Sua Graça que se dirigia a ela, não o amante.

Uma vez na loja, ele caminhou até a escada e estendeu o braço para guiá-la. A porta de Bridget abriu uma fresta quando passaram, depois se fechou rapidamente.

Iris largou o xale uma vez que se encontravam na sala de estar e acendeu um abajur. Tirou o adereço de cabeça e encarou Nicholas. Ele abriu a janela para o jardim, cruzou os braços e lançou-lhe um longo olhar.

— Quando nos encontramos com Edkins, o valete, ele descreveu aquela caixa para você. Um livro antigo do lado de dentro, você disse que ele falou. Um anel de sinete. Também algumas cartas.

— O livro antigo era o Saltério, como você sabe.

— E o anel de sinete estava no dedo do meu tio quando ele morreu. O que aconteceu com as cartas?

O coração dela batia acelerado.

Ele caminhou até a mesa e os livros que estavam lá.

— Minha tia ficou tão brava com a nossa dança que trouxe à tona uma velha lembrança. — Ele contou a ela uma história sobre Dolores ter recebido cartas de sua mãe para postar, mas que, em vez disso, entregou-as ao mordomo. — Perguntei a mim mesmo, se isso acontecesse em minha casa, o que Powell faria com as cartas.

Ela tentou falar normalmente, mas duvidou de que conseguisse.

— Ele as teria postado, eu suponho.

— Você não conhece bem os mordomos. Pode parecer que servem à casa, mas na verdade servem ao mestre. Se Powell recebesse essas cartas, escritas por uma mulher moribunda para pessoas aleatórias, ele as traria para mim, para que eu pudesse me certificar de que confissões impróprias no leito de morte não fossem divulgadas ao mundo.

Ela encolheu os ombros, como se tais coisas não lhe importassem, mas estava sentindo-se mal da pior maneira possível.

— Iris, Dolores disse que uma dessas cartas era para seu avô. Já me perguntei por que um duque, que podia muito bem comprar um livro antigo, o esconderia deliberadamente e permitiria que o livreiro fosse conhecido como ladrão. Não era algo que normalmente estava em seu caráter, tendo em vista como meu avô foi descrito para mim. De jeito nenhum.

— Eu não saberia. Eu não o conhecia. Nem você; não de fato. E, ao que parece, ele fez exatamente isso.

— É o porquê que não sabemos. Talvez tivesse agido assim por raiva, se aquele livreiro o tivesse traído e tivesse um caso com sua jovem duquesa.

— Eu não...

— Acho que a carta que ela escreveu em seu leito de morte foi para seu antigo amante. Palavras finais, muito depois de poderem fazer mal a alguém.

Ela tentou dispensar a conjectura com um aceno — um gesto que deixava claro como ele provavelmente estava errado.

— Isso é conjectura e nada mais.

— É mesmo? Isso explicaria o legado de meu tio para você. Se ele

também lesse aquela carta e entendesse o que foi feito com sua família e por quê, poderia querer compensar a forma como um homem foi arruinado. Deliberadamente.

Ela afundou em sua cadeira de leitura, principalmente porque naquela posição não precisava olhar para ele.

— Talvez você tenha razão. Faz um certo sentido. — Ela prendeu a respiração, rezando para que ele tomasse sua concordância como uma espécie de palavra final.

Nicholas se aproximou e parou bem na frente dela. Ergueu-lhe o queixo para que ela não tivesse escolha a não ser ver o rosto dele, e ele o dela.

— Você encontrou aquela caixa preta e a trouxe para mim, e tudo mudou entre nós, ou pelo menos você tentou mudar. Você foi embora e me evitou depois. Eu disse a mim mesmo que tudo o que você sempre quis era aquele maldito livro e, depois de encontrá-lo, nada mais importava, que era tudo um longo jogo de sua parte. Que até nossa paixão era um meio para um fim. Só que não acreditei. — Ele tocou o próprio peito. — Aqui dentro, eu não acreditei.

— Talvez devesse. Talvez *fosse* um meio para um fim, sendo o fim o prazer junto com o livro.

Ele sorriu vagamente.

— Você me acha tão inexperiente que não sei a diferença entre mero prazer e paixão?

Ela apenas olhou para ele, seu queixo tremendo sob seus dedos e seu coração partido. *Não. Não. Apenas não.*

— Iris, eu quero a carta. Entregue-a para mim, agora.

— Não há carta. Havia apenas o livro.

Ele balançou a cabeça.

— Eu a queimei.

— Não, você não a queimou. Era para seu avô. Isso explicava muito e preenchia uma grande lacuna no que você sabia sobre ele. Por reverência a ele, se nada mais, você não iria queimá-la.

Um pânico se instalou dentro dela. Iris lhe implorava com o olhar.

— Não pergunte isso.

— Eu devo. Eu só quero lê-la, como você fez. Também tenho lacunas a

preencher. Vou deixá-la com você.

— Não. Se for ler, leve-a com você. Não quero vê-lo lendo.

— Se é assim que quer fazer, eu vou levar comigo.

Ela se levantou. Com as pernas trêmulas, foi para sua mesa. Ela puxou a carta de um livro no meio da pilha e a entregou.

— Pegue. Leia e depois queime. Vá agora. E, por favor, não volte.

CAPÍTULO VINTE E QUATRO

Ele esperou até estar em seu apartamento antes de tirar a carta do bolso. Como a maioria das damas de classe, a caligrafia de sua avó era impecável, florida e totalmente legível. *Reginald Barrington, Via Corso, Firenze*. Não trazia nenhuma marca indicando que havia sido postada.

Nicholas moveu um abajur para sua penteadeira e abriu a folha. Leu uma vez, depois de novo. Colocou-a na mesa, atordoado.

Não era de admirar que Iris não tivesse lhe contado a respeito da correspondência. Ele leu mais uma vez.

> Querido,
>
> Escrevo-lhe esta, enfim, muito depois do que deveria. Rezo para que o encontre. Não tenho muito tempo e preciso tocá-lo de alguma forma, mesmo a esta distância. Vê-lo mais uma vez seria o meu maior desejo, mas é claro que isso não será possível.
>
> Quero que saiba que ele cumpriu sua palavra. Ele se vingou de você, mas não da criança. Tive uma escolha, não tive? Desistir de você ou desistir de meu filho. Ele não foi indelicado com ele. O mundo o conhece como o herdeiro do duque, e um dia ele herdará tudo. Eu lhe dei outros filhos. Amo todos eles, mas meu primogênito sempre será especial para mim. Ele se parece muito comigo, mas às vezes vejo um pouco de você nele.
>
> Rezo para que tenha sobrevivido ao escândalo que ele provocou na sua vida, e que você tenha prazer e consolo nesses seus livros. Lembre-se de mim e de como era ser jovem e imprudente, abraçando-nos, coração com coração, antes que a maré implacável nos separasse.

Isso explicava muito. Quase tudo. Por que um bom homem arruinaria cruelmente outro de posição inferior e pouca fortuna. Por que tio Frederick nunca se preocupara em gerar um herdeiro. Se ele recebera aquela caixa preta enquanto o próprio pai estava em seu leito de morte, ficara sabendo logo após a morte de sua jovem esposa. Talvez sentisse que passar o título para um irmão que carregava o sangue dos Hollinburgh fosse mais honesto.

Também explicava, finalmente, horrivelmente, por que um daqueles irmãos lutara um duelo em nome da honra da família. Será que era algo ainda comentado à boca pequena naquela época? Todos os que estavam vivos havia tantos anos provavelmente já estavam mortos, mas fofocas e segredos costumavam ser herdados, assim como títulos e riquezas. Algum velho parente podia ter dito algo quando estava bêbado, e o tolo que ouvisse repetira a história aos ouvidos do pai de Nicholas. Um duelo foi travado. Não havia escolha. Não se podia permitir que tais rumores perdurassem e, talvez, se espalhassem.

Era provável que fosse por esse motivo que Iris Barrington também recebera o legado. Não apenas em expiação de um malfeito a seu avô. Não por causa daquele Saltério. Tio Frederick mudara seu testamento depois que ela o contatara. Um nome do passado havia surgido do nada. Um nome que ele conhecia daquela carta. Não era de admirar que tivesse concordado em recebê-la e escolhesse lhe deixar aquele dinheiro.

Ela era sua parente.

Iris calçou as luvas depois de assinar os documentos. O sr. Sanders borrifou a tinta para que não borrasse, depois dobrou o pergaminho. Fora uma longa reunião, mas, como sempre, o advogado tinha tudo preparado e em ordem.

— Eu gostaria de poder levá-lo comigo, sr. Sanders. Duvido que encontre um advogado tão bom no exterior.

— Estarei sempre aqui para servi-la, srta. Barrington, caso precise de meus serviços. Dei-lhe aquela lista de advogados que posso recomendar em Paris e Viena? Se necessário, eles virão até a senhorita aonde quer que esteja. — Ele gesticulou para os documentos. — Quando a senhorita abrir contas nos bancos de lá, eles irão, por sua vez, ajudá-la a acessar seus recursos.

— É tudo muito complicado, mas suas explicações me deram confiança de que vou conseguir.

— Estou muito feliz que tenha reservado uma boa quantia e a investido nos fundos. Não muito emocionante, talvez, mas bastante seguro.

— É preciso considerar o futuro, como o senhor disse. — A renda daqueles fundos a manteria em grande estilo, se não em luxo. Depois de anos de frugalidade, duas mil libras por ano seriam muito mais do que ela poderia gastar confortavelmente. Ela não resistira, enquanto Sanders lhe mostrava os cálculos, a fazer outras contas que calculassem o tamanho provável da fortuna da srta. Paget, para que gerasse uma renda de trinta mil. Enorme. Gigantesca. Nicholas seria um idiota se não a pedisse em casamento o mais rápido possível.

Enquanto se despedia do sr. Sanders e caminhava pela antessala de seus aposentos, sua mente voltou-se para Nicholas, como acontecia quando não estava totalmente ocupada. Dois dias e nem um pio. Depois que ele saíra naquela noite, Iris esperava que ele voltasse, invadisse a livraria e subisse as escadas, e desse alta voz a seu choque e consternação. Ele não podia culpá-la, mas podia culpar seu avô. Agora existia uma nova cisão familiar, que começara exatamente quando o Saltério havia desaparecido.

Ela havia pensado em poupá-lo. Levar o segredo com ela, para que nunca fosse conhecido por Nicholas ou qualquer um de sua família. Não podia ficar, sabendo disso, é claro. Vê-lo, o tempo todo guardando tal segredo em seu coração, seria a pior decepção.

Estar certa, fazer a coisa certa ou tentar não significava que a pessoa sentiria algum triunfo. Ela decerto não havia sentido, antes que ele soubesse a verdade, e certamente não naquele momento. Ficou triste pelo fato de que o que eles tinham compartilhado devesse terminar assim, mas ela não esperava mais nada.

Ela saiu do prédio e começou a caminhar para a rua onde os cabriolés esperavam. No meio do quarteirão, botas marcaram o passo ao seu lado. Soube quem era imediatamente. Sentiu-o por perto, então sentiu sua presença tão seguramente como se ele a tocasse.

— Você já concluiu o assunto com Sanders?

— Já, por ora. Ele foi muito útil. Toda herdeira deveria ter um advogado como ele para orientá-la.

Eles seguiram em frente.

— Como sabia onde eu estava? — perguntou ela, por fim.

— Visitei a livraria. A srta. MacCallum me contou. Ela está preocupada. Disse que não tem sido você mesma. Ansiosa, ela disse.

— Não estou sofrendo de nenhum problema de comportamento. Bridget deveria ser mais discreta.

— Estou contente que ela não seja. Ela também me disse que você está planejando partir. Paris, ela disse.

— É hora de ir, eu acho.

— Discordo. Paris não é muito agradável no verão. Ouvi dizer que cheira pior que Londres.

— Talvez eu vá para as montanhas em vez disso. Suíça.

— Seria melhor, mas duvido de que haja alguma biblioteca sendo vendida lá. Aqui, no entanto, haverá muitas. A situação financeira está piorando. Haverá famílias desejando vender bons livros para arrecadar algum dinheiro. Eu, por exemplo. Você ainda tem que vender o *Poliphili* para mim.

Ela parou de andar e o encarou.

— Você não pode estar falando sério.

— Estou falando muito sério. O dinheiro me cairia bem.

— Vou enviar-lhe os nomes de dois excelentes e honestos livreiros que o farão com prazer.

— Só confio em você.

Ela seguiu em frente, desejando que ele fosse embora, mas também desejando que ficasse. Era muito bom tê-lo ali ao lado dela. Sentindo-o ali.

Os cabriolés apareceram à vista. Desta vez ele parou, tocando-lhe o braço e pedindo que ela também parasse. Ela olhou para sua gravata porque não ousava olhá-lo nos olhos. Estava sofrendo a dor da perda desde que encontrara aquela caixa e, naquele momento, o sofrimento quase foi sua ruína.

— Tenho que deixar a Capital por alguns dias. Chegou a notícia de que meu tio Quentin piorou. Eu deveria ir vê-lo.

— Claro, você deve.

— Quero que me prometa que não vai desaparecer enquanto eu estiver fora, Iris. Há muito que preciso lhe dizer. Muita coisa que precisamos resolver. Sem brigas, eu garanto. Apenas uma conversa honesta.

Ela continuou olhando para a gravata dele. Percebeu que não era branca, mas de cor preta e com um laço amarrado casualmente. Uma aparência nada ducal.

— Promete que atrasará a viagem ao exterior enquanto isso? — ele perguntou.

Iris finalmente o encarou. Calor em seus olhos e sinceridade em sua expressão. Como ele parecia bonito. Forte e magnífico.

— Esperarei até você regressar antes de partir.

— Bom. Que bom. — Ele a acompanhou até os cabriolés e a colocou em um, depois pagou ao cocheiro.

Iris olhou-o pela janela enquanto a carruagem começava a se mover.

— Sabendo o que fiz, eu não poderia... eu tinha que...

— Eu sei. Nenhuma pessoa honesta conseguiria.

CAPÍTULO VINTE E CINCO

Nicholas, Chase e Kevin descansaram seus cavalos em uma estalagem enquanto se refrescavam com um pouco de cerveja. O salão público não estava lotado naquele momento, então pegaram uma mesa.

— Devemos chegar antes do anoitecer — disse Chase.

Nicholas e Kevin apenas assentiram. Aquela não tinha sido uma visita agradável de fazer. A notícia que chegara dizia que tio Quentin provavelmente não sobreviveria àquela semana.

— Desde que não andemos com velocidade demais, tenho algo a relatar — acrescentou Chase. — Sobre Atkinson.

Nicholas ficou mais alerta ao ouvir o nome.

— Recebi uma carta de Jeremy ontem à noite — iniciou Chase. — O homem foi embora de novo. Escócia, disseram ao gerente. Jeremy, no entanto, usou aquele saco de dinheiro para comprar informações de um lacaio da casa, que confidenciou que não era a Escócia, mas Londres.

Kevin não gostou.

— Não é de admirar que você tenha olhado ao redor enquanto cavalgamos, Chase. Procurando a ponta de um mosquete atrás das árvores?

— Algo parecido. Você precisa ter cuidado, Nicholas. Se Atkinson estiver por aí, ele será perigoso. A chegada de seu novo gerente e do afastamento dele com certeza o enfureceram. Provavelmente foi algo semelhante que o levou a perseguir o tio Frederick.

— Não sabemos ao certo se ele o fez.

— Algumas das ausências se alinham com os atentados contra sua vida. Ele não estava na fábrica quando o tio caiu daquele telhado. Estamos inclinados a acreditar que ele é o culpado de ambos.

Por "estamos", ele quis dizer ele e Minerva. Só que, na realidade, não tinham nenhuma evidência de que Atkinson estivesse por trás de nada daquilo. Na verdade, não tinham nenhuma prova de que alguma coisa tinha acontecido.

— Vou ser cuidadoso. Agora, devemos cavalgar.

Duas horas depois, aproximavam-se da casa de Quentin. Ainda não havia bombazina preta na porta. Tinham chegado a tempo, ao que parecia.

Entregaram os cavalos aos cavalariços e subiram as escadas. Um lacaio os conduziu à biblioteca para aguardar.

— Imagino que Walter e Douglas já estejam aqui — disse Nicholas. — E os tios estão a caminho.

— Tio Felix e Philip estão a caminho em uma carruagem — contou Chase.

— Meu pai não vem — revelou Kevin. — Ele não compareceu ao funeral do tio Frederick e também não estará presente nesse falecimento. Sua recusa em sair de casa em Londres só aumenta. Temo que sua excentricidade esteja se transformando em loucura.

Nicholas e Chase trocaram olhares. Com o tempo, sem Rosamund para gerenciá-lo, Kevin poderia ter seguido um caminho semelhante. Em vez disso, ela o tirava de sua própria mente o bastante para que atualmente ele fosse quase sociável.

Chase caminhou até as janelas.

— Pelo menos Walter está aqui. Vejo Felicity no jardim. Parece vestida para cavalgar.

— Ela provavelmente pretende fazer um inventário do gado, para ver o que Walter vai herdar — falou Kevin.

— Isso é cruel — contrapôs Nicholas.

— Mas é verdade — retrucou Kevin.

O lacaio voltou.

— Ele está acordado agora, se fizer a gentileza de me acompanhar, Vossa Graça.

O homem se dirigira a Nicholas, mas os três seguiram o criado.

No apartamento de Quentin, Douglas e Walter estavam sentados ao lado do pai. Eles saíram quando seus primos entraram.

Quentin estava acordado, mas nada nele sugeria que se recuperaria. Sua respiração tornou-se difícil, e ele mal os reconheceu. Todos prestaram

seus respeitos. Então o olhar de Quentin se concentrou em Nicholas. Ele fez um gesto fraco para que este se aproximasse.

Kevin e Chase saíram, e Nicholas sentou-se em uma cadeira ao lado da cama. Ele pegou a mão do tio.

— Há coisas que eu deveria dizer a você — começou Quentin. — Coisas que você deveria saber. Tentei lhe contar durante o jantar, mas não consegui. Preciso explicar sobre aquele duelo e...

— Eu sei, tio. Eu sei por que o duelo foi travado. Fiquei sabendo recentemente. Eu sei sobre Frederick. Sei de tudo. Não se preocupe.

Quentin deu um suspiro pesado.

— Nós sabíamos. Seu pai e eu. Frederick confidenciou a nós logo depois que soube da verdade de... de nosso pai. Nunca mais falamos disso. Não importava. Essas coisas não são inéditas. Não é o único título a dar essa guinada. Provavelmente é por isso que nosso tipo não ostenta aquelas mandíbulas quadradas. — Ele riu um pouco, mas isso só o fez tossir. — Fico feliz que você saiba. Ele pensou que seria seu pai, mas, quando ficou claro que seria você, ficou satisfeito. Ele sabia que você seria um bom Hollinburgh.

Nicholas experimentou uma humildade quase avassaladora pelo fato de que seu tio Frederick pudesse ter acreditado nisso.

— Preciso que você... — Quentin tossiu de novo, mas controlou. — Olhe pelos meus meninos, sim? Apenas fique de olho neles.

— Eles são homens agora, e não precisam de mim para vigiá-los.

— Douglas talvez. Essa esposa dele é boa. Enfadonha, mas ele também é. Walter, no entanto... aquela mulher vai arruiná-lo, a menos que ele a enfrente. Ela tem a cabeça virada. Sempre teve.

— Farei o que puder por ele, caso seja necessário.

Quentin deu um tapinha na mão de Nicholas.

— Isso me traz mais paz do que você pode imaginar. Sem mim, agora ele será o herdeiro. Você precisa se casar e gerar um filho. Lamento dizer que nenhum dos meus filhos daria um bom duque.

— Cumprirei meu dever, tio. Agora, deve descansar, e seus filhos precisam estar com o senhor.

Ele saiu da câmara. Douglas esperava do lado de fora, mas Walter havia desaparecido. Nicholas foi em busca de Chase e Kevin.

— Então, devemos ficar e nos juntar à vigília da morte?

Kevin perguntou. Bebiam vinho do Porto na sala de jantar, para evitar os primos e suas esposas na biblioteca. O jantar foi tranquilo, com apenas uma conversa superficial para quebrar o silêncio. Felix e Philip chegaram assim que a refeição terminou, e Nicholas havia tolerado a presença daquele primo em particular por respeito a seu tio Quentin.

— Acho que podemos sair de manhã — disse Chase. — Nós prestamos nossas homenagens e cumprimos nosso dever. Não concorda, Nicholas? Você esteve muito quieto esta noite.

— Eu estive pensando. — Na maior parte do tempo, ele refletia sobre as coisas que Quentin dissera. Uma ideia havia se enraizado em sua mente, uma ideia da qual ele não gostava, mas da qual não conseguia se livrar, por mais que tentasse.

Olhou para Chase.

— Acha que Atkinson veio para o sul para me prejudicar.

— Receio que sim.

— Então ele pode ter me seguido até aqui, de Londres. Ele poderia estar apenas algumas horas atrás de nós.

— Prefiro não acreditar, mas ele poderia ter feito exatamente isso. É por isso que preciso que você tome cuidado.

— Não posso ser cuidadoso o tempo todo, o dia todo e todos os dias. O que gostaria que eu fizesse? Ficasse isolado em minha casa e não saísse? Não frequentasse as sessões no Parlamento? Não é praticável.

— Vamos encontrá-lo antes que chegue a isso.

— Não tenho certeza se o encontraremos. A menos que o convidemos a agir, está acabado.

Kevin estava sonhando acordado, mas pousou a taça naquele momento.

— Fisgá-lo com uma isca, você quer dizer.

— Por que não?

— Porque geralmente a isca é comida — respondeu Chase com firmeza.

— Só porque a isca desconhece o perigo. Acho que amanhã vou cavalgar até Melton Park. Deixe o homem seguir e tentar o seu pior. Vocês dois podem ficar observando para detê-lo.

Chase cruzou os braços. Ele balançou a cabeça, mas Nicholas percebeu que estava pensando.

— Acabaria logo com isso, possivelmente — falou Kevin.

— Seria necessário um exército para protegê-lo se, de fato, ele estivesse tentando fazer mal a você — afirmou Chase.

— Serei um alvo em movimento, mesmo a trote. Se ele ousar alguma coisa, terá que ser com uma arma de fogo. Qual a probabilidade de ele ser um bom atirador? Com um de vocês atrás de mim, e um me flanqueando através do campo, vamos pegá-lo.

— Acho que é um bom plano — decidiu Kevin.

— Isso é porque você é, por natureza, imprudente. — Chase se levantou e começou a andar de um lado para o outro. Ele fez uma careta para Nicholas. — Seu plano é deixá-lo atirar, mas errar. E se ele não errar?

— Então Walter se tornará o duque, do jeito que ele sempre quis — disse Kevin. — Maldição, Chase, quais são as chances de o homem acertar um cavaleiro? Sou um bom atirador e seria difícil para mim.

— Talvez ele não dê o tiro. Talvez espere até que você esteja em Melton Park e tente algo lá — ponderou Chase.

— Então será ainda mais fácil pegá-lo lá — concluiu Nicholas. — Não estou pensando em viver com isso pairando sobre mim. Pretendo cavalgar até Melton Park amanhã. Espero que você me acompanhe.

Chase se jogou de volta em sua cadeira.

— Inferno.

Nicholas moveu seu cavalo ao longo da estrada. Uma chuva leve mantinha a maioria dos outros cavaleiros e carruagens longe, e ele ultrapassou alguns outros. Atrás dele por uns quatrocentos metros, Kevin o seguia. Em algum lugar atrás das árvores e arbustos flanqueando a estrada, Chase vigiava.

As tarefas tinham sido fáceis. Chase, como ex-oficial do exército, tinha mais experiência. Sua profissão de investigador também aguçara seus instintos. Nicholas não estava preocupado, mas servir de isca provou ser mais perturbador do que ele esperava.

Mantinha-se alerta com os olhos, mas sua mente se enchia de outras coisas. A maioria delas tinha a ver com Iris. Era provável que, quando retornasse a Londres, a encontrasse com os baús prontos. Nem mesmo a tentação de vender o *Poliphili* e o vaso romano a seguraria se ela estivesse decidida a partir.

Nicholas revisou os argumentos que pretendia usar. Pareciam-lhe eminentemente lógicos, mas se perguntou se algum deles iria influenciá-la. Ela havia descoberto um segredo que não queria saber, de modo que remover-se e a tudo o que isso implicava poderia ser o único caminho claro que ela enxergava. Ele precisava convencê-la de que, embora o impulso original tivesse sido honroso, tal curso de ação não fosse mais necessário.

Claro, ela poderia querer ir por outros motivos. Ele não era tão presunçoso a ponto de acreditar que a ideia de continuar seu *affair* a atraía acima de tudo. Com o legado nas mãos, ela poderia estar ansiosa para retornar às cortes e capitais que, no passado, frequentara como livreira sozinha. Ele podia imaginá-la dançando sob mil velas em um salão de baile de um palácio, na mira de cavalheiros e gente de status.

Ou talvez ela só quisesse voltar ao seu ofício. Ela gostava. Destacava-se nele. A maioria dos homens relutaria em desistir de conquistas tão arduamente conquistadas. Uma mulher provavelmente também relutaria.

Ele disse a si mesmo que não havia entendido mal o que existia entre eles, que ela não iria querer se separar se pudessem encontrar uma maneira de contornar a situação. Ele se recusava a aceitar que havia se enganado sobre a profundidade de seus...

Um estampido soou. Um mosquete, não uma pistola. O cavalo empinou e Nicholas se concentrou em controlar o animal. Havia um pequeno conjunto de árvores a noventa metros da estrada à direita. Ocorreu-lhe que poderia ser um caçador no rastro de uma lebre.

Outro tiro, desta vez de pistola. Ele virou o cavalo e apontou para as árvores. Com o canto do olho, viu Kevin vindo, cavalgando atrás dele.

Outro cavalo apareceu, saindo das árvores. Não o cavalo de Chase. O cavaleiro apontava para o leste. Um erro, esse. Kevin saiu da estrada e virou na direção dele. Até Nicholas sabia que os dois cavaleiros se cruzariam. Kevin havia calculado exatamente como cavalgar para que isso acontecesse.

Nicholas também foi por ali, preocupado por não terem visto Chase. Se Atkinson tivesse machucado Chase, ele mataria o homem. Incitou seu cavalo com mais força. À sua frente, o cavalo de Kevin colidiu com o do outro cavaleiro. Kevin pulou da sela. Os socos se seguiram.

O chapéu do cavaleiro voou. O cabelo ruivo refletia a luz cinzenta. Um homem uivou de dor. Não Kevin.

Nicholas parou ao lado deles. Kevin estava socando seu oponente, e Kevin sabia boxear com eficiência. O culpado já estava caído no chão, tentando rastejar para longe.

— Basta — disse Nicholas.

— Ainda não — rosnou Kevin. — Eu deveria tê-lo matado da última vez que o espanquei.

Nicholas moveu seu cavalo para impedir que Kevin continuasse.

— Já disse que basta.

Kevin se afastou, ainda furioso, respirando com dificuldade. Nicholas olhou para o covarde encolhido.

— Se Chase estiver minimamente ferido, Philip, verei você pendurado pelo pescoço.

Philip balançou a cabeça e lutou para se levantar.

— Não ferido — ele ofegou. Ele gesticulou em direção às árvores. Chase estava caminhando em direção a eles. Nenhum cavalo. Aquela pistola havia matado o animal, não o cavaleiro, então Philip tinha isso a seu favor. Ele só não esperava Kevin.

— Não se mova. Nem um passo. — Nicholas desmontou e caminhou até Kevin, que ainda estava se recompondo. — Você foi bem naquele cruzamento, Kevin. O menor erro e ele teria passado por você.

Kevin esfregou o punho.

— Era geometria simples.

— Vamos levá-lo para Melton Park e decidir o que fazer com ele. Será um progresso lento. Estamos com um cavalo a menos, creio eu.

Kevin olhou por cima do ombro para Philip.

— Eu sei quem irá andando.

CAPÍTULO VINTE E SEIS

Naquela noite, Nicholas voltou para a casa de seu tio Quentin. A bombazina preta agora enfeitava a porta. Quentin havia falecido. Estava bem assim.

Ele subiu as escadas. Movimentos vindos do apartamento do senhor sugeriam que o desdobramento era muito recente. Ele pensou ter ouvido um homem chorando.

Continuou subindo outro lance de escadas. Verificou as portas e encontrou a que queria. Entrou no apartamento de Walter e seguiu os sons até a soleira do quarto de vestir.

Lá dentro, a criada encarregada da esposa de Walter dobrava as roupas, enquanto a própria Felicity enfiava outras em uma valise. Inconsciente da presença dele, ela se moveu rapidamente. Sua expressão combinava excitação e medo.

A criada o viu e parou o que estava fazendo. Felicity demorou mais para notá-lo.

— Você está com pressa para sair — disse ele.

— Não há razão para ficar agora. Ele se foi.

— É costume ficar até o funeral.

— Podemos voltar para isso. — Ela enfiou outro vestido na mala.

Nicholas gesticulou para que a criada saísse. Quando estavam sozinhos, ele se sentou no sofá contra uma parede.

— Philip tinha uma história e tanto para contar, Felicity.

Ela congelou, então voltou para sua bagagem.

— Isso seria típico dele.

Nicholas lutou para manter a calma.

— Você sempre quis ser uma duquesa. Parece que encontrou uma maneira de fazer isso, uma vez que soube que seu sogro tinha uma doença que o levaria em breve.

Ela o encarou. Orgulhosa. Linda. Letal.

— Philip deu aquele empurrão no tio Frederick e fez esses esforços em relação a mim. Exceto as tortas envenenadas. Isso foi obra sua, mas você o encorajou no resto. Foi tudo ideia sua, segundo ele contou.

— Minha ideia de forma alguma. Ele odiava você. Todos vocês. Assim que Walter se tornasse duque, ele estaria de volta à família. Ele teria os meios para viver.

— Ele provavelmente teria chantageado você pelo resto da sua vida.

— Em relação a quê? Eu não prejudiquei ninguém.

— Já que não estamos fingindo, diga-me uma coisa. Por que agora? Um pouco de paciência e tudo poderia ter funcionado como planejado.

Ela olhou dentro da valise e tirou o último vestido.

— Existe um motivo para as criadas existirem. Isso será arruinado se não for dobrado corretamente. — Ela jogou a peça de lado. — Você ia se casar. Com a srta. Paget, ou com outra pessoa. Uma vez que se casasse, se houvesse um herdeiro... Walter estaria muito longe do título. Um desperdício, então.

Um desperdício. Ele supôs que ela queria dizer matar Frederick.

— Você o visitou naquele dia, em Melton Park? No Jardim?

— Vim pedir dinheiro. Existem algumas dívidas. Philip tinha algumas também. Muitas. Então vim fazer uma petição a ele. Ele recusou. Ele tinha tanto e, ainda assim, recusou. — Ela esbravejou as últimas palavras. — Eu estava com raiva. Philip tinha me acompanhado, para pegar sua parte. Ele estava mais bravo. Queria argumentar mais sobre nosso caso. — Ela deu de ombros. — E Hollinburgh caiu. Um acidente.

— Você foi rápida em lançar suspeitas sobre Kevin.

— Ele é muito peculiar para que possamos gostar dele, e pode ser muito cruel com aquela sagacidade feia dele. Ninguém lamentaria muito por ele.

E ela e Philip haviam inventado explicações para suas próprias ausências de Londres, mas longe de Melton Park.

— Deve ter chocado vocês dois saber que Hollinburgh havia mudado seu testamento e esse acidente não beneficiaria muito nenhum de vocês. — Ele se levantou. — Walter sabia disso?

Ela riu.

— Ele teria rezado para que uma febre levasse você antes de você ter um herdeiro, então se sentiu culpado por herdar. Ele não era o homem para isso. Ou muito mais. Pelo menos agora há a herança de seu pai. É alguma coisa, pelo menos.

— Não para você.

Ela o encarou por cima da mala aberta. Pedaços de renda e seda ainda estavam espalhados pelas bordas.

— Claro, para mim. Eu sou a esposa de Walter.

— No entanto, seu casamento é uma decepção para você, ao que parece. De muitas maneiras. Isso torna tudo mais fácil.

Ela olhou para ele com ousadia, mas ele podia ver sua confiança falhando.

— Isso?

— Estou oferecendo a você a mesma escolha que acabei de dar a Philip. Ele voltará a Londres com Kevin. Ele se despedirá de seu pai aqui, então viajará para a cidade imediatamente e pegará o próximo paquete. Nunca mais voltará. Uma vida difícil o espera, mas pelo menos não será enforcado. Claro, essa escolha depende de você estar nesse paquete também.

— Eu não vou a lugar nenhum.

— Então ele também não vai, porque será necessário aqui para depor contra você. — Nicholas avançou sobre ela. — Não vou fingir que isso não aconteceu e deixar você livre aqui, vivendo como se não tivesse tramado da maneira mais hedionda. Eu não me importo com o escândalo que criar para a família. Acredite no que lhe falo e faça uma boa escolha.

Ela tentou manter a compostura, mas sua expressão rachou. O desespero adentrou seus olhos.

— Vou precisar de dinheiro.

— Leve suas joias, seus vestidos e tudo o mais que for de sua propriedade pessoal. Mas não remova nada da casa de Walter. Certamente não os filhos dele. Você deve retornar a Londres imediatamente. Enviarei criados para buscar sua bagagem. Chase irá acompanhá-la e uma carruagem está esperando.

— Walter...

— Você pode lhe dizer o que quiser. Ou posso explicar tudo depois que você for embora.

Ela fungou e enxugou os olhos e então encontrou sua compostura.

— Não diga nada a ele. É mais provável que ele me envie dinheiro se achar que posso voltar.

CAPÍTULO VINTE E SETE

Iris observou enquanto os ajudantes carregavam a nova mesa. Ela os fez colocá-la na cozinha dos fundos. Havia criado um pequeno espaço em uma extremidade que, com algum esforço, poderia ser considerado uma sala de jantar.

Bridget se aproximou.

— Madeira fina. Bom demais para este lugar.

— Não muito bom para você, no entanto.

— Você tem gastado muito dinheiro nestes últimos dias. Pela cidade com suas amigas chiques visitando modistas e tal. Novos chapéus. Agora esta mobília na loja. A cadeira extra perto da frente da loja foi uma boa ideia, admito. Rei Arthur tem uma só para ele agora.

O gato em questão entrou e contornou a nova mesa, esfregando o rosto em cada perna. Então inclinou a cabeça para trás e olhou para a nova intrusão de um lado para o outro. Com um salto rápido, ele pousou na superfície e continuou seu exame.

— Ele não pode subir na mesa — Iris disse. — As pessoas comem lá.

— Ele não é sujo nem nada. Só gosta de lugares altos.

— Bridget, estou falando muito sério. Diga a esse gato que a mesa é proibida.

Bridget deu de ombros.

— Vou tentar, mas ele é como um homem. Difícil dizer a ele o que é o quê se ele não quiser ouvir. — Ela inclinou a cabeça. — Eu ouço a porta. Chegou um cliente. — Ela saiu da cozinha.

Iris caminhou até a mesa e enxotou o gato. Ele se sentou e lambeu calmamente uma pata.

— Ah, pelo amor de Deus. Vá lá fora e cace alguns ratos. — Ela o ergueu e o soltou no chão. Ele olhou para ela, então pulou de volta e fez uma pose de esfinge relaxada em um canto.

— Seu animal teimoso e obstinado.

— Espero que não esteja insultando aquele nobre gato.

Ela se virou rapidamente. Nicholas estava parado na porta da cozinha. O coração dela subiu à garganta.

— Você está de volta.

— Retornei há dois dias, mas tinha assuntos a resolver com os outros antes de vir procurá-la.

— Minerva me contou algumas coisas. Rosamund acrescentou algumas indiretas. Acho que você correu perigo nessa jornada.

— Brevemente. Nada de significativo.

— Estou aliviada em ver a prova disso. — Ela havia se preocupado terrivelmente. Não saber o que ele estava fazendo, por que estava em perigo e onde isso poderia levar havia sido uma tortura.

— Vou lhe contar tudo a esse respeito mais tarde. — Ele foi até Rei Arthur e acariciou o gato nas costas. — Acho que vou pegar um gato. Ele pode viver no jardim. Provavelmente é um paraíso para alguém como ele.

— É grande o suficiente para manter qualquer gato feliz.

Nicholas estendeu a mão.

— Eu prefiro o daqui. Tenho boas lembranças dele. Vamos nos sentar lá, onde as brisas frescas podem nos encontrar.

Ela permitiu, pegando a mão dele e deixando-o levá-la para fora. Ele não facilitaria nada.

— A situação familiar foi concluída. Um dever importante foi cumprido, embora eu deva retornar a Sussex amanhã para o funeral de meu tio. Mas agora posso voltar minha mente para minhas próprias preocupações. Isso significa você.

Ele ainda segurava a mão dela enquanto eles se sentavam no banco de pedra, onde haviam liberado sua paixão pela primeira vez no pequeno espaço de natureza.

— Lamento ter descoberto esse segredo — disse ela. — Eu sabia que você não gostaria de saber sobre essa história. Também foi um choque para mim. Descobrir que somos primos.

— Não realmente primos. Oh, talvez no papel, se alguém alguma vez o colocar no papel. Meio-primos até então. Mas não compartilhamos sangue. Qualquer um que saiba a verdade saberia que não somos primos.

Ela ponderou. Ele olhou para ela e riu.

— Reginald Barrington se casou depois de fixar residência em Florença e seu pai nasceu dele e da esposa dele, não? Seu pai era meio-irmão de meu tio Frederick, mas da minha parte acabou aí. Meu avô era Hollinburgh. Não há sangue Barrington em mim, e nenhum da duquesa de Hollinburgh em você.

— Eu acho que você está certo, mas é bem complicado.

— Eu estou certo, mas, para ser honesto, realmente não me importo. Mesmo se fôssemos parentes de sangue, nunca me arrependeria de um minuto que compartilhamos. — Ele se virou para encará-la. — Também não permitiria que acabasse por tal motivo. Não é mais tão comum que primos se casem, mas ainda acontece.

Casar. Ela tinha certeza de que isso importaria. Esses casamentos não eram nada comuns agora.

— Se alguém colocasse isso no papel...

— Ninguém colocará. Você e eu sabemos. Ninguém mais. Nem mesmo tia Dolores faz ideia sobre Frederick. Ah, ela se pergunta quem era esse homem para quem sua mãe escreveu, pode até suspeitar de um caso passado dela, mas não leu a carta antes de entregá-la ao mordomo para a postagem. Só meu avô leu. Receio que tenha sido algo útil, entregar aquela carta a Frederick em vez de explicar tudo sozinho.

— Eu me pergunto por que ele deixou Frederick saber.

— Os homens precisam se livrar da culpa e dos segredos quando estão perto da morte, eu acho. Ele salvou a carta pela mesma razão que salvou o Saltério. Assim, seu herdeiro poderia saber o que havia acontecido e por que um bom homem agira mal com outro. Para que seu herdeiro pudesse expiar o pecado, talvez.

— Com um legado.

— A razão para você recebê-lo é muito melhor que a das outras herdeiras. Está aproveitando sua boa sorte agora que a herança está em mãos?

— Confesso que não ter que contar meus centavos tem sido divertido.

Ele riu e levantou a mão dela para beijá-la.

— Iris, ser duque não é fácil. Estou crescendo e encontrando meu caminho, mas não é uma vida para se passar com uma mulher por quem se tem pouca simpatia ou amizade. Não procuro uma duquesa, mas gostaria de ter uma boa esposa para compartilhar esta vida, com tudo o que ela implica. Eu pedi a você antes para considerar se casar comigo. Estou pedindo de novo.

Muitas emoções explodiram em Iris para que ela conseguisse contê-las bem. Ela apertou a mão dele com força.

— Minha fortuna não é nada para sua posição. Não duraria um ou dois anos, no máximo.

— Eu não me importo com renda, fortuna e todo o resto disso. Vou dar conta da mesma forma que os Hollinburgh anteriores. Iris, eu a amo ao ponto da distração. Loucamente. Totalmente. Você mexeu com tudo de mim e tornou meu futuro promissor e importante em vez de uma série de deveres e responsabilidades. Quero me sentar com você à noite, explicar os problemas que enfrento e ouvir seu conselho. Quero compartilhar prazer e paixão com você, e sentir você tocar meu coração enquanto eu o faço. — Ele se inclinou. — O que você quer?

— Raramente ousei querer muito. Amar plenamente. Ser amada por completo. Acho que se alguém tem isso, nada mais importa.

Ele descansou a palma da mão contra o rosto dela.

— Eu a amo completamente e garanto que nada mais importa.

Ela tentou sorrir, mas seus lábios tremiam.

— E eu amo você completamente.

— Então não há mais nada a dizer, não é? Estamos de acordo e nos casaremos o quanto antes. — Ele a envolveu em seus braços e a beijou.

— Estamos realmente loucos a ponto de fazer isso? — ela indagou ao fim do longo beijo. — Posso ser herdeira, mas isso não me torna um par apropriado para você.

— Eu sou um duque. Posso fazer o que eu quiser. Casar com quem eu escolher.

— Sua tia Dolores ficará furiosa. Sua tia Agnes ficará horrorizada.

Ele sorriu.

— Eu sei.

FIM

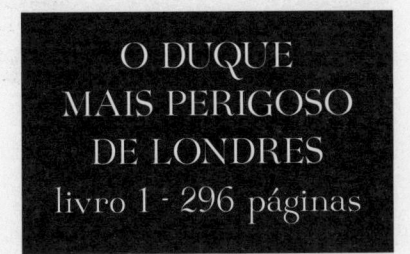

O DUQUE
MAIS PERIGOSO
DE LONDRES
livro 1 - 296 páginas

Adam Penrose, o Duque de Stratton, é o escandaloso, sombrio, manipulador e vingativo membro da Sociedade dos Duques Decadentes da elite de Londres, composta por três homens perigosamente belos, intensos, irresistíveis e que não desejam se apaixonar.

Com uma reputação manchada e seu retorno à cidade, o Duque precisa encontrar uma esposa com qualidades ímpares e que não se importe em viver em negligente abandono. O que o Duque não espera é que o seu interesse e libido sejam despertados pela única mulher que não pode ter, e que não seria capaz de ignorar.

Clara Cheswick fascina o Duque, mas tudo que ela não precisa neste momento é se casar. Está bem mais interessada em publicar seu jornal feminino — certamente muito melhor do que ser esposa de um homem com sede de vingança.

No entanto, curiosa por uma história, Clara pensa se o desejo do Duque por justiça é sincero — junto com sua intenção incrivelmente irritante de ser seu marido.

Se sua fraca reação ao beijo dele é algma indicação, apaixonar-se por Adam claramente tem um preço.

Mas quem diria que cortejar o perigo poderia ser tão divertido?

A autora bestseller do New York Times, Madeline Hunter, traz uma nova história sensual sobre seus três duques indomáveis e as mulheres que acendem seus desejos mais luxuriosos.

ELE PODE SER UM DEVASSO.

Ele é infame, debochado e conhecido em toda a cidade por ser um sedutor irresistível. Gabriel St. James, o Duque de Langford, é rico, lindo de cair o queixo e costuma conseguir exatamente o que deseja. Até que uma mulher, que se recusa a lhe dizer o nome, mas não consegue resistir ao seu toque, o atrai.

MAS ELA TAMBÉM NÃO É UMA SANTA...

Amanda Waverly está vivendo duas vidas: uma respeitável como secretária de uma dama proeminente e uma perigosa, de esperteza e batalha de vontades com o duque devasso. Langford pode ser o homem mais tentador que ela já conheceu, mas Amanda está ocupada tentando escapar do mundo de crimes na alta sociedade no qual nasceu. E, se ele descobrir quem ela realmente é, sua paixão escaldante se transformará rapidamente em um caso de alto risco...

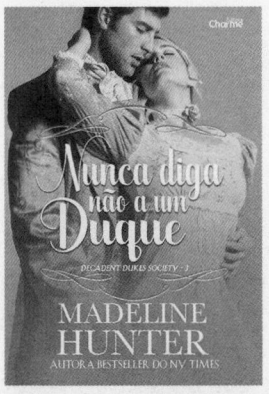
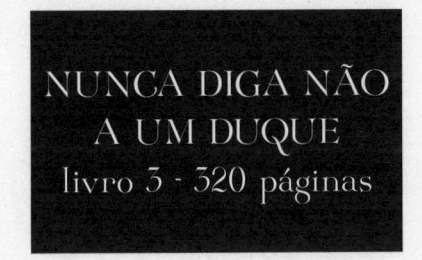

NUNCA DIGA NÃO
A UM DUQUE
livro 3 · 320 páginas

Da autora best-seller do New York Times, Madeline Hunter, chega o fabuloso final da trilogia The Decadent Dukes Society, sobre três duques indomáveis e as mulheres fortes e atraentes que incendeiam seus desejos extravagantes. Uma mulher busca recuperar as terras que ela acredita terem sido injustamente retiradas de sua família pelo duque, que agora se recusa a devolvê-las. Uma clássica e engenhosa batalha de vontades se inicia, da forma como apenas Madeline Hunter sabe nara.

ELE É O ÚLTIMO DUQUE QUE RESTA

... o único solteiro remanescente dos três autoproclamados duques decadentes.

No entanto, as razões de Davina MacCallum para procurar o belo duque de Brentworth não têm nada a ver com casamento.

Terras escocesas foram injustamente confiscadas de sua família pela Coroa e dadas à dele. Um homem razoável com vastas propriedades poderia certamente abrir mão de uma propriedade trivial, especialmente quando Davina pretende dar um bom uso a essas terras.

No entanto, é tão difícil persuadir Brentworth, quanto resistir a ele.

A discrição e o controle de aço do duque de Brentworth o tornam um enigma até mesmo para seus melhores amigos. As mulheres, em especial, o consideram inescrutável e inacessível — mas também irresistivelmente magnético. Portanto, quando Davina MacCallum não mostra sinais de estar nem um pouco impressionada por ele, ele fica intrigado.

Até que descobre que a missão dela em Londres envolve reivindicações contra sua propriedade. Logo os dois estão envolvidos em uma competição que não permite concessões. Quando o dever e o desejo entram em choque, os melhores planos estão prestes a sofrer uma guinada escandalosa — para o próprio âmago da paixão...

Editora
Charme

Entre em nosso site e viaje no nosso mundo literário.
Lá você vai encontrar todos os nossos
títulos, autores, lançamentos e novidades.
Acesse www.editoracharme.com.br

Você pode adquirir os nossos livros na loja virtual:
loja.editoracharme.com.br

Além do site, você pode nos encontrar em nossas redes sociais.

https://www.facebook.com/editoracharme

https://twitter.com/editoracharme

http://instagram.com/editoracharme

@editoracharme